D1879456

काठगोदाम

कहानी-संग्रह

काठगोदाम

कृष्ण कुमार

राजकमल प्रकाशन

ISBN : 978-93-88183-05-5

मूल्य : ₹595

© कृष्ण कुमार

पहला संस्करण : 2018
तीसरा संस्करण : 2025

प्रकाशक : राजकमल प्रकाशन प्रा.लि.
1-बी, नेताजी सुभाष मार्ग, दरियागंज
नई दिल्ली-110 002
शाखाएँ : अशोक राजपथ, साइंस कॉलेज के सामने, पटना-800 006
पहली मंजिल, दरबारी बिल्डिंग, महात्मा गांधी मार्ग, प्रयागराज-211 001
1, अनमोल सोराबजी सन्तुक लेन, धोबी तलाव, मरीन लाइंस, मुम्बई-400 002
वेबसाइट : www.rajkamalprakashan.com
ई-मेल : info@rajkamalprakashan.com

मुद्रक : बी.के. ऑफसेट
नवीन शाहदरा-110 032

KATHGODAM
Stories by Krishna Kumar

इस पुस्तक के सर्वाधिकार सुरक्षित हैं। प्रकाशक की लिखित अनुमति के बिना इसके किसी भी अंश को, फोटोकॉपी एवं रिकॉर्डिंग सहित इलेक्ट्रॉनिक अथवा मशीनी, किसी भी माध्यम से, अथवा ज्ञान के संग्रहण एवं पुन:प्रयोग की प्रणाली द्वारा, किसी भी रूप में, पुनरुत्पादित अथवा संचारित-प्रसारित नहीं किया जा सकता।

क्रम

यह विधा, यह ज़माना

सपने की तरह कई बार यह प्रयोग मुझे सूझा है। किसी निश्चित प्रकाशक ने सोचा कि पुरानी पत्रिकाओं को दुबारा बाज़ार में उतारा जाए। 'धर्मयुग', 'सारिका', 'नई कहानियाँ' और 'कहानी' की सजिल्द फाइलों को खोल-खोलकर उनके एक अंक के हर पृष्ठ और कवर को पुनर्मुद्रण के लिए भेजा गया। मुखपृष्ठ पर तारीख़ और वर्ष बदलकर आज की ताज़ा तारीख़ छापी गई। सुबह उठकर मैं ट्रेन पकड़ने स्टेशन गया तो देखा, बुक स्टॉल पर भीड़ लगी है। लोग चकित हैं कि इतनी सुन्दर पत्रिकाएँ यकायक छपने लगी हैं। किसी परीकथा की तरह एक परित्यक्त महल में कहानियों की सुगन्ध फैल गई है। हर कोने में लोग पुरानी पत्रिकाओं के सद्य:प्रकाशित अंक को नया समझकर चाव से पढ़ रहे हैं। इस सपने में जब इन पत्रिकाओं का दूसरा अंक आया तो क्या उसका भी वैसा ही स्वागत हुआ? पता नहीं और मालूम करना भी संभव नहीं।

कहानी-संग्रह में भूमिका का रिवाज़ नहीं है, पर इस स्वप्न-प्रयोग का ज़िक्र किये बिना रहा न गया। आज भी पाठक मिलते हैं और इस संग्रह को भी मिलेंगे। पर समय-समय के अन्तर को छिपाना व्यर्थ है। एक समय था जब हिन्दी में स्थायी, उत्सुक पाठक समाज बनता हुआ दिखाई देने लगा था। फिर देखी-अनदेखी वह एक दर्शक समाज में बदल गया। लोगों के पास पढ़ने के लिए समय की कमी पड़ गई। प्रेमी पाठक मरने लगे, नई पीढ़ी में उनकी संख्या घटने लगी। मिल गया तो पढ़ लिया, नहीं मिला तो कोई बात नहीं—ऐसे पाठक से काम चलाना लेखक और प्रकाशक के लिए ज़रूरी हो गया। सत्तर के दशक तक लोकप्रिय बनी रही पत्रिकाएँ बन्द होने लगीं। उनकी कमी किसी-किसी को खली, फिर धीरे-धीरे उथले घाव की तरह पुर गई। शुरू में लगा कि संकट हिन्दी का है, शहरी है, मध्यवर्गीय है। स्पष्ट होने में समय लगा कि एक बड़ा सांस्कृतिक बदलाव हो रहा था। उसकी छाया शहर पर, गाँव पर, प्रौढ़ पर, युवा पर, पुरुष पर, स्त्री पर अलग-अलग पढ़ी जाने लगी।

कहानी की विधा ने पाठक-समाज बनने का सपना दिखाया था। विधा जीवित रही, उसके कई बड़े स्तम्भ, जो स्वयं लेखक होने के अलावा शक्तिशाली सम्पादक

भी थे, ओझल होने लगे, पर उनका स्थान लेते हुए नामों पर सहमति नहीं बनी। लेखक कभी नदी में तैरता–नहाता है, कभी किनारे बैठकर नज़ारा देखता, दर्ज़ करता है। इस संग्रह की कई कहानियाँ इस मिली–जुली शिरकत की रचनाएँ हैं। कुछ ऐसी भी हैं जो पहले संगृहीत हो चुकी थीं; पहचान की खातिर यहाँ शामिल हो गईं। कुछ ऐसी भी हैं जिनमें कुछ बदलाव करना मुझे ज़रूरी और संभव लगा। कहानी का लिखा जाना स्वयं एक कहानी होता है। यह विधा ही ऐसी है कि अकाल और वीराने में भी जीवित रहती है।

—कृष्ण कुमार

मातृध्वनि

काठगोदाम स्टेशन का पहले नम्बर का प्लेटफॉर्म कहीं-कहीं व्यस्त हो चला है। रानू अपनी मम्मी की गोद में सुबक रही है। नैनीताल से आनेवाली सवारियाँ गाड़ी की तरफ़ बढ़ रही हैं। प्लेटफॉर्म पर अनुराधा पौड़वाल की आवाज़ गूँज रही है—ॐ भूर्भुवः स्वः तत्सवितुर्वरेण्यं...। मंत्र एक बार पूरा होता है, हल्के से संगीत के अन्तराल के बाद फिर चालू हो जाता है—ॐ भूर्भुवः स्वः....

समर स्पेशल दिल्ली जाने को तैयार है। बस तीन-चार मिनट और हैं। गाड़ी को चले अभी महीना भर हुआ है। इतने कम दिनों में अंग्रेज़ों के ज़माने से आठ बजे खुलती चली आ रही कैंटीन का समय नहीं बदला जा सका है। भूखी रानू की मम्मी ने कैंटीन का जालीदार दरवाज़ा खोला तो भीतर मेज़ पर लेटे आदमी की आवाज़ आई—

'बन्द है।'

'बच्ची को भूख लगी है। पाँच बजे के चले हैं नैनीताल से।'

'बाहर कई दुकानें हैं।'

बाहर जाने का टाइम नहीं है। रानू ने रोना शुरू कर दिया है। शायद ट्रेन चलने पर चुप हो जाए, पर नहीं, ट्रेन चल दी है और रानू रोए जा रही है। मम्मी ने झोले से टॉफियाँ निकालीं। रानू ने नीचे फेंक दीं। अंकल चिप्स निकाले। रानू ने लेने से इनकार कर दिया। झोले में और भी बहुत कुछ है। नहीं है तो बस दूध, और रानी को वही चाहिए।

'वो देखो—बफैलो! बोलो, ब-फ-फै-लो!'

रानू खिड़की की तरफ़ नहीं देख रही।

'वो देखो—काऊ।'

काऊ रानू को पसन्द है। कहाँ है काऊ? वह हल्के से मुस्कराती है—

'रानू की स्माइल! स्वीट स्माइल!'

चुम्मी पाकर रानू फिर मुस्कराती है। गाड़ी चले जा रही है, काठगोदाम स्टेशन पीछे छूट गया है।

रानू फिर रो रही है।

'कल हो न हो! कल हो न हो! कल— '

रानू पर कोई असर नहीं।

'अच्छा, मम्मी का हेड छुओ।'

रानू का हाथ पकड़कर मम्मी अपने सिर पर लगाती है।

'मम्मी का इयर छुओ।'

रानू का रोना बन्द नहीं हुआ है। मम्मी रानू का हाथ उठाकर अपने दायें कान पर रखती है।

'अच्छा, मम्मी की नोज छुओ।'

नोज रानू को पसन्द है। वह मुस्करा रही है। हाथ मम्मी की नाक की तरफ़ बढ़ रहा है।

'गन्दी बात। हाथ नोज में नहीं डालते।' हाथ नीचे गिर गया है।

'कौन-सा बिस्किट खाएगी मेरी रानू? पारले जी?'

झोले से बिस्किट का पैकेट निकल आया है। पहला बिस्किट रानू निगल गई है।

'स्लोली स्लोली!'

दूसरा बिस्किट मुँह में जा रहा है।

'रानू ने फिनिश कर दिया! फिनिश!'

रानू ख़ुश है। मम्मी भी ख़ुश है। इस बीच हल्द्वानी निकल गया है। गाड़ी किसी गाँव से गुज़र रही है।

'वो देखो, विलेज गर्ल!'

गाड़ी धीमी हो रही है। यात्री अभी से कहने लगे हैं, 'गाड़ी बेकार है। जगह-जगह रुकती है।' रानू फिर रो रही है।

'बफैलो, बोलो, ब-फै-लो!'

गाड़ी चल पड़ी है।

'विलेज गॉन!'

रानू फिर रो रही है।

'डैडी लेने आएँगे रानू को। फिर हम जाएँगे शालीमार गार्डन।'

डैडी का नाम सुनकर रानू मुस्करा देती है। वह बाहर झाँकती है। डैडी कहाँ हैं? डैडी के ज़िक्र ने रानू को फिर रुला दिया है।

'वो देखो, अंकल!'

रानू अगली सीट से पीछे मुड़कर देख रहे खिचड़ी बालों वाले यात्री को देख रही है। अंकल मुस्कराने की कोशिश में हैं।

'अंकल से शेक हैंड करो।'

अंकल स्वयं रानू का हाथ पकड़ते हैं। रानू हाथ झटक देती है। भूख दुबारा लग आई है।

'अभी चाय वाला आएगा,' अंकल का आश्वासन है।

'इसे दूध चाहिए।'

अंकल चुप होकर बैठ गए हैं। उनके मुँह से लगातार मन्द-मन्द जाप की आवाज़ आ रही है।

'अच्छा, तुम भी मंत्र बोलो। बोलो, ॐ नमः शिवाय।' रानू का रोना बन्द नहीं हो रहा।

'वो देखो, काऊ! सचमुच की काऊ।'

रानू खिड़की के काँच में नाक गड़ाकर देख रही है। गाड़ी सरपट भाग रही है। गायें घास चर रही हैं। फिर कोई गाँव आ रहा है। गाँव के बच्चे गुज़रती हुई ट्रेन को देख रहे हैं। वे रानू को नहीं देख सकते हालाँकि उसका चेहरा काँच से सटा है। काँच की ठंडक से वह भूख को भूल गई है। वह अपने नन्हे हाथ चेहरे के दोनों तरफ़ काँच को धीरे से मारती है। एक क्षण बाद थोड़ा ज़ोर से मारती है।

सामने बैठे अंकल जाग उठते हैं। उनके मुँह से निकलता है—

'ओम्।'

'अंकल को डिस्टर्ब कर दिया? सॉरी बोलो रानू बेटे।'

बेख़बर रानू काँच को मारे चली जा रही है।

'डर्टी ग्लास!'

अपना हाथ हटाए जाते ही रानू रोने लगती है।

'रानू हंग्री है, रानू हंग्री है।' मम्मी रानू को बार-बार उछाल रही है। रानू को कोई फ़र्क़ नहीं।

'कल हो न हो! बोलो, कल हो न हो!'

अब रानू चीख रही है।

'लेट अस गो टु डिस्को! लेट अस गो टु डिस्को!' मम्मी रानू को ज़ोर-ज़ोर से हिलाकर बहला रही है, पर रानू मान नहीं रही।

'देखो, अंकल क्या सोचेंगे? लो, अपना पारले जी फिनिश करो। फिर हम घर पहुँचेंगे। डैडी के पास। शालीमार गार्डन।'

सुबकती हुई रानू बिस्किट लिये खिड़की से देख रही है।

'वो देखो, कितने सुन्दर ट्रीज हैं!'

बिस्किट नीचे गिर गया है। रानू उसे फ़र्श पर ढूँढ़ना चाहती है। वह गोदी से उतरना चाहती है।

'डर्टी बिस्किट! दूसरा ले लो!'

रानू नए बिस्किट को पटक देती है। अगली सीट की पीठ पर ज़ोर से हाथ मारती है। अंकल फिर बोल पड़ते हैं—'ओम्! हरिओम्!'

चम्पा कथा

जिस जीवन की शुरुआत ही एक बड़ी हत्या और दंगों की बर्बरता के साथ हुई हो, उसके प्रारब्ध के बारे में सोचे बिना रविकान्त को मोह में नहीं पड़ना चाहिए था। इस कहानी को पढ़कर शायद कई सुधी पाठक यही निष्कर्ष निकालेंगे। इस निष्कर्ष से भले इन पाठकों को कुछ सान्त्वना, उनके घायल और उदास दिलों को कुछ राहत मिले, पर यह निष्कर्ष ग़लत होगा। यदि एक पौधे को भी प्रारब्ध के घेरे में बाँध दिया जाए, तो ज़िन्दगी का मतलब ही क्या रहा?

दरअसल, यह समूची भाग्यवादी दृष्टि एक बोझ है, जिसे उतारे बग़ैर इस कहानी का आनन्द नहीं लिया जा सकता। हत्या, दंगों और प्रेम के अलावा भी इस कहानी में कुछ है, तो चम्पा का विशिष्ट चरित्र ही है। यदि आपने कभी चम्पा के पौधे की परवरिश स्वयं की है, तो किफायती होता है। चम्पा के पौधे में एक-एक नए पत्ते का आना पूरी तरह रोमांचक घटना से कम नहीं होता। वे चौड़े-चौड़े पत्ते आहिस्ता-आहिस्ता आते हैं। साल भर के पौधे को देखकर आप आराम से यह हिसाब लगा सकते हैं कि कौन-सा पत्ता कब उगा था।

साल भर की चम्पा के ये थोड़े-से ख़ूबसूरत पत्ते जाड़ा आने के साथ गिरना शुरू हो जाते हैं। वसन्त के आने तक चम्पा का एक पौधा ठूँठ रह जाता है। उसे देखना एक अजीब अनुभव होता है—हैरत और डर का मिला-जुला अनुभव : हैरत इस बात पर कि यह ठूँठ चम्पा का यौवन छिपाए हुए है और डर इस बात का कि कहीं यह चम्पा की मृत्यु का सन्देश न हो। जीवन का कोई लक्षण उस ठूँठ पर नहीं होता; बस, स्मृति होती है, जो ठूँठ पर पड़े निशानों की मदद से हर पत्ते के जन्म और उसकी मृत्यु का हिसाब बड़ी सफ़ाई और निरपेक्षता से सँजाए रहती है। कम-से-कम तीन साल तक चम्पा इस तरह की जीवन-घड़ी का काम करती है। इसके बाद उसका तना सपाट होने लगता है और एक-एक पत्ते के जन्म जैसी सूक्ष्म स्मृतियाँ दर्ज करने में असमर्थ हो जाता है। रविकान्त को अपने दरवाज़े पर जो चम्पा उस शाम मिली थी, अभी कुछ हफ़्तों की ही थी।

वह सन् चौरासी का शरद था। देश की राजधानी में ऋतुओं का आना और जाना किस प्रकार चुपचाप और अनदेखा चलता रहता है, उसी क्रम में इस बार भी शरद का आना किसी के ध्यान में नहीं था, पर दिल्ली से सैकड़ों मील दूर उत्तर भारत के तमाम छोटे शहरों और उनसे भी छोटे क़स्बाई शहरों में शरद ऋतु का निखार जनजीवन में बदस्तूर प्रकट हो चुका था। लड़कियों ने धूप में, यानी छत पर जाकर बाल सुखाना शुरू कर दिया था। कार्तिक स्नान के लिए जानेवाली औरतें अपने बचे-खुचे लोकगीतों को दुहराती हुईं—अधिकांश को डिश एंटिना नामक अस्त्र नष्ट कर चुका था—सुबह के अँधेरे में पास के जलाशय या नदी की ओर जाने लगी थीं। जिस गली में रविकान्त ने दूसरी मंज़िल पर एक कमरा, जो यदि दिल्ली में होता, तो बरसाती कहलाता, ले रखा था। उस गली में रहनेवाली कई औरतें इस वर्ष कार्तिक स्नान करने जाया करती थीं। सुबह चार बजे से अपने-अपने घरों से निकलकर गली में उनका जमा होना, फिर गाते हुए चल पड़ना रविकान्त की नींद को निर्णयात्मक रूप से तोड़ डालता था।

रविकान्त को बिहार से निकालकर विंध्य के इस क़स्बे में नौकरी की तलाश लाई थी। रोज़गार समाचार पढ़ते-पढ़ते नायब तहसीलदार बन जाना और अपनी पहली पोस्टिंग इस क़स्बे में पाकर यहाँ इस गली में रहने लगना एक लम्बी और ढीली, किन्तु सामान्य कथा थी, जिसका उपसंहार रविकान्त के विवाह के तौर पर होना अभी शेष था। सरकारी उपसंहार के तौर पर नौकरी पक्की होना भी अभी कुछ दूर था। सरकारी मकान तो अभी बहुत ही दूर था। सरकारी मकान अब इस पद से बहुत ऊँचे पदों पर आसीन लोगों को भी नहीं मिल पाते थे। मकान की तलाश रवि को अभी मुश्किल से चार महीना पहले एक पंजाबी डॉक्टर के इस मकान की दूसरी मंज़िल पर लाकर छोड़ गई थी। वह आषाढ़ का अन्त था। रविकान्त के पिता बस पर चढ़ते-चढ़ते इतना भर बोले थे कि सरकारी नौकरी में सबसे सम्बन्ध बनाए रखना चाहिए। बस के भीतर भीड़ और उमस थी, पर हमेशा की तरह उन्होंने अपने चेहरे और सिर को गमछे से बाँध रखा था। पिता के पैर छूकर बस से निकलते समय रवि के कानों में पास खड़े फल वाले के ठेले में लटके ट्रांजिस्टर के शब्द अचानक पड़े थे—'...आसमान का तारा हूँ...।'

पंजाबी होने के दो सामान्य अर्थ इस शहर में भी प्रचलित थे, पर उनके अलावा एक तीसरा अर्थ भी आम लोग सहज भाव से निकालते थे। पंजाबी हिन्दू भी हो सकता है, सिख भी, यह लोग जानते थे, पर सिंधियों को भी पंजाबी मानने का चलन था। पाकिस्तान के अलग होने के समय जगह और जीविका तलाशता हुआ जो भी यहाँ आया, उसे पंजाबी माना जाने लगा। हिन्दू और सिख पंजाबी परिवार स्थानीय जाति-व्यवस्था से काफ़ी अलग दिखते थे और उनके आपसी सम्बन्ध प्रगाढ़ थे। हालाँकि पगड़ी एक स्पष्ट प्रतीक होती है, पर स्थानीय लोगों को

वह कभी इतनी महत्त्वपूर्ण नहीं लगी थी कि वे उसके आधार पर हिन्दू और सिख का फ़र्क़ करें। सन् चौरासी के शरद में स्थानीय कांग्रेसियों ने काफ़ी प्रखरता से यह फ़र्क़ किया।

उस सुबह कार्तिक स्नान को गई औरतें लौटी ही थीं कि 'हर-हर महादेव' बोलते हुए युवकों और उनके आगे चल रहे पकी आयु के नेताओं की भीड़ रविकान्त की गली में घुस आई। रवि ने अपने कमरे की खिड़की खोलकर नीचे झाँका, तो भीड़ का आकार देखकर उसके होश उड़ गए। पिछले चौबीस घंटे वह लगभग रेडियो सुनता रहा था। रेडियो पर आकाशवाणी के सारे स्टेशनों से शोकवीणा के बीच-बीच में यह बताया जाता रहा था कि इन्दिरा गांधी का जन्म किस सन् में और कहाँ हुआ था और उन्होंने अपने जीवन के अन्तिम क्षण तक कितने धैर्य और शौर्य का प्रदर्शन किया था। दिल्ली शहर में व्यापक आगजनी और सिखों को ज़िन्दा जला दिए जाने की ख़बरें रवि ने बी.बी.सी. पर सुनी थीं। इन ख़बरों का सम्बन्ध नीचे उमड़ी भीड़ से जोड़ने में उसे कई क्षण लग गए। शुरुआती नवम्बर की ठंड उस सुबह रवि को सुबह चार बजे के आसपास महसूस हुई थी और तभी उसने अपनी खिड़की बन्द करते समय कार्तिक स्नान करनेवाली औरतों की चहल-पहल सुनी थी। कमरे में बन्द हवा में सिगरेट के धुएँ और रोज़ धुली बनियान न पहनने वाले उस कुँवारे आदमी के लटकते कपड़ों की गन्ध खिड़की खुलते ही रिहा हो गई।

नीचे डॉक्टर हांडा के दरवाज़े तक पहुँचने में भीड़ को एक क्षण भी नहीं लगा। दरवाज़े के सामने थोड़ी-सी खुली जगह थी, जिसका ज़्यादा हिस्सा गमलों ने घेर रखा था। मकान को गली से अलग करनेवाली नीची दीवार पर भी गमले रखे हुए थे। इन गमलों में जसविन्दर के हाथों लगाए गए पौधे अभी बच्चे थे; उनमें फूल आने में अभी कम-से-कम एक महीने की देर थी। अपने कमरे के सामने बनी हुई सँकरी बालकनी में खड़े रविकान्त को जसविन्दर अक़सर इन पौधों की परवरिश करती हुई दिख जाती थी।

सामनेवाले कमरे के अलावा, जहाँ डॉ. हांडा अपने मरीजों को देखते थे, मकान में तीन कमरे और थे। उनमें से एक कमरा लगभग बन्द पड़ा रहता था। यह जसविन्दर के भाई का कमरा था, जो डॉक्टरी पढ़ने रायपुर गया हुआ था। शेष दो कमरों में बाप-बेटी रहते थे। डॉ. हांडा की पत्नी कई वर्ष पहले ही मर चुकी थीं, भीड़ ने सामनेवाले कमरे का दरवाज़ा इतनी ज़ोर से भड़भड़ाया कि ऊपर अपनी बालकनी पर खड़े रविकान्त को लगा, जैसे दरवाज़ा टूटने ही वाला है और भीड़ अन्दर वाले कमरों में दुबके डॉ. हांडा और जसविन्दर को पकड़कर बाहर खींच रही है। रवि सीढ़ियों पर छलाँगें लगाते हुए, घबराहट से भरा नीचे पहुँचा। तब तक डॉ. हांडा सामनेवाले कमरे का दरवाज़ा भीतर से खोल चुके थे। डर और बेबसी से ढँके उनके चेहरे पर कोई हरकत पैदा किए बग़ैर गिड़गिड़ाहट के चन्द शब्द

उनके होंठों को अलग करते हुए निकले। रवि को ये शब्द ठीक से सुनाई नहीं दिए। उसने भीड़ में चेहरों पर नज़र डाली, तो पाया कि वह इनमें से कई चेहरों को पहचानता था।

ये चेहरे शहर के उन लोगों के थे, जो नेताओं के इर्द-गिर्द दिखाई देने के कारण ही जाने जाते थे। प्रदेश का मंत्री जब पुलिस लाइन के पिछवाड़े में रात-दिन एक करके बनवाए गए हेलीपैड पर उतरता था, तो ये चेहरे अफ़सरों के आजू-बाजू में दिखाई देते थे।

ये चेहरे अपने-आप बन्द होनेवाले उस अधकटे दरवाज़े में से अक़सर गुज़रते थे, जो क्लक्टर के ऑफिस में लगा था। वे हमेशा दो में से एक तरह की चिकनाहट से लथपथ रहते थे—कभी किसी गन्दी घटना को दबाने की कोशिश में पोती गई मोटी चिकनाई से, तो कभी भावी इरादों को छिपाने की कोशिश में काम आनेवाली पनीली, गँधाती चिकनाई से। बलात्कार के बाद गड्ढे में फेंक दी गई लड़की को लेकर उठे विवाद जैसी स्थितियाँ तो साल-डेढ़ साल में एक बार उभरती थीं, पर मारपीट, अवैध धन्धों, रचनात्मक गतिविधियों और राष्ट्रीय योजनाओं के स्थानीय अमल के सिलसिले में रविकान्त इन चेहरों को कलक्टर के अहाते में अक़सर देखता था। फिर भी आज इन चेहरों को यहाँ देखने और उनमें से—विशेषकर उनमें जड़ी आँखों में से फूट रही धधक को सहने में उसे दिक्कत महसूस हो रही थी।

रविकान्त को ज़िन्दगी के अग्निकांडों से गुज़रने का अभ्यास बिलकुल नहीं था। उसके पिता हेमेन्द्र सिंह इतनी कोमल तबीयत के इंसान थे कि गली में किसी बच्चे को पिटता हुआ देखकर विचलित हो जाते थे। रवि की माँ के मोतियाबिन्द के ऑपरेशन के बाद जब डॉक्टर ने पट्टी खोलने और आँख की सफ़ाई करने की विधि समझाई थी, तो हेमेन्द्र बाबू का चेहरा सफ़ेद पड़ गया था और वह खड़े नहीं रह सके थे। रवि का कमज़ोर दिल अपने पिता की आनुवांशिक भेंट था, यह कहना काफ़ी आसान होता, अगर रवि में पिता के मुक़ाबले एक अतिरिक्त क्षमता न होती। यह क्षमता थी स्विच ऑफ हो जाने की। डॉ. हांडा के साथ उन देशभक्तों द्वारा की गई बदसलूकी को रविकान्त ने अपनी इसी क्षमता के कारण नहीं देखा। कब डॉ. हांडा की पगड़ी सिर से उतारी गई और हवा में उछाल दी गई, कब उनका कॉलर पकड़कर दो यूथ कांग्रेसी चिल्लाए, कब भीतर के कमरे से जसविन्दर निकली और अपने पिता के प्राण की भीख माँगने लगी, कब वही दो यूथ कांग्रेसी भद्दी गालियाँ देते हुए उस पर झपटे और कब बड्डे नाम के एक अर्द्धशरीफ़ अधेड़ नेता ने जसविन्दर से कहा कि वह अपने पिता को आज रात तक शहर से ले जाए—उसकी काया सीढ़ी वाले दरवाज़े से टिकी रही और आँखें पथरा गईं। उसे इतना भर याद है कि भीड़ के जाने के बाद एक नीली पगड़ी नंगे फ़र्श पर रखी थी और भीतर से सिसकियाँ सुनाई दे रही थीं।

उस दिन देर शाम को जब रविकान्त घर लौटा, तो सीढ़ियों पर सन्नाटा था। उसे शक हुआ कि डॉ. हांडा सचमुच ही शहर छोड़कर न चले गए हों। सीढ़ियाँ चढ़कर वह अपने कमरे के दरवाज़े के सामने पहुँचा, तो उसके मन में यह कल्पना जागी कि ताले में एक चिट्ठी फँसी है। ताला अँधेरे में डूबा हुआ था। सीढ़ियों के ऊपर लगा बल्ब कई महीनों से फ्यूज पड़ा था। गली में थोड़ा आगे चलकर जलनेवाली ट्यूब लाइट की रोशनी का एक अंश रविकान्त की बालकनी में गिरता था, लेकिन वहाँ से दीवार के सहारे रेंगकर लगातार अपनी आभा खोते हुए यहाँ दरवाज़े तक आते-आते पूरी तरह चुक जाता था। उस अँधेरे में भी शायद कुछ देखना सम्भव होता, यदि रविकान्त का मन सुबह की घटनाओं से इतना बोझिल न होता। सारा दिन पिता की स्मृति उसे रह-रहकर घेरती रही थी। पिता की भावुक, निर्बल छवि ही थी, जो रवि को सुबह के घटनाक्रम में अपनी दयनीय भूमिका के धिक्कार से बचाए रख सकी थी।

दो परिचितों के घर में उसने दिन बिताया था। ये दोनों परिचित बिहार के थे, विवाहित थे और इन्दिरा गांधी की हत्या के कारण ही रवि की तरह छुट्टी पर थे। उन घरों के परिचित माहौल और भोजन से रवि का उचटा हुआ मन शान्त हुआ होता, तो वह अपने दरवाज़े से टिके थैले को ठोकर मारकर गिराने के पूर्व चेत जाता। पॉलीथीन के उस थैले में क्या था, वह किस तरह टूटा कि आवाज़ भी न आई, रविकान्त यह तभी देख सका, जब उसने हड़बड़ी में ताला खोलकर बिजली का स्विच ऑन किया।

उसकी आँखों ने चौंककर देखा कि ठोकर खानेवाली चीज़ चम्पा का एक पौधा था। उसका एक बड़ा-सा पत्ता टूटकर लटक गया था। उस अपाहिज पौधे को उठाकर चारों ओर से देखते हुए रवि को लगा कि वह एक चिट्ठी पढ़ रहा है, जिसमें जसविन्दर ने हरे रंग की फैली-फैली स्याही से लिखा है कि तुम इस पौधे के सहारे मुझे याद रखना।

रविकान्त देर तक चम्पा के बचे हुए पाँच पत्तों पर इस सन्देश के पर्याय पढ़ता रहा। बेचैनी और वियोग की ताक़तवर लहरों में तैरने का बिलकुल नया अभ्यास करते हुए उसने रात बिता दी। कार्तिक स्नान के लिए जानेवाली औरतों की चहल-पहल सुनकर ही वह उठ सका और बत्ती बुझाकर बिस्तर पर लेट गया। नींद का सवाल ही नहीं था, सिर्फ़ सिगरेट की तमन्ना बच रही थी, पर उसे पूरा करना रवि को घिनौना जान पड़ा। वह अभी तक कमरा बन्द करके ही सिगरेट पीता था, क्योंकि उसे मालूम था कि मकान-मालिक की नज़र में यह बात आना ठीक नहीं रहेगी, लेकिन अब मकान-मालिक के चले जाने पर इस विशाल सूने में भी सिगरेट पीना उसे पाप-सा महसूस होने लगा। सिगरेट का सहारा उसके लिए आनेवाली उन कई लम्बी सुबहों में उपयोगी होता, जो उसने नया कमरा ढूँढ़ने में ख़र्च की।

डॉ. हांडा जाते-जाते अपने मकान की चाभी रोशन सरीन को दे गए थे, जो एक निहायत व्यावहारिक पंजाबी हिन्दू होने के अलावा जीवन बीमा के एजेंट भी थे। डॉक्टर साहब का मकान बिकवाने के प्रति वे उतने ही समर्पित थे, जितना रविकान्त को नया कमरा दिलाकर उसे अपना बीमा कराने के लिए मनाने के प्रति। ये सारे काम उन्होंने दो सप्ताह में कर डाले। शहर में तीन अन्य सिख परिवार दंगे से चोट खाकर चले गए थे। उनमें से एक का पुराना मकान, जिसे पाकिस्तान बनने पर एक मुसलमान ख़ाली कर गया था, सरीन ने ख़ुद खरीद लिया। इसी मकान का पिछला हिस्सा उसने रविकान्त को किराए पर दे दिया। चम्पा का पौधा, जिसे रवि एक गमले में सँभालकर लाया था, अब उसके सोनेवाले कमरे की खिड़की में बड़ा होने लगा।

उस शाम रवि के पैर से लगी ठोकर से उबरने में चम्पा ने काफ़ी वक़्त ले लिया। जो पत्ता टूट गया था, उसकी शाख कई हफ़्तों तक एक नन्हे ठूँठ-सी दिखती रही। रवि को हिम्मत नहीं हुई कि उसे तने से तोड़ दे। रविकान्त चम्पा को छूने से भी डरता था। उसे लगता था कि उसके छूते ही पौधा मर जाएगा, पर उसका छूना-न-छूना जैसे बराबर था। जाड़े के बढ़ने के साथ-साथ चम्पा के रहे-सहे पत्ते पीले पड़ने लगे। उन्हें पीला और कमज़ोर होते देखकर रविकान्त को लगा कि पौधे की परवरिश में उसने कोई बड़ी कमी छोड़ दी है। पानी तो ख़ैर, वह रोज़ देता ही था, गमले की मिट्टी को भी उसने अपने हाथों से बहुत सावधानी से गोड़ा। उसे लगा कि मिट्टी बहुत सख़्त हो गई है और शायद इसलिए पत्ते पीले हो-होकर गिर रहे हैं, लेकिन कई दिन गुड़ाई करने से भी कोई फ़र्क़ नहीं पड़ा। फिर उसके मन में आया कि पौधे को जितनी धूप चाहिए, उतनी शायद यहाँ नहीं मिल रही है। अब वह चम्पा को अपने हाथों से उठाकर रोज़ सुबह दरवाज़े के सामने बैठा रहता, जब तक धूप पौधे को कहीं न कहीं स्पर्श करती रहती। धूप हट जाने के बाद वह पौधे को वापस खिड़की पर रखकर वे काम करता, जिन्हें ऑफिस जाने के पहले करना ज़रूरी होता था।

ऑफिस में रविकान्त की दोस्ती अभी किसी से इतनी नहीं हुई थी कि वह अपनी इस चिन्ता के बारे में बात कर सकता। दिन भर ऑफिस के पुराने, पीले पड़ गए काग़ज़ों और निर्धन किसानों के कुपोषित चेहरों के बीच उसे अपनी चम्पा के पीले पड़ते पत्ते दिखाई देते। उनके बारे में चिन्तित रहने से उसे कष्ट होता हो, ऐसा नहीं था; उल्टे एक अजीब सुख भी इस चिन्ता में मिलता था। चम्पा के सूखते हुए पत्ते शायद उसके हाथों का स्पर्श पाकर चंगे हो जाएँगे, यह सम्भावना उसके मन में एक अलौकिक सन्देश की तरह लगभग रोज़ दोपहर में कौंधती और वह सोच लेता कि आज शाम वह उन सूखे पत्तों को छुएगा, मगर शाम होने पर घर की गली में प्रवेश करते ही उस अलौकिक सन्देश से मिली ताक़त गायब हो जाती और

उसका स्थान वही पुराना दारुण भय ले लेता कि उसका स्पर्श पाते ही चम्पा में बचा हुआ थोड़ा-बहुत जीवन भी नष्ट हो जाएगा।

दिल्ली से आनेवाला अख़बार शहर में एक दिन बाद और वह भी दोपहर में पहुँच पाता था। बहुत कम लोग ही दिल्ली का अख़बार पढ़ते थे, क्योंकि ख़ास-ख़ास ख़बरें अपनी मांसल ताज़गी के साथ प्रान्तीय अख़बारों में, जो सप्ताह में दो-तीन बार रंगीन छपते थे, एक दिन पहले परोसी जा चुकी होती थीं। अलबत्ता रविकान्त दिल्ली के बासी अख़बार के इन्तज़ार में रोज़ाना व्यग्र रहता। उसने अपने ऑफिस के चपरासी से कह रखा था कि जैसे ही अख़बार आए उसे तुरत दिया जाए, भले वह किसी मीटिंग में बैठा हो। एक नायब तहसीलदार के जीवन में मीटिंग कभी-कभार होती है।

बहरहाल, एडीशनल कलक्टर भगवती प्रसाद झा रविकान्त को लगभग प्रतिदिन लंच के बाद अपने चैम्बर में बुला लेते थे। झा जी स्वयं बिहार के रहनेवाले थे, इसलिए रवि को सलाह देना, उसकी ख़बर रखना वह अपना अधिकार समझते थे। वह जो एक सलाह नियमित रूप से रवि को देते थे, यह थी कि उसे आई.ए.एस. की परीक्षा में ज़रूर बैठना चाहिए। परीक्षा की तैयारी शुरू कर देने की प्रेरणा और उसमें सफल होने के कुछ नुस्खे भी वह उसे बराबर देते रहते थे। जिस समय उनका यह प्रवचन चल रहा होता, प्रायः उसी दौरान दिल्ली का अख़बार रविकान्त के हाथों में पहुँचता।

अख़बार मिलते ही रविकान्त का मन झा साहब की बातों से हटकर अख़बार के पन्नों की ओर लपकता। इधर-उधर से पन्ना मोड़कर रवि कुछ ढूँढ़ने लगता। झा साहब ताड़ जाते कि रवि का मन उनकी बातों में नहीं है, पर वह यह न जान पाते कि अख़बार में वह क्या ढूँढ़ रहा है। वह रिटायर होने की उम्र के क़रीब पहुँच चुके थे। यह उनकी आख़िरी और सर्वोच्च पोस्टिंग थी। उनकी हार्दिक इच्छा थी कि इसी पोस्टिंग के दौरान उनकी दूसरी बेटी की शादी हो जाए। रविकान्त उन्हें पहली ही नज़र में उपयुक्त वर नज़र आया था, पर वह चाहते थे कि शादी की बात शुरू होने से पहले रविकान्त नायब तहसीलदार के पद से ऊपर उठने की राह पकड़ ले, परन्तु रविकान्त, जो उनके इस इरादे से परिचित था, हाथ में 'जनसत्ता' आते ही जैसे किसी फितूर से भर उठता। वह अदब से उठने की कोशिश करता, पर झा साहब उसे कुछ देर और बैठने के लिए कह देते। उनकी चमकदार गंज और होंठों पर पान की कत्थई रेखा देखकर रवि इसके लिए और भी उतावला हो उठता कि वह इस सीमित दुनिया से भाग जाए और अपने कमरे में लेटकर अख़बार का कोना-कोना छानकर पता लगाए कि नवम्बर के दंगों में सिखों को जलाकर मारनेवाले लोगों और उनके राजनीतिक संरक्षकों की गिरफ्तारी की प्रक्रिया कितना आगे बढ़ी है।

उसके मन में इस बात को लेकर अटूट विश्वास था कि जिस दिन दिल्ली के दंगाई पकड़ लिए जाएँगे, उसी दिन वे चेहरे भी जेल में होंगे, जो उस सुबह डॉ. हांडा के गिर्द जमा थे। तहसील, कचहरी या कलक्ट्रेट में दिख जाने पर रविकान्त इन चेहरों को बड़े ग़ौर से देखता, मानो उस दिन की घटना की कोई छाप तलाश रहा हो। कोई चिह्न न पाकर वह तिलमिला उठता। उस मन:स्थिति में उसे लगता कि दुनिया वह नहीं रही जो नवम्बर के पहले थी और यह जो नई यानी नवम्बर के बाद की दुनिया है, इसमें भले-बुरे या पाप-पुण्य का कोई अन्तर नहीं रह गया है। जैसे-जैसे दिन बीतते जा रहे थे, रविकान्त का यह विश्वास गहरा होता जा रहा था कि उसके आसपास दिखनेवाला हर आदमी किसी बहुत बड़ी फ़िक्र और घुटन का शिकार है, लेकिन घुटन का कोई निशान चेहरे पर प्रकट नहीं होने देता है। दूरदर्शन पर प्रधानमंत्री का स्वस्थ और युवा चेहरा देखते-देखते अचानक रवि को लगता कि चेहरे पर गहरी लकीरें उभर आई हैं।

जाड़ा बढ़ता गया और चम्पा के पीले पड़ते पत्ते एक-एक करके गिर गए। रविकान्त ने हरेक पत्ते को उठाकर बचपन के स्कूली दिनों की तरह से एक फ़ाइल में सहेजकर रखा। एक शाम ऑफिस से लौटकर उसने पाया कि चम्पा का आख़िरी पत्ता भी गिर चुका है। पत्ते को ढूँढ़ने के लिए उसने सारा फ़र्श छान मारा, लेकिन वह नहीं मिला। यह सोचकर कि पत्ता हवा में उड़कर खिड़की से बाहर न चला गया हो, रवि पूरी गली छान आया। उसे इस आशंका से दहशत महसूस हुई कि पत्ता कूड़े में न फेंक दिया गया हो या सूखा होने के कारण किसी के पैर के नीचे आकर कुचला न जा चुका हो। अन्त में थकान और उद्विग्नता से घिरकर लेटते समय उसने पाया कि पत्ता रजाई की तहों में छिप गया था।

नए साल की शुरुआत होने तक चम्पा एक ठूँठ रह गई थी। रवि उस ठूँठ पर अंकित निशानों की संख्या का मिलान अपने पास सहेजकर रखे गए पत्तों से अक़सर किया करता था। उसे यक़ीन था कि इन्हीं निशानों में से नए पत्ते उगेंगे।

चम्पा के ठूँठ के गिर्द की मिट्टी की गुड़ाई वह बराबर करता जा रहा था, पर ठूँठ को धूप दिखाना अब थोड़ा कठिन हो गया था, क्योंकि सुबह का सूरज अब काफ़ी देर से दरवाज़े में झाँकता था। पौधे को धूप दिखाने के लिए यह ज़रूरी था कि ऑफिस जाते समय रवि गमले को अपने मकान के दरवाज़े के बाहर छोड़ जाए। यह विचार मन में आने पर रवि पहले दिन डरा कि पौधे के ठूँठ को कोई अजनबी नुक़सान न पहुँचा दे, लेकिन अगले दिन उसने यह सोचकर थोड़ी हिम्मत बाँधी कि धूप न मिलने से पौधे को नुक़सान पहुँचने की आशंका ज़्यादा है। दिल मज़बूत करके रवि चम्पा को दरवाज़े के बाहर छोड़ तो गया, पर लंच के समय, यानी झा साहब का दैनिक प्रवचन शुरू होने से पहले, वह चुपचाप घर गया। यह देखकर कि चम्पा सुरक्षित है, उसे भारी सन्तोष हुआ, लेकिन अब बाक़ी बचे हुए

दिन के लिए पौधे को बाहर छोड़ना उसे ठीक नहीं जँचा। उसने तय किया कि चम्पा को मकान के भीतर रखना इसलिए भी ज़रूरी है कि बाहर उसे ठंडी हवा लग जाने का डर है।

दोपहर में घर लौटकर चम्पा को अन्दर रखने का यह क्रम पूरे एक सप्ताह जारी रहा। दो-एक बार घर से ऑफिस लौटने में रवि को थोड़ी देर हो गई और झा साहब अपने चपरासी से यह सुनकर कि रविकान्त कहीं गया है, यह जानने के लिए उत्सुक हो गए कि लंच के समय वह कहाँ जाता है। कोई सन्तोषजनक उत्तर न पाकर झा साहब ने प्रस्ताव रखा कि लंच वह उन्हीं के साथ कर लिया करे। रवि के लिए खाना झा साहब के घर से आने लगा, तो चम्पा को पूस की हवा से बचाने का क्रम टूट गया। अब शाम को घर लौटकर चम्पा का ठूँठ सुरक्षित देखकर उसे ऐसी ख़ुशी होने लगी, जैसे दुनिया के कामों में उलझे पिता को बच्चों से मिलकर होती है।

मकर संक्रान्ति बीती और जाड़ा घटने लगा। ऑफिस जाते समय किसी-किसी दिन रविकान्त को लगता कि हवा में एक अजीब-सी झटकन है। उसके मन में यह आशा जाग जाती कि शाम को ऑफिस से लौटकर वह चम्पा के ठूँठ में एक नए पत्ते के आने का संकेत देखेगा। नवम्बर के दंगापीड़ितों की ख़बर अब 'जनसत्ता' में कभी-कभार ही छपती थी। दंगों में हुए नरसंहार की मदद से विधवा बना दी गईं सिख औरतों के प्रदर्शन भी अब कम हो गए थे। दिल्ली का त्रिलोकपुरी, जहाँ यह तांडव सबसे नृशंस शैली में हुआ था, अख़बार के आठवें कॉलम में इस बहाने ज़िक्र का विषय बन जाती थी कि वहाँ की जिन औरतों के मर्दों पर मिट्टी के तेल के कुप्पे उड़ेलकर आग लगा दी गई थी, उन्हें सरकार की ओर से सिलाई मशीनें मुफ़्त दी जा रही हैं। उनके बच्चों की शिक्षा के लिए भी शासन और स्वयंसेवी संगठन विशेष किस्म के प्रयास कर रहे थे, ताकि वे अपने पिताओं के घसीटे, पीटे और ज़िन्दा जलाए जाने के गन्दे दृश्य भूल जाएँ और जीवन की मुख्यधारा में खुले मन से प्रवेश कर सकें।

चम्पा के ठूँठ में दो नए पत्ते रविकान्त ने वसन्त पंचमी के सप्ताह भर बाद देखे। ये नए पत्ते उन निशानों से बहुत दूर फूटे थे, जिन्हें पुराने पत्ते गिरते समय बना गए थे! नए नन्हे पत्तों को देखती ही रवि ने योजना बनाई कि वह जल्दी ही मिस्टर सरीन से डॉ. हांडा का अता-पता पूछेगा। हरे-हरे पत्तों से ढकी चम्पा जसविन्दर को दिखाने की तमन्ना उसे वसन्त की हवा की तरह छेड़ने लगी। झा साहब के उपदेश बर्दाश्त करना अब उसे बहुत आसान लगता। हाँ, दिल्ली का अख़बार हाथों में लेकर उसे पढ़ने की व्यग्रता जाती रही। रोज़ शाम घर लौटकर उसे चम्पा के नए पत्तों का बढ़ा हुआ आकार देखने की उत्सुकता अवश्य होती, लेकिन पौधे की सुरक्षा की चिन्ता पूरी तरह मिट-सी गई। उसे विश्वास हो गया कि चम्पा को किसी दैवी शक्ति ने जिलाया है। इसलिए अब उसे कोई क्षति नहीं पहुँच सकती।

महीने भर में चम्पा का ठूँठ एक स्वस्थ पौधे जैसा दिखने लगा। चार नए पत्ते पूरी तरह खिल चुके थे और चार अन्य अपने शैशव की ऐंठन से मुक्त होने की प्रक्रिया में थे। सुबह की धूप, जो अब खिड़की और दरवाज़े—दोनों से पर्याप्त मात्रा में अन्दर आती थी। उन पर चमक की एक नई परत चढ़ा देती थी। पत्तों की नसें कोमल थीं, पर ख़ूब साफ़ और करीने से तराशी गई नज़र आई थीं। इस सुखद कुदरती करिश्मे को देखकर कौन यह वीभत्स कल्पना कर सकता था कि...होली के चार दिन पहले से मुहल्ले के लड़के ऐसी हर चीज़ ढूँढ़ने लगे थे, जिसका दूर-दराज का भी सम्बन्ध लकड़ी से हो।

रविकान्त का आत्मविश्वास इतना बढ़ चुका था कि वह चम्पा को अब कभी अन्दर नहीं रखता था। मार्च की पोषक हवा में दरवाज़े के पास खड़ी चम्पा दिन भर अपनी संजीवनी शक्ति से चुपचाप विकसित होती रही और रवि के मकान की शोभा बढ़ाती रही।

उस दिन झा साहब के दैनिक प्रवचन के समय ही चम्पा पर हमला हुआ। दो लड़कों, जिनकी उम्र दस-बारह साल से अधिक नहीं रही होगी, ने चम्पा को एक झटके में गिरा दिया। वे उसके तने को तब तक मरोड़ते रहे, जब तक उसका रेशा-रेशा खिंचकर टूट नहीं गया। लड़कों ने चम्पा को उन्हीं नए पत्तों के सहारे पकड़ा, जिन्हें रविकान्त इतनी हसरत से रोज़ जाँचता था। जिस गमले में चम्पा का पौधा इतने महीनों से खड़ा रहा था, पहले झटके में टूट चुका था। मिट्टी का एक छोटा समृद्ध टुकड़ा, जिसमें से चम्पा की जड़ों का एक हिस्सा झाँक रहा था, दरवाज़े के सामनेवाली जगह के बीचोबीच पड़ा रह गया था। पत्तों के सहारे घसीटते हुए लड़कों ने चम्पा को उस ढेर पर ले जाकर फेंक दिया था, जहाँ होली में जलाने की अन्य सामग्री उन्होंने मुहल्ले के और लड़कों के साथ जमा की थी। रविकान्त जब ऑफिस से लौटा, तो उसे चम्पा का टूटा हुआ गमला और दरवाज़े के सामने पड़ा मिट्टी का टुकड़ा भर मिला। इधर-उधर नज़र दौड़ाने पर उसने पाया कि चम्पा के एक पत्ते का कुचला हुआ हिस्सा, जो पौधे के घिसटने के दौरान अलग हो गया होगा, थोड़ी दूर पर एक उथली नाली में पड़ा था। नाली की गन्दगी ताज़ा, पर मार्च के सूरज में पड़ी-पड़ी कुछ सूख गई थी।

रविकान्त से मेरी एकमात्र मुलाक़ात चम्पा कथा के इस दुखान्त के सात वर्ष बाद पटना में हुई। वह फरवरी के शुरुआती दिनों की एक शाम थी। पटना का विशाल गांधी मैदान अपने चारों तरफ़ लगातार दौड़ रही कारों और इधर-उधर बैठे मूँगफली और भुने चने बेचनेवालों की आग के धुएँ में डूबा हुआ जान पड़ता था। यह शासन की कृपा ही थी कि उसके अधिकारी नगर भर में जगह-जगह पड़े कूड़े में आग लगाने के इच्छुक नहीं थे, वरना गांधी मैदान पर छाया धुआँ इतना घना हो जाता कि मैदान के गिर्द खड़ी ऊँची इमारतों पर लगे बहुराष्ट्रीय कम्पनियों के उत्पादों

के बिजली से दहकते नाम पढ़ना भी कठिन हो जाता। मैदान के चारों ओर बिछी सँकरी पैदल-पट्टी पर चलते-चलते मैं जैसे निष्प्रयास उस भजन-मंडली के बीच जा पहुँचा, जो महात्मा गांधी की पथरीली मूर्ति के पास बैठकर गा रही थी। मूर्ति के पत्थर का एक हिस्सा उस पर चिपकाए गए पोस्टर से ढका था, जिसे पढ़ना रोशनी की कमी के कारण मुमकिन नहीं था। भजन-मंडली के सदस्य गेरुआ कपड़े पहने गाए जा रहे थे और एक ऐसा वातावरण बनाने की कोशिश में लगे प्रतीत हो रहे थे, जिसे नीरव कहा जा सकता है। थोड़ी दूर पर एक पानवाला अपना खोखा लगाए बैठा था। उससे सटकर युवा अभिनेत्रियों के चिकने चित्र बिकने के लिए ज़मीन पर बिछे थे।

भजन-मंडली 'नाच्यो बहुत गोपाल' गाकर एक क्षण को रुकी, तभी मुझे रविकान्त ने पुकारा और बताया कि उस सुबह गांधी भवन में स्मोकलेस चूल्हों पर मेरा भाषण उसने सुना था। भाषण पर चर्चा करते-करते रविकान्त ने अपना परिचय दे डाला। वह मशहूर समाज-सेवी प्रशान्त नारायण सिन्हा के संगठन में काम कर रहा था। संगठन के कार्यक्रम जनसंख्या-नियंत्रण के उद्‌देश्य को लेकर बनाए गए थे। इस उद्‌देश्य के क़रीब पहुँचने के लिए संगठन ने कुछ ऐसे काम भी ले रखे थे, जो महिलाओं के बीच संवाद शुरू करने में सहायता कर सकते थे। धुआँरहित चूल्हे इसी सिलसिले में प्रचारित किए जा रहे थे। जब मैंने जानना चाहा कि वह इस संगठन से कैसे जुड़ा, तो रविकान्त ने मध्य प्रदेश में नायब तहसीलदार रह चुकने की बात कही।

मेरी जिज्ञासा थोड़ी और बढ़ी, तो वह सारी कहानी सामने आई, जिसे मैं सुना चुका हूँ। चम्पा के क्षत-विक्षत पौधे को होली के लिए जुटाए गए ढेर से निकालकर वह घर ले आया था और सारी रात सीने से लगाए रोता रहा था। अगली सुबह नौकरी से इस्तीफ़ा देकर वह अपने गाँव लौट गया था। मैंने रविकान्त से जानना चाहा कि क्या कभी उसने जसविन्दर को ढूँढ़ने की कोशिश की?

गांधी मैदान पर उतरी हुई शाम रात में तब्दील हो चुकी थी और हम दोनों उसके विशाल घेरे पर तीन बार चल चुके थे। मेरा प्रश्न सुनकर रविकान्त कुछ नहीं बोला। काफ़ी देर चुप रहकर उसने पूछा कि मैं दिल्ली में रहता हूँ, तो क्या दिल्ली के लोगों को सोचकर कभी बेचैनी नहीं होती कि वे चौरासी के नवम्बर के हज़ारों स्वच्छंद हत्यारों के साथ रहते हैं।

सुबह की सैर

शुरू में सड़क इतनी पक्की, चिकनी और साफ़ थी कि उस पर जूता रखते हुए लगता था कि अब मुक्ति की सम्भावना नहीं है, इसी पर चलते रहना होगा। वह भी सिर्फ़ इसलिए कि अब इस पर पहुँच गया हूँ।

दोनों तरफ़ ऊँची इमारतें थीं। किसी-किसी के ऊपर डिश एंटिना लगा था जिससे स्पष्ट था कि इमारत में रहने या काम करने वाले लोग वैश्वीकृत हैं, यानी उनकी तरह जीने-सोचने वाले लोग पूरी दुनिया में फैल गए हैं और सबने मिलकर एक विश्वव्यापी गिरोह बना लिया है जिसके स्थानीय प्रतिनिधि इस विश्वविद्यालय की नादान सड़क के तटों पर सो रहे हैं। अभी सुबह की शुरुआत है। थोड़ी देर में जागकर वे अपनी-अपनी नियत जगहों पर तन जाएँगे। दिन खिलेगा, लचीला शहर हर दिशा में भागेगा। युवा भी अपना काम उतनी ही स्तब्धता से करते रहेंगे जितनी अधेड़ों और वृद्धों की खोपड़ी में है।

सूरज उगने में अभी कम से कम एक घंटा था इसलिए सड़क सुनसान थी। उसकी सुनसानियत का दोहन करते हुए मैं आगे बढ़ता गया। दाईं तरफ़ एक गोल, पक्का कूड़ेदान मिला जिस पर लिखा था—'यूज मी'। सन्देश मोटे अक्षरों में लिखा था, पर कूड़ेदान ख़ाली पड़ा था। यदि सन्देश एफएम रेडियो पर दिया जाता तो उसमें वही चिल्लाहट होती जो समाचारों की मुनादी में व्यवस्थित रूप से पिरोई जाती है। जाहिर है, इतना चीखने के बावजूद कूड़ेदान की पुकार सुनी नहीं गई थी या सुनने-पढ़ने की क्षमता के बावजूद पढ़े पर अमल की आदत नहीं थी, इसलिए कूड़ेदान ख़ाली रह गया था। एक और सम्भावना यह थी कि विश्वविद्यालय में कूड़ा नहीं बचा था, सारा का सारा बीनकर, श्रेणियों में बाँटकर पुस्तकालय और हाल में पचहत्तरवीं सालगिरह के उपलक्ष्य में अन्तरराष्ट्रीय सहायता से बनवाए संग्रहालय में सजा दिया गया था।

कूड़ेदान की बगल से गुज़रते हुए मुझे लगा कि वह बोल-बोलकर थक गया है। आगे की सड़क भी कुछ थकी-सी थी। इमारतें पीछे छूट गई थीं, कर्मचारियों के घर बचे थे। यहाँ तक आते-आते सड़क बनाने वाला महाबली इंजन थक गया

होगा और डामर भी चुकने लगा होगा। चलते-चलते थोड़ी दूर पर एक ऐसी जगह आई जहाँ विश्वविद्यालय की सड़क और गाँव की पगडंडी में फ़र्क़ करना सम्भव नहीं रह गया। मेरा मन हुलसा, इच्छा हुई कि ध्यान से सुनूँ, शायद कोई बूढ़ी गाय रँभा रही हो। पगडंडियों का जोड़ा, जिसे जीप के पहिये विकास की प्रक्रिया के तहत बनाते हैं, छोटे कर्मचारियों के छोटे मकानों के बीच आगे बढ़ रहा था। कर्मचारी रहते विश्वविद्यालय परिसर में थे, पर गाँव साथ रखते थे। एक घर के द्वार पर आम की पत्तियों की झालर लटकी थी, दूसरे की दीवार पर हाथी का चित्र बना था।

ये घर भी अन्ततः ख़त्म हुए, जीपडंडी मिटी और चंद वृक्षों का साथ रह गया। उन पर कुछ पक्षी सृष्टि के इतिहास का आज सुबह गेय गीत सुना रहे थे। एक वृक्ष के नीचे कुछ क्षण बैठकर मैंने सृष्टि के उस युग का स्पर्श किया जब मनुष्य पक्षियों की बात समझने में समर्थ था, अनुवाद की आवश्यकता नहीं पैदा हुई थी। पक्षियों के संवाद में वह वृक्ष भी शामिल हुआ जिसके नीचे मैं बैठा था, मेरी उपस्थिति की सूचना देकर चुप हो गया। कुलपति का आना हरेक के लिए कुछ न कुछ महत्व रखता है, संकेत होता है कि वह आज किसे महत्व देने का मूड बनाकर आया है।

इस तरह कुछ पल बिताकर वापसी की सैर शुरू की। वृक्षों के कुंज से निकलकर जीपडंडी पर आया। फिर सड़क का बिर्रा हिस्सा जूतों के नीचे आया। कुछेक क़दम और चलकर डामर को पक्का होते, ज़मीन पर छा जाते देखा। अब की बार कूड़ेदान बायें हाथ पर था। उस पर लिखा सन्देश उगते सूरज की किरणों में चमक उठा था। मुझे समय का बोध हुआ; याद आया कि नाश्ते पर विश्व की सबसे बड़ी दूरसंचार शिक्षा संस्था के सचिव आने वाले थे। यह संस्था मेरे विश्वविद्यालय को संयुक्त राष्ट्र संघ की नई जानकारी योजना की एक ताक़तवर लड़ी बनाना चाहती थी। क़दम कुछ लम्बे और तेज़ करने का प्रयत्न किया। कूड़ेदान कोई पन्द्रह-बीस क़दम पीछे रह गया था जब मेरे कानों में चिंदियाँ उड़ाती हवा सरीखे स्वर में आवाज़ आई, 'सर, एक प्रार्थना है।'

मुझे लगा कोई सेवानिवृत्त कर्मचारी मेरा पीछा कर रहा होगा, अपनी पेंशन की राशि सही ढंग से तय किए जाने की प्रार्थना करना चाहता होगा। मैंने पीछे मुड़कर देखा, पर कोई नज़र नहीं आया। पूरे दृश्य पर एक विहंगम नज़र डालकर संतोष हो गया कि ज़रूर मुझे भ्रम हुआ है, दिन भर प्रार्थनाएँ सुनते-सुनते कान बजने लगे हैं। यह सोचकर अपने स्वास्थ्य के प्रति चिंता के अंकुर की नई पत्तियाँ गिनते हुए मैं आगे बढ़ा। एक-दो मज़बूत क़दम उठाए होंगे कि दुबारा वही आवाज़ कानों में पड़ी। इस बार मुझे कोई शक नहीं रहा कि आवाज़ असली है। स्वर वही फटे काग़ज़ों से गुज़रती हवा के झोंके वाला था। मैंने मुड़कर देखा, दिमाग़ ने एक नई सम्भावना की तरफ़ इशारा किया कि प्रार्थना सुने जाने की गुहार कूड़ेदान कर रहा है।

आवेदक का मनोबल बढ़ाना प्रबन्ध विज्ञान के बुनियादी सिद्धांतों में से है। मैंने उसी का स्मरण करते हुए अपना कौतूहल समेटते हुए कुलपति के औपचारिक अन्दाज़ में कहा, 'बताइए।'

जवाब में आवाज़ पहले से कहीं ज़्यादा साफ़ स्वर में आई, 'सर, ये अक्षर मुझे गड़ते हैं, इन्हें मिटवा दीजिए।'

आवाज़ सुनते हुए मुझे लगा कि कूड़ेदान पर लिखा सन्देश, 'यूज मी' एक क्षण के लिए हाइलाइट हो गया है। मैं सचेत हो गया। संयत स्वर में अपनी आधिकारिक प्रतिक्रिया देते हुए मैंने कहा, 'इसमें हर्ज क्या है? लोग यदि कूड़ेदान का उपयोग करना भूल गए हैं तो उन्हें याद दिलाने में क्या नुक़सान है?'

'सर, आपको नहीं लगता कि हमें इस साधनवादी दृष्टि से ऊपर उठना चाहिए? सर, किसी के बारे में कहना कि उसे 'यूज करो', एक भद्दा विचार है।'

'तुम क्या चाहते हो?'

'सर, मैं चाहता हूँ कि लोग कूड़ेदान को सन्दर्भ ग्रन्थ की तरह इस्तेमाल करें।'

'तुम्हारी बात मेरी समझ के बाहर होती जा रही है।'

'बात ही कुछ ऐसी है। सर, आपको याद है आपने एक कहानी लिखी थी, 'बारिश में निर्णय... ?''

तैंतीस वर्ष पुरानी कहानी का ज़िक्र सुनकर मैं हैरत में पड़ गया। मूल कहानी 'नया प्रतीक' में छपी थी। अज्ञेय ने उसे विशेष पसन्द करके छापा था, पर उनके सिवा शायद ही किसी ने पढ़ी हो। बाद में वह मेरे पहले कहानी-संग्रह में छपी थी पर इस बार भी नहीं पढ़ी गई। दस जगह भेजने पर भी संग्रह की एक ही समीक्षा निकली, वह भी व्यक्तिगत परिचय के बूते पर। लेकिन उसमें भी 'बारिश में निर्णय' का ज़िक्र नहीं हुआ। कहानी क्या थी, मैं स्वयं भूल चुका हूँ, पर अपनी एक इतनी पुरानी रचना का उल्लेख किया जाना मुझे अचानक कुलपति के हौदे से उतारकर घास पर ले आया। मैंने सहज होकर पूछा, 'अक्षरों से ही तो यह संस्था चलती है। हम अक्षरों के ख़िलाफ़ कार्रवाई कैसे कर सकते हैं?'

'सर, मैं अपने शरीर पर पुते अक्षरों की बात कर रहा हूँ।'

'इनमें क्या बुराई है?'

'सर, ये अपना अर्थ खो चुके हैं।'

'तुम्हारा आशय है कि पहले कभी इनमें अर्थ था?'

मेरा प्रश्न सुनकर कूड़ेदान क्षण भर को सोच में पड़ गया। फिर सम्भलकर बोला, 'सर, आप सही कहते हैं। जो लोग कूड़ेदान की भूमिका उसे देखकर नहीं समझ पाते। ऐसे मूर्खों के लिए किसी सन्देश का कोई अर्थ नहीं है...मगर, इतना तो आपके हाथ में है कि इस सन्देश को हिन्दी में लिखवा दें।'

'कूड़ेदान पर अंग्रेज़ी ही शोभा देती है। हिन्दी तो गर्व की भाषा है,' मैंने कहा।

'सर, तो आप भी मानते हैं कि कूड़ेदान गंदी जगह है?'

मैं असमंजस में पड़ गया। कभी सोचा नहीं था कि कूड़ेदान से सवाल-जवाब होगा, इसलिए मानसिक तैयारी नहीं थी। आसपास विश्वविद्यालय का जनसम्पर्क अधिकारी भी नहीं था जो बात को सम्भालता। प्रेस और टीवी के इंटरव्यू का परिचित वाक्य याद करके मैंने कहा, 'मेरी बात को तोड़-मरोड़कर मत देखो।'

'सर, मेरी प्रार्थना इतनी ही थी कि आप इन अक्षरों को मिटवा दें।'

'उस कहानी में ऐसी क्या बात थी?'

'सर, ऊपर से वह परिस्थितियों के दबाव में सोचने की कहानी थी। आजकल भी आप दबाव में हैं। मुझे लगा, आपको याद दिलाऊँ।'

'थैंक्यू वेरी मच,' मेरे मुँह से निकला।

'लेकिन सर, उस कहानी का मर्म कुछ और था। वह दूसरों को साधनवादी तरीक़े से देखने का विरोध करती थी।'

'ऐसा?'

'हाँ सर, मैंने उस कहानी पर एक लम्बी टीका पढ़ी है।'

'टीका? किसकी टीका?'

'सर, आप जैसे ही कुलपति बने, विश्वविद्यालय में आपकी कृतियों को पढ़ने वालों में होड़ लग गई। कई ने पी-एच.डी. के लिए रजिस्ट्रेशन करा लिया। एक थीसिस हिन्दी कहानी में अस्तित्ववाद पर थी जिसमें आपकी इस रचना को ही विवेचना का आधार बनाया गया था।'

'सर, पद की महिमा से एक पंक्ति भी महान् हो जाती है, यह तो पूरी कहानी है।'

उद्विग्नता रही हो या पसीना, पर मैं थोड़ी परेशानी के स्वर में बोला, 'तुम एक प्रगतिशील कूड़ेदान लगते हो।'

'सर, यह कहकर आप दुबारा अपना बायस दिखा रहे हैं। हर कूड़ेदान प्रगतिशील होता है।'

'वह कैसे भला?'

'कूड़ेदान हर चीज़ ग्रहण कर लेता है और लोगों को आगे बढ़ने का मौक़ा देता है। मैंने आपकी हरेक रचना पढ़ी और पचाई है।'

'तुम मेरा अपमान कर रहे हो?'

'नहीं सर, कतई नहीं। आप मुझे ग़लत समझ रहे हैं। मैं कूड़ेदानियत का मर्म समझाने का प्रयास कर रहा था।'

'खोलकर बताओ?'

'सर कूड़ेदान में गिरी कोई भी चीज़ कभी व्यर्थ नहीं जाती। वह दर्ज हो जाती है, हमेशा के लिए सुरक्षित। लोग जब कहते हैं कि अमुक बात या मुहिम इतिहास

के कूड़ेदान में चली जाएगी तो वे अपनी समझदारी की सीमा दिखा रहे होते हैं। कोई इतिहासकार यह दावा नहीं कर सकता कि उसकी पुस्तक एक न एक दिन कूड़ेदान में नहीं पहुँचेगी। आप किसी को दस साल बनाए रख सकते हैं, बीस साल या तीस साल, पर अन्ततः वह किसी अन्य पुस्तक द्वारा विस्थापित होकर कूड़ेदान में पहुँचेगी, यह तय है। तो फिर अमर क्या है सिवाय कूड़ेदान की स्मृति के? आपको ऐसी हर शख़्सियत को समझने के लिए जिसे बाद में नकार दिया गया, मेरे पास आना पड़ेगा। इसलिए यदि मैंने कह दिया कि आपकी हर रचना मेरे पास सुरक्षित है तो आपको बुरा नहीं लगना चाहिए।'

मैं इस आश्चर्यजनक वक्तव्य पर एक-डेढ़ मिनट सोचता रहा। समझ नहीं आ रहा था, क्या प्रतिक्रिया दूँ। फिर जैसे मेरे अंतस् से एक प्रश्न उपजा, 'अच्छा, यह बताओ कि तुम्हारी इस विहंगम दृष्टि और उपस्थिति का असर इस विश्वविद्यालय के वातावरण पर क्यों नहीं पड़ता? तुम्हें पता होगा कि हमारा परिसर विचारधाराओं का अखाड़ा बन गया है। इस स्थिति से कैसे निपटा जाए?'

मुझे लगा कि इस तरह प्रश्न पूछना कूड़ेदान को थोड़ा चौंका गया। मेरा अनुमान था कि अन्य लोगों की तरह वह भी अपनी बात रखने का आदी था, किसी दूसरे की समस्या का समाधान सोचकर देना उसकी प्रकृति में नहीं था। पर कूड़ेदान सुझावों की एक लम्बी सूची पलटकर जब अन्ततः बोला तो अब तक के तमाम अन्य संवादों जितना ही अप्रत्याशित ढंग से बोला, 'आप परिसर में हो रही गतिविधियों से चिन्तित लगते हैं। आप इन्हें रोक नहीं सकते, क्योंकि इनकी जड़े विश्वविद्यालय में नहीं हैं। यहाँ तो केवल पत्ते, फूल और विषैले फल दिखते हैं, जड़े बाहर की दुनिया में फैली हैं। आप चाहते हैं कि परिसर उन गतिविधियों की पकड़ से मुक्त हो जाए जो राजनीति या विचारधारा के नाम पर यहाँ चलती हैं। यह सम्भव नहीं है...पर यह सम्भव है कि आप उनका खुला दंगल करा दें जिससे लोग उन्हें अच्छी तरह पहचान लें।'

'दंगल? वह कैसे?'

कुछ क्षण मुझे अपनी आवाज़ आई जैसे कोई दबे स्वर में हँस रहा हो। फिर वही आवाज़ साफ़ होकर सुनाई दी, 'आपके ऑफिस के बाहर एक तिकोना पार्क है न? उसे ख़ुदवा दीजिए। घास की जगह मुलायम मिट्टी हो अखाड़े जैसी। पास में टीन का शेड डलवाकर अलग-अलग रंग के लंगोट लटकवा दीजिए। मालिश करने वाला भी पास में बैठा रहे। जिसको आपसे मिलना है, उसके लिए नियम बना दीजिए कि वह साथ में अपना वैचारिक प्रतिद्वन्द्वी लाए। दोनों अपनी पसन्द के कच्छे चुनें, अलग-अलग ख़ुशबू वाले तेल की मालिश कराएँ, अखाड़े में उतरें और कुश्ती करें। शारीरिक शिक्षा विभाग से एक प्रोफेसर रेफरी के तौर पर तैनात रहे। दोनों पहलवान तब तक लड़ें जब तक एक उस दिन के लिए हार न मान ले। दूसरा

अपनी पैंट-क़मीज़ पहनकर आपसे मिले। इस व्यवस्था से विश्वविद्यालय की आबोहवा सुधरेगी—लोग प्रशासन पर दबाव डालने की जगह एक-दूसरे पर डालेंगे।'

कूड़ेदान की यह अद्भुत सलाह सुनकर मैं चकित रह गया। मैं उसे धन्यवाद देता, इसके पहले एक कार आई और यकायक मेरे पास आकर रुकी। दरवाज़ा खुला और टेस्ट इंटरनेशन का कंसल्टेंट रवि मोहन, जिसके साथ मुझे नाश्ता करना था, मुस्कराता हुआ निकला, 'नौकर ने बताया आप सैर को गए हैं। मैंने सोचा रास्ते में मिल जाएँगे...हाऊ आर यू सर? इट्स ए लवली मार्निंग।'

बाँस का कीड़ा

किसी की आवाज़ सुनकर आप उसकी शक़्ल मन में बना लें तो वह स्थायी रहेगी।

मेरे पास एक सस्ता रैक था। उसमें कुल तीन तल्ले थे जो मेरी सीमित ज्ञानराशि की माताओं को सम्मानपूर्वक रखने के लिए पर्याप्त थे। कुल मिलाकर लगभग चालीस किताबें रखने के लिए वह कमज़ोर रैक मुझे अनुपम टॉकीज की बगल से फूटनेवाली पतली गली में मिला था। अनुपम टॉकीज मेरे सीमित सामाजिक जीवन में एक ऊँची मीनार सरीखी थी। वहाँ रोशनी थी, संगीत था, गीत थे। होस्टल में रहने का अर्थ था कम साधनों में जीवन की चक्की चलाते रहना। साधनों की कमी मेरे अलावा विश्वविद्यालय की भी समस्या थी। दोनों के पास पैसे का अभाव था। जब अभाव असहनीय हो जाता था तो अनुपम टॉकीज का सहारा काम आता था। ऐसा हर मास दो-तीन बार हो जाता था। सबसे सस्ता टिकट उस समय कुल डेढ़ रुपए का होता था। इस तरह कोई दस-पन्द्रह रुपए ख़र्च कर देना मुझे फ़िज़ूलख़र्ची नहीं लगता था। फ़िज़ूलख़र्ची के लिए मेरे पास पैसे नहीं होते थे, हर ख़र्च एक घोषित उद्‌देश्य की कठिन परीक्षा से गुज़ारकर करना मेरी बचपन की आदत थी, इसलिए अनुपम सिनेमा की आगे वाली सीटों में पहली या दूसरी पंक्ति में बैठकर ज़िन्दगी जीते चले जाने का हौसला बनाए रखना मुझे एक बड़ा उद्‌देश्य लगता था। होस्टल में आत्महत्याएँ ज़्यादा नहीं हुई थीं, पर जितनी भी हुई थीं, उनका इतिहास जीवित था। अपनी पारिवारिक ज़िम्मेदारियों के मद्‌देनज़र मैं किसी भी तरह उस इतिहास में शामिल होने के लिए तैयार नहीं था। पिताजी कोशिश करते थे कि हर महीने के शुरू वाले हफ़्ते का अन्त होते-होते मुझे कम से कम चार सौ रुपए का मनीऑर्डर भेज दें। कोई-कोई महीना ऐसा भी आता था जब वे मनीऑर्डर की राशि में पच्चीस रुपए की वृद्धि कर देते थे।

उनकी यह कोशिश मेरी तंगहाली को कितना सँभालेगी, इस बात का अन्दाज़ा उन्हें अवश्य था पर विवरण मैंने उन्हें कभी नहीं दिए, वरना वे निराश हो जाते और निराशा कई बार उन्हें बौखला भी देती थी। पिताजी एक किराना व्यापारी की दुकान

में काम करते थे। दुकान सँकरी थी। सामने का हिस्सा, जहाँ मालिक ख़ुद बैठता था, कुछ साफ़-सुथरा दिखता। सामान का एक छोटा गोदाम दुकान के पीछे वाले हिस्से में था। पिताजी का काम इस हिस्से में सामान ढूँढ़कर सामनेवाले हिस्से में लाना था। गोदाम वाले हिस्से में कोई खिड़की नहीं थी। जो भी रोशनी थी, चालीस वाट के एक बल्ब की थी जो छत पर अपने होल्डर में सिर के बल गड़ा था। आटे और दाल की बोरियों से लेकर झाड़ू, साबुन और तेल के कनस्तरों से भरे उस कमरे में उजाला इतना कम था कि विश्वविद्यालय के खुले, हरे-भरे विशाल परिसर में रहते हुए पिताजी को याद करना मुझे एक तरह की धृष्टता लगता था। पिताजी परम्पराओं के कट्टर अनुयायी थे। इधर मैं अज्ञेय की 'शेखर : एक जीवनी' और मुक्तिबोध की 'अँधेरे में' जैसी कृतियों का दीवाना था। मैं जानता था कि मैं एक ग़रीब घर का बेटा होते हुए आकांक्षाओं के आसमान में बहुत ऊँचा नहीं उड़ सकता, पर उड़ना मेरे स्वभाव में था। जिस रात पहली बार मुझे अपने रैक में घर बनाते हुए कीड़े की आवाज़ सुनाई दी, मैं कुछ क्षणों के लिए ठिठका अवश्य, मगर इसके बाद अपने सहचर की सूरत और ज़िन्दगी की तस्वीर बनाने बैठ गया।

वह चमकीला होगा। उसकी शक़्ल उन वीर बहूटियों जैसी होगी जिन्हें मैं बचपन के उमस भरे बरसाती दिनों में माचिस की ख़ाली डिबिया में बन्द कर लेता था और सबके सो जाने के बाद आराम से खोलकर निहारा करता था। रैक का ढाँचा बाँस को लम्बाई में चीरकर काटे गए टुकड़ों से बना था। तल्लों में बाँस के छिलके काट-काटकर बनाई गई खपच्चियाँ बुनी गई थीं। कीड़ा ज़रूर रैक के चौखूँटे ढाँचे में रहता होगा। वहाँ इतनी जगह नहीं थी कि वीर बहूटी के आकार का कीड़ा रह सके। पर इस तार्किक गणना का मेरे लिए कोई महत्त्व नहीं था। कल्पना के आगे गणना मुझे वीभत्स लगती थी। कीड़े की आवाज़ मेरे कमरे में एक मन्द ताल की तरह उभरी थी। उसे अपने बाल्यकाल की स्मृतियों में बसे सुन्दर कीट से जोड़कर मुझे अनोखा आत्मीय आनन्द मिला था। वीर बहूटी के लाल शरीर पर छोटे-छोटे काले चकत्ते थे। बाँस के कीड़े पर भी ऐसी ही सुन्दर प्राकृतिक चित्रकारी होगी, यह विचार उसकी आवाज़ को संगीत में बदल देता था। आवाज़ एक महीन तबले पर उस्ताद हथेलियों से पैदा की गई थिरकन जैसी थी जो आहिस्ता-आहिस्ता अपनी लय की रचना करती हुई कुछ देर तक बजती रहती थी। जब वह रुक जाती तो कमरे में उदास चुप्पी छा जाती।

होस्टल की खिड़कियाँ पतले काँच की बनी थीं, उनसे बाहर का शोर आराम से अन्दर आ जाता था। शहर के कई नामी गुंडे कारों और मोटरसाइकिलों पर सवार होकर अपने दोस्तों के साथ मस्ती करने के लिए देर रात तक आते रहते थे। वे अपने साथ मिलिटरी की कैंटीन से सस्ते दाम पर खरीदी गई शराब की बोतलें लाते थे। उनकी पार्टियों की आवाज़ मेरे जैसे तमाम साधारण परिवारों से आए लड़कों के

कमरे की खिड़की से टकराती। यदि काँच खुला होता तो आवाज़ सीधे अन्दर आ जाती। अगर खिड़की बन्द होती तो आवाज़ काँच से टकराकर और बढ़ जाती। ज़ोर-ज़ोर के ठहाके और चुहलबाजी के स्वर मेरे मन में बेबस क्रोध पैदा करते। बाँस के कीड़े की आवाज़ छोटे से अन्तराल के बाद फिर शुरू होती तो मुझे अपने फालतू क्रोध से निजात मिल जाती। शराब पर लगते ठहाकों की जगह मुझे सावन की शामों में घर के पीछे लगे खजूर के सूखे, नुकीले पत्तों पर पड़ती फुहार सुनाई देने लगती। वह एक बौना खजूर था। यदि कबीर ने उसे देखा होता तो वे खजूर की ऊँचाई और 'फल लागे अति दूर' जैसी बात न लिखते। उनके संवेदनशील मन में करुणा जागती और वे नोटिस करते कि यह खजूर किसी उदार रेगिस्तान में नहीं, घुटी हुई छोटे-छोटे घरों की क़तार के पीछे एक तंग गली में उगा है। कबीर हमारी गली में आए होते तो यह भी देखते कि वहाँ की समस्या छाया नहीं, धूप का अभाव था और खजूर का यह कुपोषित पेड़ ख़ुद इसका प्रमाण था।

बाँस के कीड़े ने अपनी ताल लगाना फिर शुरू कर दिया था। ताज़ा राहत से प्राप्त उत्साह के साथ मैं अपनी कुर्सी से उठा। रैक के पास यह सोचकर जा खड़ा हुआ कि ग़ौर से सुनने से शायद यह जान सकूँगा कि कीड़ा अपने मुँह से आवाज़ निकालता है या किसी और अंग से। आवाज़ आती किधर से है यह भी निश्चित नहीं था। कभी लगता था कि कीड़ा रैक के बीच वाले तल्ले पर रखी किताबों में छिपा है, कभी वह रैक की रीढ़ के भीतरी बाँस के बारीक रेशों को काटता हुआ प्रतीत होता। मैंने किताबों को निकालकर बिस्तर पर रखा। 'मैला आँचल', निराला की 'अनामिका', मोटा 'राग दरबारी' और पतला-सा 'सारा आकाश' एक-एक करके खोले। कीड़ा कहीं नहीं मिला। वह कई क्षण पहले चुप हो चुका था। उसकी आवाज़ की लय कमरे की हवा में और मेरे कानों में मन्द स्वर में बज रही थी। मैं अपनी मूर्खता समझकर कुछ उदास हो गया। वह तभी तक बोलता था जब तक मैं उससे दूर था। मैंने उसके पास आने की कोशिश करके बहुत बड़ी ग़लती की थी। अपनी भूल समझकर मैंने चारों किताबें वापस रैक के तल्ले पर जमाईं और अपनी कुर्सी पर लौट आया।

मेरी निगाह खिड़की के काँच पर गई। वह ज़ोर से धड़क रहा था। शराब की पार्टी वाले कमरे में रॉक म्यूजिक का भूकम्प बज रहा था। हँसने और चिल्लाने की मिली-जुली आवाज़ें आ रही थीं। इन आवाज़ों में पुरुष स्वर भी थे, स्त्री स्वर भी। जिस कमरे में पार्टी चल रही थी, वह भूगर्भ विज्ञान के अभय पारीख का था। वह ऊँचे क़द का बलिष्ठ लड़का था। अंग्रेज़ी उसकी मौसेरी भाषा थी। होस्टल से डिपार्टमेंट वह मोटरसाइकिल पर चढ़कर जाता था। विश्वविद्यालय में अभय जैसे स्मार्ट लड़के ज़्यादातर विज्ञान पढ़ते थे। हिन्दी, संस्कृत, इतिहास जैसे विभाग छोटे क़स्बों और गाँवों से आए हुए लड़कों के लिए आरक्षित थे। जो लड़के जाति के

कारण आरक्षण के हक़दार बने थे, उनके रहने के लिए एक अलग होस्टल बनवाया गया था। उसका नाम कबीर छात्रावास था, जो उचित ही था। कबीर ने लिखा है कि वे पत्थर की चक्की के दो पाटों के बीच पिसते हुए दोनों को देखकर रो पड़े थे। कबीर छात्रावास की कहानी कुछ ऐसी ही थी। जाति के कारण सताए गए लोगों की सन्तान अब आरक्षण के कारण अलग होस्टल में रहने को विवश थी।

उस रात मैं मुश्किल से सोया क्योंकि नींद लगते ही बाँस का कीड़ा बोलने लगा। उसकी आवाज़ में ऐसा आत्मविश्वास था जैसा कि दिन या शाम के वक़्त भी मैंने ख़ुद में कभी महसूस नहीं किया। पार्टी ख़त्म हो चुकी थी। पूरे परिसर में चुप्पी छाई थी। दूर से आनेवाली शहर की आवाज़ें भी शान्त हो चुकी थीं। ऐसे में कीड़े की ताल मेरे कमरे में गूँजने लगी। ताल इतनी स्पष्ट थी कि मुझे कोई शक नहीं रहा कि यह कीड़े के मुँह से नहीं निकल रही। आवाज़ में घड़ी जैसी यांत्रिक टिक-टिक या दूर बजती ढोलक जैसी नियमित गमक नहीं थी। इस वक़्त कीड़े की आवाज़ में किसी मज़बूत चीज़ को लगातार चबाने से पैदा होनेवाली निहायत चबैनी झंकार सुनाई दे रही थी। ज़ाहिर था कि कीड़ा बाँस के बारीक रेशों को एक-एक करके काट रहा था। सम्भवतः वह हरेक रेशे को कई बार कुतरता था। मेरे मन में यह आशंका पैदा हो गई कि कीड़े का अथक परिश्रम मेरे रैक को नष्ट कर देगा। रैक खरीदे मुझे मुश्किल से दो महीने हुए थे। रैक बनानेवाले कारीगर ने मुझे आश्वस्त किया था कि रैक मज़बूत है, इसलिए कई साल चलेगा। तो क्या उसने मुझे कीड़े लगा रैक बेचा था? वह असमय बूढ़ा दिखनेवाला आदमी था। अनुपम टॉकीज की बगल से निकलनेवाली गली में वह सँकरे कमरे में अपने परिवार के साथ रहता था। उससे मेरा परिचय जिस शाम हुआ था, मैं दरअसल पेशाब करने के लिए कोई उपयुक्त जगह ढूँढ़ने निकला था। 'खलनायक' देखकर टॉकीज से निकलते समय मैंने यह नहीं सोचा था कि टॉकीज का संडास इस्तेमाल करने के लिए मैं वापस नहीं आ सकूँगा। सिनेमा घरों के निकास कभी उतने आकर्षक नहीं होते जितना प्रवेश का दरवाज़ा होता है। निकास का रास्ता गली में खुलता था। बाक़ी दर्शक दरवाज़े से सीधे हाथ मुड़कर सड़क पर पहुँचने लगे थे, मैं अकेला उल्टे हाथ मुड़कर गली में बढ़ता गया। अँधेरा था पर कहीं-कहीं किसी घर की खिड़की से बुझा-बुझा उजाला गली के पत्थरों पर टपका हुआ था। मेरे होंठों में ताज़ा-ताज़ा गाना बज रहा था—'रूप सुहाना लगता है, चाँद पुराना लगता है' और मेरे क़दम गली में कोई ब्रेक ढूँढ़ते हुए बढ़े जा रहे थे।

तभी मेरी निगाह एक खुले दरवाज़े पर पड़ी जिसके भीतर एक आदमी बाँस का रैक बना रहा था। उसके हाथ ऊपर वाले तल्ले को कोने वाले डंडे से बाँध रहे थे। एक क्षण रुककर मैंने दरवाज़े के भीतर नज़र डाली। कमरे की दीवार पर एक रैक लटका हुआ था। तब तक रैक बनानेवाले ने मुझे देख लिया था। उस शाम मेरा

परिचय वहीद से हुआ। पता लगा कि वह बाँग्लादेश से आया था। शरणार्थी से नागरिक बनने में उसे पन्द्रह साल लग गए थे। इन वर्षों में वह कई शहरों में भटका था। बाँस का रैक ख़रीदने के लिए आश्वस्त करते समय उसने अपनी कहानी विस्तार से बतानी चाही थी, पर उसकी जुबान बीच-बीच में लड़खड़ा जाती थी। शायद उसे कोई जन्मजात तकलीफ़ थी या गुटका खाते रहने से साफ़ बोलने की क्षमता चली गई थी। उसकी आँखों में लम्बे समय तक झेली गई भुक्खड़ ग़रीबी की निशानी मौजूद थी। बाँस की दस्तकारी उसका पैतृक पेशा था, मगर इस पेशे से पेट पालना मुश्किल हो गया है, ऐसा मुझे उसने इसलिए बताया था क्योंकि मैंने रैक की कीमत को लेकर मोल-तोल करने की कोशिश की थी। मोल-तोल करना मुझे आता नहीं था, फिर भी कोशिश करता था, शायद इसलिए कि लोग मुझे लल्लू न समझें। रैक मुझे सवा सौ का पड़ा था। 'खलनायक' वाली शाम मेरी ज़ेब में कुल तीस रुपए थे, इसलिए रैक उठाने मुझे दोबारा जाना पड़ा था। अगले हफ़्ते बाँस का रैक खरीदकर अपने कमरे में बिस्तर के सिरहाने जमाकर मुझे लगा था जैसे मेरा कमरा अचानक सुन्दर दिखने लगा है। तीनों तल्लों पर किताबें खड़ी देखकर मुझे उनसे प्यार हो आया था। ये किताबें मैंने अपनी कमाई से ख़रीदी थीं, पिताजी के भेजे हुए पैसों से तो मैस का बिल भी पूरा नहीं होता था और मैं हमेशा मैस ठेकेदार के कर्ज़ में डूबा रहता था। मेरे जैसे असंख्य युवकों का एक ही सहारा था ट्यूशन देना। शहर में ट्यूशन का व्यापार नालियों की तरह गली में फैला था। ट्यूशन एक पार्टटाइम पेशा कहने भर को था, वरना उसकी भूमिका एक राष्ट्रीय बेरोज़गारी मोचक उद्योग के रूप में बंगाल से लेकर गुज़रात तक स्थापित हो चुकी थी। राष्ट्रपति और प्रधानमंत्री से लेकर विश्वविद्यालय का कुलपति मानता था कि नौकरियों के चक्कर काटना भारत के शिक्षित युवाओं के लिए बुरा है, पर भारत के लिए अच्छा है। जितनी बेबसी होगी, उतनी ही उम्दा सरकार चलेगी। पी-एच.डी. करके बैठे कई छात्र-पूर्वज ट्यूशन से गुज़ारा करते थे। यह कोई शर्म की बात नहीं थी। मानी हुई बात थी कि रोज़गार कभी ऐसा मुद्दा नहीं बनेगा जिस पर युवा वर्ग गरम हो जाए और गरम बना रहे। युवा कोई वर्ग था भी नहीं। उसमें अभय पारीख भी था और मैं भी।

हिन्दी की ट्यूशन कोई-कोई बच्चा ही लेता था, इसलिए मैं गणित और अंग्रेज़ी भी पढ़ाता था। ट्यूशन की कमाई मौसम पर निर्भर थी। सबसे उम्दा वक़्त दीवाली और वसन्त पंचमी के बीच का था जब परीक्षा की घनघोर तैयारी में हर अभिभावक अपनी सन्तान के लिए ट्यूटर ढूँढ़ता था। मेरी कमाई साढ़े तीन-चार सौ तक पहुँच जाती थी। विश्वविद्यालय से पैदल आकर चार घरों में पढ़ाकर मैं बुरी तरह थक जाता था। इतनी गाढ़ी कमाई से खरीदी गई किताबें जिस रैक पर सजी हैं, उसे भीतर ही भीतर कोई कीड़ा खोखला कर रहा है, यह संज्ञान मुझे नागवार

गुज़रा। मैं इस सोच में पड़ गया कि रैक का बाँस इस कीड़े का भोजन है या उसका निवास है या दोनों?

आधी रात हो चुकी थी और कीड़ा पूरा दम लगाकर मेहनत कर रहा था। उसकी आवाज़ मध्यरात्रि की अपूर्व शान्ति को भेदती हुई बढ़ती जा रही थी। मैं तकिए से सिर उठाकर अपलक रैक की तरफ़ इस तरह देख रहा था मानो अँधेरे में हथौड़ा चलाता हुआ कोई भद्दा ज़िद्दी जन्तु अपने पूरे रंग-रूप में मुझे दिखाई दे जाएगा। मैं उठा और रैक के पास आकर उसे ज़ोर-ज़ोर से हिलाने लगा। 'परती परिकथा' मोटी थी, ज़मीन पर गिर गई। उसे उठाते हुए मेरा ग़ुस्सा और बढ़ गया। मैंने रैक पर लगी किताबों के वज़न की परवाह न करते हुए उसे तीन-चार बार उठाकर ज़मीन पर पटका। मुझे ख़याल आया कि नीचे की मंज़िल पर रहनेवाला विनोद रस्तोगी सोचेगा कि मैं उसे बुला रहा हूँ। उसकी वाहियात बातों की बोरियत और ताज़ी कविता सुनने की ज़िद से मैं बहुत जल्दी परेशान हो जाता था। रैक को पटकना ठीक न होगा मुझे कोई और इलाज करना होगा। मैंने गर्दन मोड़कर बिस्तर के पीछे दीवार में बनी अलमारी पर नज़र डाली। वहाँ काँच का चिराग़ रखा था जो बिजली गुल हो जाने पर काम आता था और उसमें भरने के लिए मिट्टी के तेल की एक कुप्पी बगल में रखी थी। उस पर नज़र पड़ी तो मुझे अपने रोष की अभिव्यक्ति का साधन मिल गया।

मैंने बाँस के कीड़े को कभी नहीं देखा था, पर मुझे मालूम था कि मिट्टी का तेल डालने से कीड़े मर जाते हैं। गन्दे पानी के पोखर की सतह पर मिट्टी का तेल डालने से मच्छरों के लार्वा का दम घुट जाता है। फिर बाँस का कीड़ा क्यों नहीं मरेगा? यह सोचकर मैंने तेल की कुप्पी उठाई और रैक के पास पहुँचा। तेल कहाँ डालूँ, वह कहाँ छिपा होगा, तेल वहाँ तक पहुँचेगा कैसे, ये सवाल मन में घास की तरह उग आए। मेरा संकल्प हौले से डगमगाया, पर क्रोध बरकरार था। मैं रैक से कान लगाकर सुनने के लिए झुका ताकि आवाज़ का उद्गम स्थान पहचान सकूँ। मन हो रहा था कि यदि उस स्थान को चाकू से चीरना भी पड़े तो कोई बात नहीं। उस जगह जहाँ कीड़े ने अपना घर बना रखा है, बाँस का सूखा हुआ मांस गोदकर मिट्टी का तेल भर दूँगा। इस कृत्य की कल्पना से मुझे एकाएक कुछ शान्ति मिली। मैंने अपने कान रैक के एक डंडे से सटा दिए। मगर ऐसा करते ही कीड़े की आवाज़ बन्द हो गई। वह जो भी कर रहा था, चौकन्ना होकर रुक गया। उसकी मन्थर, मशीनी लय खड़ी हो गई। तेल की कुप्पी मेरी मुट्ठी में जकड़ी हुई थी। मैंने अपने माथे पर पसीने की बूँदें महसूस कीं। मैं रैक पर झुका-झुका कई पल इन्तज़ार करता रहा, पर कीड़ा एकदम चुप रहा। अवश्य उसे आसन्न विपत्ति का आभास हो गया था।

उस रात मैं मुश्किल से सो पाया। दुबारा नहीं बोला पर मेरे मन में गन्दे ख़याल आते रहे। ऐसा पहली बार नहीं हुआ था कि मैंने कीड़े को जान से मारने की सोची

हो। मुझे ऐसे क्षणों से गुज़रने का अभ्यास हो चुका था। एक बार दिन में विभाग से लौटकर मैं लेटा ही था कि कीड़े की ठक-ठक शुरू हो गई। उस दिन पुस्तकालय में मुझे अप्रत्याशित अपमान सहना पड़ा था। प्रेमशंकर की 'प्रसाद का काव्य' लौटाने में मुझे आठ-दस दिन की देर हो गई थी। कोताही थी, मगर सकारण थी। पूरा हफ़्ता मुझे बुख़ार रहा था। खाँसी अभी तक बनी हुई थी। यह सब बताने पर भी लाइब्रेरी के अनर्गल बाबू पर कोई असर न पड़ा। उन्हें अनर्गल बाबू का नाम दिया ही इसलिए गया था कि वे मनमानी करते थे। उनका असली नाम राम प्रसाद अर्गल था। उस दिन वे सरासर अन्याय करने पर आमादा थे। नम्रता साहू मेरे साथ ही काउंटर पर पहुँची थी और उसकी दोनों किताबें लेट थीं। पर अनर्गल बाबू उसकी किताबों पर पाबती की तारीख़ की मुहर लगाते हुए सिर्फ़ मुस्करा दिए थे। जब वे मुझे जुर्माने के तौर पर दस रुपए भरने पर ज़ोर दे रहे थे, तब तक नम्रता जा चुकी थी। मैंने पक्षपात का आरोप लगाया तो अनर्गल बाबू और भड़क गए। बोले, किसी से तुलना करने से कोई फ़ायदा नहीं होता क्योंकि हर केस अलग होता है। मेरी इच्छा हुई थी कि चिल्लाकर उनकी बात का जवाब दूँ, पर लाइब्रेरी में चिल्लाना मेरे लिए ख़तरनाक होता। अनर्गल बाबू के उपदेश में कुछ विशेष था भी नहीं। कौन नहीं जानता था कि विश्वविद्यालय के नियम लागू करने में हैसियत का विशेष ध्यान रखा जाता है? मेरे हित में यही था कि मैं जुर्माना भरने का आग्रह मान लूँ। ज़ेब में पड़ा दस रुपए का नोट देते हुए मुझे बेबसी का स्पर्श महसूस हुआ। खाँसी और बुख़ार की कमज़ोरी अभी बनी हुई थी। कमरे पर वापस आकर मैं चुपचाप सोना चाहता था, तभी कीड़े की हथौड़ी बजने लगी। सोना असम्भव हो गया। खाँसी ग़ुस्से में बदलते देर नहीं लगी।

उस दिन भी आज जैसी कल्पनाएँ मन में आई थीं। किताबें हटाकर रैक पर खौलता पानी डालूँ तो कीड़ा अवश्य मर जाएगा। मेरे पड़ोसी के पास इमर्शन रॉड थी और लोहे की बाल्टी मेरे पास। सुबह-सुबह हमारे संयुक्त प्रयास से दोनों का गर्म स्नान सम्भव होता था। मैं उठकर इमर्शन रॉड लाने उसके कमरे की तरफ़ गया, पर दरवाज़े पर ताला लटका देखकर लौट आया। कीड़ा उस दिन आधे घंटे और बोला, फिर चुप हो गया। मैं भी सो गया। मगर आज मैं ज़्यादा रोष में था। यदि तेल की कुप्पी उड़ेल देता तो हमेशा के लिए इस मुसीबत से छुटकारा मिल जाता।

उस रात मुझे सपने में अपनी माँ दिखाई दी। वह गली के पत्थरों की दरारों में चींटियाँ ढूँढ़ रही थी। जब चींटियाँ कहीं नहीं मिलीं तो एक जगह आटा डालकर घर चली गई। सपने में मैंने देखा कि चींटियाँ आटे के पास जमा हो गई हैं और मैं माँ को चीख-चीखकर बुला रहा हूँ। शायद मैं अपनी ही चीख सुनकर उठ बैठा। तब मुझे याद आया कि मेरी माँ का स्वर्गवास हुए दस साल हो चुके हैं। सुबह होनेवाली थी। थोड़ी देर में नल आनेवाला था। नल की प्रतीक्षा में बाल्टियाँ पहले

से लग जाती हैं। पर अभी कम से कम एक घंटा और सोया जा सकता था। मुझे यह सोचकर तसल्ली हुई कि कीड़ा अभी ज़िन्दा है। इच्छा हुई कि उसकी आवाज़ सुनूँ। कमरे में उसकी उपस्थिति का अहसास होने से मुझे ज़रूर ख़ुशी होगी। साथी कितना ही छोटा हो, साथी है, भले उसे देखा न हो, पर सुना तो है। वह भी मेरी तरह किसी गाँव से आया है और बाँस में फँस गया है। हम दोनों अब एक ही कमरे में रहते हैं, ज़िन्दगी को सहते हैं। पता नहीं और कितने दिन का साथ है। इम्तहान में डेढ़-दो महीने बचे हैं। इसके बाद मुझे होस्टल छोड़ना होगा। एम.ए. हो जाएगा, पर ज़िन्दगी फँसी रहेगी। नौकरी की सैद्धान्तिक उम्मीद है, पर आसार नहीं हैं। मुझसे पाँच बैच पीछे वाले ट्यूशन करके कमाते हैं, कभी-कभी गेस्ट लेक्चरर लग जाते हैं। नहीं, अब कोई लेक्चरर नहीं कहलाता। अब असिस्टेंट प्रोफ़ेसर कहना अच्छा लगता है। सुननेवाले को भी अच्छा लगता है, कहनेवाले को भी। सबकी पदोन्नति हो गई है। हर कोई असिस्टेंट प्रोफ़ेसर कहलाता है।

नल के आने की आवाज़ गलियारे में गूँज रही थी। सुबह के समय की हलचल मुझे भाती है। कीड़े ने रात का साथ दिया था। बाल्टी मेरे हाथ से लटकी थी, तौलिया कन्धे से और मुँह में टूथब्रश था। युद्ध शुरू हो चुका था। दूर से बाल्टियों के भरने की आवाज़ आने लगी थी।

विजयपताका

गर्मी की छुट्टियों में दिलीप रोज़ सुबह तालाब पर नहाने जाता है और लौटकर मुँडेर पर बैठकर कंघी करता है। जो आइना पहले कई बरस काकी के बक्से में बन्द रहा, फिर लकड़ी के रैक पर और अभी हाल तक गुसलखाने में रहा, वह अब दिलीप के पास है। उसके एक हिस्से की पॉलिश में नन्ही दरारें पड़ गई हैं। उस हिस्से में देखने पर अपनी आँख के कई टुकड़े नज़र आते हैं। बाक़ी आइना साफ़ है। उसे ईंट के सहारे मुँडेर पर टिकाकर दिलीप रोज़ अपनी नाक के नीचे बहुत आहिस्ते-आहिस्ते उँगली फेरता है। मूँछों के आने की सूचना उसे सालों पहले मिल गई है।

मुँडेर से आई चीख सुनकर काकी के हाथ रुक गए। तालाब से लौटे अभी दिलीप को पाँच मिनट नहीं हुए होंगे। कन्घी करते-करते अचानक क्यों चीखने लगा? काकी थाली लगा रही थीं। थाली छोड़कर कमरे में आईं तो पसीने से तर थीं। सामने काका दीवार पर लटकी अपनी वर्दी उतार रहे थे। काकी ने पूछा—''इतना चीख क्यों रहा है? क्या हुआ?''

''कौन, दिलीप?''

''हाँ, हाँ, आपके कानों में कोई आवाज़ पहुँचे तब न! मैं देखती हूँ।''

काकी कमरे से निकलकर गली में आई। तेज़ सूरज से आँख बचाकर ऊपर देखा। दिलीप मुँडेर पर नहीं था। एक क्षण को काकी का जी डूबने को आया। ''दिलीप! दिलीप!!'' काकी चिल्लाईं।

दिलीप उछलकर मुँडेर की तरफ़ आया। उसकी दोनों बाँहे आसमान की तरफ़ थीं। एक हाथ में आइना था, दूसरे में कन्घी। आधे बाल कन्घी किए हुए थे, बाक़ी झूल रहे थे।

''काकी, वह उड़ा जा रहा है।'' दिलीप चिल्लाया।

''कौन उड़ा जा रहा है?'' काकी ने पूछा। अब उनके स्वर में घबराहट नहीं थी। वे समझ गई थीं कि दिलीप कोई शैतानी कर रहा है।

पर इस वक़्त जब काका का काम पर जाने का टाइम होता है, दिलीप कभी शैतानी नहीं करता। वह मुँडेर पर बैठकर काका के घर से निकलने की प्रतीक्षा

करता है। एक बार जब उन्हें गली से निकलते देख लेता है, तब नीचे आता है और खाने की जल्दी करता है।

"काकी उसने मेरी गरदन पर झपट्टा मारा। बनियान गले में बँधी थी, झपट्टे से खुल गई। वह ले गया—वह देखो—वह जा रहा है—" दिलीप अब चिल्ला नहीं रहा था, रो रहा था।

काकी समझ नहीं पा रही थीं कि माजरा क्या है?

"किसने झपट्टा मारा दिलीप?" काकी ने पूछा।

"काकी, बहुत बड़ा गीध। वह देखो, वह अब खँडहर के ऊपर बैठा है। मैं जाऊँ उसके पीछे?" दिलीप ने रोते-रोते पूछा। उसे मालूम था कि काकी 'हाँ' नहीं कह सकतीं।

काकी रोज़ उसे खँडहर की तरफ़ जाने से मना करती हैं। घर की मुँडेर खँडहर की दीवार से तीन फुट ऊँची है। खँडहर ने पचासों बरसातों की मार खाई है। उसकी असंख्य दीवारों में लम्बी-लम्बी पीली घास उगी है। घास की जड़ें पुरानी कच्ची ईंटों की पकड़ को कब का हिला चुकी हैं।

एक ज़माने में यह खँडहर एक छोटी हवेली थी। सिर्फ़ काका जानते हैं कि हवेली में कौन रहता था। दिलीप ने कितनी ही बार पूछा होगा, पर काका हमेशा यही कह देते थे :

"जब तुम बड़े हो जाओगे, तब बताऊँगा। तुम ख़ूब मेहनत से पढ़ा करो। खेलना-कूदना बन्द करो। ख़ूब पैसा कमाओ तो यह हवेली फिर तुम्हारी हो जाएगी।"

काका की बात सुनते-सुनते दिलीप को लगता है जैसे यह हवेली कभी उसके पुरखों की थी। "पर ऐसा कैसे हो सकता है?" ऐसा कैसे हुआ कि एक पूरी हवेली उसके परदादा ने छोड़ी हो और आज वह अपने काका-काकी के साथ एक कमरे के एक ज़रा से मकान में रहता है। दिलीप जैसे-जैसे बड़ा हो रहा है, हवेली की बात जानने की उसकी उत्सुकता कम होती जा रही है। ज़रूर उसे बच्चा समझकर काका ऐसी बात कहते होंगे। दो साल पहले जब वह पाँचवीं से छठी में गया था और नए स्कूल के रजिस्टर में अपना नाम दाखिल कराने काका के साथ हेडमास्टर के ऑफिस में गया था, उसी दिन उसे मालूम हो गया था कि हवेली उसके पुरखों की कतई नहीं हो सकती थी। हेडमास्टर ने काका से कहा था :

"गौतम जी, आपको स्टाम्प पेपर पर मजिस्ट्रेट का एफीडेविट लेकर देना होगा, तभी दिलीप को अनुसूचित जाति का वजीफ़ा मिल सकेगा।"

दिलीप कुमार गौतम को वजीफ़ा मिलता है, क्या इसीलिए लड़के उससे जलते हैं। क्या इसीलिए वह पीछे बैठता है? धनेन्द्र सिंह नाम का एक कद्दावर लड़का अक़सर दिलीप को छेड़ता है, "तू ग़रीब है जो तुझे सरकार पैसा देती है?"

"जलते क्यों हो? मैं होशियार हूँ इसलिए वजीफ़ा मिलता है?"

दिलीप सचमुच होशियार है, मेहनती भी है। पर धनेन्द्र उसे छेड़ता चला जाता है, "तेरे जैसे होशियार तो कई हैं। तू सरकार का चहेता चमार है इसलिए तुझे वजीफ़ा मिलता है।"

वाक्य पूरा करते-करते धनेन्द्र भागने की कोशिश करता है, क्योंकि उसे मालूम है कि दिलीप अब उसे छोड़ेगा नहीं। कुश्ती में धनेन्द्र और दिलीप टक्कर के हैं, कभी एक जीतता है, कभी दूसरा। हारने का डर धनेन्द्र को इतना नहीं जितना इस बात का है कि दिलीप का बाप जो पुलिस में सिपाही है, उसे पिटवा देगा। दिलीप कुश्ती में जीते या हारे, लड़ते-लड़ते यह अवश्य कह देता है, "काका से कहकर तुझे एक बार ऐसा पिटवाऊँगा कि याद रखेगा।"

पर काका से कहना दिलीप को पसन्द नहीं। वह दुनिया से ख़ुद निपटना चाहता है...

"नहीं, दिलीप नहीं, गीध को जाने दो।" काकी ने चिल्लाकर कहा।

भीतर से काका आवाज़ लगा रहे थे। उन्हें खाने की जल्दी पड़ी थी। काकी ने वापस कमरे में क़दम रखा कि दिलीप की आवाज़ फिर उनके कानों में पड़ी, "वह दीवार पर बैठा बनियान का कालर उधेड़ रहा है।"

अचानक काकी की समझ में आया कि दिलीप अपनी टीशर्ट के बारे में कह रहा है। अभी हफ़्ते भर पहले काका जब अपने बड़े साहब के साथ दौरे पर भोपाल गए थे तो लौटते वक़्त यह टीशर्ट लाए थे। दिलीप महीनों से चेन वाली टीशर्ट की रट लगाए था। काका हर बार कह देते थे, "बहुत महँगी आती है।"

दिलीप अड़ा रहता था। उसने अपनी क्लास के कई लड़कों के पास चेन वाली टीशर्ट देखी थी। किसी की ज़ेब पर लिखा था, 'टच मी नॉट', किसी पर 'अमेरिकन एयरफोर्स।' स्कूल में पाँच दिन यूनिफॉर्म पहननी होती थी, यानी नीली क़मीज़ और खाकी निकर। सिर्फ़ एक दिन, शनिवार को, अपनी मर्जी का कपड़ा पहनने की छूट थी। जो लड़के उस दिन भी यूनिफॉर्म की क़मीज़ पहनकर आते थे उन्हें दूसरे लड़के चिढ़ाते थे। एक बार सन्दीप लाल ने अपनी टीशर्ट की चेन ऊपर-नीचे फिसलाते हुए छाती फुलाकर दिलीप से कहा था :

"जापानी चेन है। मेरे पापा दिल्ली से लाए हैं।"

दिलीप जानता था कि सन्दीप के पापा पुलिस में इंस्पेक्टर हैं। दिलीप के काका को अक़्सर लाल साहब का अर्दली बनकर दौरे पर जाना पड़ता था। सन्दीप से दिलीप कभी नहीं उलझता था।

उस दिन दिलीप ने घर जाकर काका से पूछा, "काका, तुम्हें कितनी तनख़्वाह मिलती है?"

काका दिलीप की तरफ़ देखते रहे, पर कुछ बोले नहीं।

''काका, तुम दौरे पर भोपाल कब जाओगे?''

काका बात समझ गए थे। बोले, ''इस बार जाऊँगा तो टीशर्ट लेकर ही लौटूँगा।''

दिलीप ख़ुश हो गया था। गली की तरफ़ जाते-जाते ख़ुशी से चीखा था, ''कालर वाली। मैं कालर वाली टीशर्ट पहनूँगा।''

और अन्त में एक दिन टीशर्ट आ गई थी। सैंतीस रुपए की टीशर्ट। दिलीप के पैर ज़मीन पर नहीं पड़ रहे थे। टीशर्ट की ज़ेब पर लिखा था, 'स्काई सारजेंट।'

उस शनिवार को जब वह टीशर्ट पहनकर स्कूल गया था, कक्षा के सारे लड़कों की आँखें बरबस दिलीप पर टिक गई थीं। किसी की हिम्मत नहीं हुई थी कि उसे छेड़े। जो लड़के न दिलीप के दिमाग़ का लोहा मानते थे, न उसके शरीर का, न उसके सिपाही काका का ख़ौफ़ खाते थे, वे आज दिलीप की टीशर्ट का शोख बैंगनी रंग देखकर सहम गए थे...

जब काकी ने सुना कि गीध कोई साधारण बनियान नहीं, कालर वाली टीशर्ट ले गया है, तब उन्हें भी लगा कि बात गम्भीर है। उन्होंने काका से कहा, ''कहता है नई टीशर्ट गीध ले गया है।''

काका थाली के लिए उतावले बैठे थे। उनकी उँगलियाँ अधीरतावश बेल्ट के चमकदार बकल पर घूम रही थीं। वे बोले :

''गीध कहीं कपड़े ले जाता है? मैं क्या देखूँ, तुम थाली लगाओ।''

''रो रहा है। तुम ज़रा ऊपर जाकर देख आओ, मैं अभी खाना परोसती हूँ।'' काकी ने कहा।

काका बाहर आए। उनके काले बूट धूप में चमक रहे थे। गर्दन मोड़कर उन्होंने ऊपर की ओर देखा और आवाज़ लगाई :

''दिलीप! क्या बात है?''

दिलीप रोए जा रहा था। बड़ी मुश्किल से साँस सँभालकर बोला, ''काका! मेरी टीशर्ट गीध ले गया। वह देखो, वह जा रहा है—तालाब के पार।''

''यह क्या मज़ाक़ है दिलीप? गीध कहीं कपड़े खाता है?''

''काका सचमुच ले गया। वह देखो...'' दिलीप का एक हाथ आँखों पर था और दूसरा हवा में था।

काका से रहा न गया। अपने भारी बूटों को एक-एक सीढ़ी के नाजुक पत्थर पर जमाकर वे ऊपर आए। जैसे-जैसे उनके बूटों की आवाज़ क़रीब आती गई वैसे-वैसे दिलीप की रुलाई बढ़ती गई। काका ने छत पर पाँव रखा कि दिलीप उनके सीने से चिपट गया। आँसू चेहरे पर पसीने के साथ मिलकर बह रहे थे। रुलाई थी कि रोके न रुकती थी।

''बेटे कहाँ है गीध? मुझे दिखा,'' काका बोले।

दिलीप ने उनके सीने से चिपटे-चिपटे तालाब की तरफ़ इशारा किया, "वह देखो, वह तालाब पार कर गया।"

काका ने उधर देखा। मई के सूरज की चकाचौंध में दूर तालाब के किनारे उन्हें कुछ न दिखा।

तालाब से हटकर उनकी नज़र दिलीप के कन्धे पर गई तो वे घबरा गए। ताज़े घाव से ख़ून बह रहा था। आसपास की त्वचा खुरची हुई थी। एकदम परेशान होकर उन्होंने पूछा—"दिलीप, यह घाव तुझे कैसे लगा?"

दिलीप घाव की तरफ़ देखना नहीं चाहता था। काका के सीने पर अपनी बाँहों का कसाव बढ़ाकर बोला :

"गीध की चोंच बहुत तेज़ थी काका।"

उधर तालाब के घाट पर जहाँ हनुमान जी का मन्दिर है लड़कों की एक टोली जमा थी। धनेन्द्र अपनी बाँह में एक भींगी हुई टीशर्ट झंडे की तरह उठाए मन्दिर की परिक्रमा कर रहा था। लड़के उसके पीछे-पीछे चल रहे थे। बीच-बीच में रुककर वह लड़कों की तरफ़ सर मोड़ता और बताता कि उसने कैसे निशाना लगाकर पत्थर मारा। टोली के सदस्य खिलखिलाकर बताते कि फिर कैसे उन्होंने दिलीप को घेरा, कैसे उसकी टीशर्ट उतारी, कैसे उसे ज़मीन पर रौंदा, फिर कैसे वह घर की तरफ़ भागा।

त्रिकाल दर्शन

सरकारी बस में कोई यात्री बिना टिकट यात्रा करता पाया जाए तो कंडेक्टर को पाँच सौ रुपए जुर्माना हो सकता है। इस वाक्य के एक-एक शब्द में मर्म इस तरह भरा है जैसे सऊदी अरब की सूखी ज़मीन के नीचे पेट्रोल। सतह को कुरेदकर एक गहरा, ठीक-ठाक छेद कहीं भी कर दिया जाए तो बस, मर्म की अजस्र, मोटी धारा बह निकलेगी। यदि इस लपलपाती धारा को बाँधने का इन्तज़ाम तुरन्त नहीं किया गया, यानी मज़बूत पाइपों में मन्थर गति से बहाकर सुरक्षित शोधक कारख़ानों में नहीं पहुँचाया गया, तो सारा वातावरण प्रदूषित हो जाएगा। बात प्रदूषण तक रही, तो भी गनीमत है। असली ख़तरा यह है कि जिस जगह पेट्रोल फैल रहा हो, वहाँ किसी आदमी की साधारण-सी असावधानी महँगी सिद्ध हो सकती है। जिस जगह पेट्रोल पाइपों में बहने की बजाय सतह पर फैला हो, वहाँ बीड़ी पीने या पटाखा चलाने जैसी पुरुषोचित काम छोड़िए, जिस रोटी सेंकने जैसे काम से रसोई की महक और चूड़ी की खनक आती है, उससे भी भयावह दुष्परिणाम पैदा कर सकते हैं। ऐसी परिस्थिति में जीवन के सामान्य कार्य-व्यापार चालू रख सकने की खातिर यानी स्थिति को नियंत्रण में रखने के लिए सरकार को कर्फ़्यू लगाना पड़ सकता है। ऐसे कर्फ़्यू में ढील देना भी सम्भव नहीं, क्योंकि पेट्रोल तो पेट्रोल ही है, वह रात या दिन नहीं देखता। एक बार उसमें किसी बहाने से आग लग गई तो उस पर काबू पाने का ठेका अमरीकी कम्पनियों को देना आवश्यक हो जाता है। वे ही जानती हैं कि किसी राष्ट्र के बदन में लगी आग की ज्वाला को कैसे अनुशासित किया जाए।

इस लम्बे जोखिम का संक्षिप्त-सा विकल्प यही है कि कहानी के पहले वाक्य में छिपे मर्म को मर्म ही रहने दिया जाए—यानी यह मान लिया जाए कि एक सरकारी बस किसी इंस्पेक्टर की चपेट में आ जाए और उसमें बैठी सवारियों में से एक अन्धी बुढ़िया बिना टिकट यात्रा करती पाई जाए तो कंडेक्टर को पाँच सौ रुपए जुर्माना हो सकता है।

महरौनी आते ही गोस्वामी कंडेक्टर यकायक इसी आशंका से भर गया। वह बस के रुकते ही बुढ़िया के पास जा पहुँचा और उसे उठाने के लिए ऐसे प्रयास करने

लगा जो सरकारी क़ानून की दृष्टि से न सही, पर सामाजिक मर्यादाओं की दृष्टि से कुछ कठिन ठहरते। ये प्रयास यदि किसी जवान, पढ़ी-लिखी स्त्री पर किए जाते तो यह असम्भव नहीं था कि एक छोटा-मोटा दंगा इस घटनावंचित क़स्बे में हो जाता हालाँकि यह कहना ज़रूरी है कि उस परिस्थिति में भी दंगा तभी होता जब जवान स्त्री स्वयं चीख-पुकार करती और लोगों को कंडेक्टर की कार्यवाही से परिचित कराने का ज़िम्मा पूरी तरह अपने ऊपर लेती। अन्धी बुढ़िया ठीक से बोल भी नहीं पाती थी, इसलिए इस किस्म का कोई ज़िम्मा वह नहीं ले सकती थी। वैसे भी वह अंधी थी, और बुढ़िया थी, इसलिए उसका स्त्री होना इस लायक नहीं रह गया था कि वह अपनी तरफ़ बढ़े हुए कंडेक्टर के हाथ को समाज की मर्यादा की बिना पर रोक सके।

डीलडौल और क़द में गोस्वामी किसी पुलिस अधिकारी से कम न था। उसका इतिहास जानने की व्यवस्थित कोशिश की जाती तो पता चलता कि यह परिस्थितिवश नहीं, दुर्घटनावश पुलिस में भर्ती होने से रह गया था। यह दुर्घटना तब घटी थी जब गोस्वामी ढाई साल का था और रेलगाड़ी में टट्टी कर रहा था। उसकी माँ स्कूल में नौकरी करती थी और पिता कलेक्टरेट में क्लर्क थे। माँ तेज़ी से सारा काम निपटाने वाली, छरहरे बदन की सुन्दर स्त्री थी। वह अपने इकलौते बेटे को रेलगाड़ी के कमोड पर बिठाकर बेसिन के ऊपर लगे धुँधले आइने में अपनी बिन्दी जाँचने लगी। वह क्षण उसके जीवन का साधारण किन्तु सुन्दर समय था। ट्रेन पूरी रफ़्तार पर थी। गर्मी का मौसम था। डिब्बे की भीड़ से दूर संडास का यह एकान्त उसे चार-छह क्षणों के लिए पता नहीं कितनी दूर ले गया। इस बीच ट्रेन ने एक झटका खाया। कमोड पर बैठा बच्चा सही ढंग से नहीं बिठाया गया था। छोटे बच्चों की माँएँ उन्हें अक़सर रेल के कमोड पर इस तरह बिठाती हैं कि उनकी टट्टी निर्धारित स्थान पर गिरने की जगह उस स्थान पर गिरे जो सरकार ने पेशाब के लिए निर्धारित किया है। इस तरह बिठाए गए बच्चे का चेहरा उस पाइप की तरफ़ रहता है जिसमें होकर व्यवस्थित ढंग से बहकर आनेवाला पानी संडास को साफ़ करता है।

गोस्वामी का चेहरा यदि उस दिन इस पाइप की तरफ़ न होकर खिड़की की तरफ़ होता तो वह सरकारी बस का कंडेक्टर बनने की जगह पुलिस का अफ़सर बना होता और टिकट-बुक के स्थान पर पिस्तौल लेकर जीवन-यापन कर रहा होता। ट्रेन के झटके से उसका माथा पाइप से जा टकराया। वह चीखा। उसकी माँ का दिवास्वप्न टूटा। उसने बाँह पकड़कर बेटे को उठाया और उसके माथे को छुआ। अगले दो-चार दिन माथे का गूमड़ बना रहा। गूमड़ के दब जाने पर किसी को इस घटना का ध्यान न रहा। बीस वर्ष बाद जब पुलिस विभाग में नौकरी के लिए गोस्वामी का कठोर स्वास्थ्य-परीक्षण हुआ तो डॉक्टरों ने उसके मस्तिष्क के सामनेवाले हिस्से में एक विकार पाया। उन्होंने अपनी रिपोर्ट में लिखा—'एबनौरमैलिटी ड्यू टू

ओल्ड इन्जरी, लाइकली टु बी टेम्परामेंटल एंड अनरियलायबल' यानी पुरानी चोट से ऐसी असामान्यता पैदा हो गई है जिसके कारण इस व्यक्ति का मिज़ाज स्थिर और भरोसेमन्द नहीं कहा जा सकता। इस टिप्पणी के आधार पर गोस्वामी को पुलिस सेवा के लिए अयोग्य मान लिया गया।

हाथ पकड़कर उस बुढ़िया को खींचते चले जाने की मज़बूरी गोस्वामी का पुलिसोचित रूप और उभारती, पर वह रूप दबा रह गया। बुढ़िया के पैर उसके बगल में बैठी हुई सवारी के सूटकेस की आड़ में कुछ इस तरह जमे थे कि उन्हें हिलाना बुढ़िया की अपनी इच्छा की सहायता के बिना सम्भव न था। हाथ पकड़कर खींचे जाने पर बुढ़िया खड़ी अवश्य हो गई पर उसके पैर सूटकेस के पीछे जमे रहे। इधर कंडेक्टर की आवाज़ तेज़ होती जा रही थी। कंडेक्टर का तर्क स्पष्ट था कि टिकट के बिना वह यहाँ तक ले आया, अब और नहीं ले जा सकता; कि भलमनसाहत की भी कोई हद होती है; कि बुढ़िया ने महरौनी ही कहा था और महरौनी आ गया है; कि अब वह उसे मालथौन तक कतई बिना टिकट नहीं ले जा सकता; कि बिना टिकट-सफ़र करवाकर उसे अपनी नौकरी से हाथ नहीं धोना है, कि—, कि—, कि—।

बुढ़िया जिस झोले को छाती से चिपकाए थी, वह पोलियेस्टर मिश्रित जूट का बना था। इंडियन एयरलाइंस के विमानों में दी जानेवाली 'स्वागत' नाम की सुघड़ पत्रिका में इसी महीने जूट उद्योग की संघर्षकथा पर छपे लेख में पोलियेस्टर और जूट के मिश्रण से होनेवाले लाभों पर एक सारगर्भित पैराग्राफ़ दिया गया था। उसमें लिखा गया था कि जूट के पारम्परिक धागे में पोलियेस्टर का कृत्रिम और आधुनिक धागा मिला देने से जूट की मज़बूती कई गुना बढ़ जाती है। यही गुण जूट उद्योग को उस संकट से उबार सकता है जो भारत-पाकिस्तान विभाजन से पैदा हुआ था (जूट उत्पादक ज़िले पूर्वी पाकिस्तान में चले गए थे और मशीनरी भारत में रखी गई थी)। इस संकट से उबरने का अर्थ है—बेरोज़गारी से त्राण, ग़रीबी की कमी, निर्यात को बढ़ावा, विदेशी मुद्रा की आवत में वृद्धि और सब मिलाकर देश की तरक्की और लोगों की खुशहाली। बहरहाल, गोस्वामी ने पोलियेस्टर मिश्रित जूट के उस थैले को एक झटके में बुढ़िया की छाती से अलग किया और बस के खुले दरवाज़े से बाहर फेंक दिया। झोला छिन जाने पर सूटकेस के पीछे जमे बुढ़िया के पैर हिले और वह प्रतिवाद के कुछ अबूझ शब्द बुदबुदाती हुई नीचे उतर गई।

बचपन में वह चोट अगर गोस्वामी को न लगी होती तो सम्भव है कि वह इस प्रसंग को यहीं छोड़ देता और ड्राइवर से बस आगे बढ़ाने को कहता। ऐसा कहने की जगह वह स्वयं बुढ़िया के पीछे बस से उतर पड़ा क्योंकि उसे यह मामला अधूरा लगा। वह लगातार अपने तर्क दुहराता जा रहा था और बुढ़िया का बुदबुदाना भी जारी था। उनके इस संवाद के आसपास एक छोटी भीड़ उग आई। इस भीड़ ने कुछ

कहा नहीं; न ही कोई माँग की; पर गोस्वामी भीड़ को समझाने लगा कि उसने बुढ़िया को क्यों उतारा। उसकी आवाज़ अब भी ऊँची थी, पर शब्द कुछ रुक-रुककर निकल रहे थे। वे दिखाने लगे थे कि गोस्वामी अपने किए से ख़ुश नहीं है और सफ़ाई देना चाहता है। उसके शब्द अब बुढ़िया को मुफ़्त मालथौन ले जाने की बात की जगह एक शास्त्र बता रहे थे। इस शास्त्र का मर्म यह था कि आधुनिक समाज क़ानूनों और नियमों से चलता है, कि नियमों का पालन नहीं किया गया तो आधुनिक व्यवस्था नहीं चल सकती। गोस्वामी लोगों को बता रहा था कि अब आपसी लिहाज का समय नहीं रहा, कि गाड़ी उसकी अपनी नहीं है, न किसी मालिक की है, कि सरकार काम में मेहरबानी कोई करना भी चाहे तो नहीं कर सकता।

महरौनी की सड़क पर डामर धूल से ढँक गया था। भीड़ की भीतरी परिधि में खड़े बच्चों के बालों में भी यही धूल समाई थी। बिना किसी अपवाद के हर बच्चा मात्र अंडरवियर पहने था। यहाँ खड़े हुए कई बच्चे स्कूल भी अंडरवियर पहनकर जाते थे और वहाँ पर मास्टर जी कुछ-कुछ इसी तरह बोलते थे जैसे कंडेक्टर बोल रहा था। बिना किसी विशेष प्रयास के उन्होंने यह जान लिया था कि बस का कंडेक्टर, स्कूल का मास्टर और पुलिस का सिपाही एक ही चीज़ के अलग-अलग रूप हैं। गोस्वामी यही बात कुछ अमूर्त रूप में भीड़ को समझाने का प्रयास कर रहा था। कभी एकदम-से पलटकर भीड़ को आधार बनाकर बुढ़िया को समझाता; फिर उसके अन्दर जैसे कोई स्विच चटकता, बिजली की धारा की दिशा बदल जाती, और वह बुढ़िया को आधार बनाकर भीड़ को समझाना शुरू कर देता; फिर बुढ़िया को, फिर भीड़ को, फिर बुढ़िया को। रह-रहकर रेलगाड़ी में लगी चोट उसके माथे से उड़-उड़कर एक नन्हे पतंगे की तरह खोपड़ी की वयस्क दीवारों से टकराती। जो बात इस कहानी के हरेक पाठक को पता है, वह गोस्वामी को पता नहीं थी कि वह नियामक चोट उसे कहाँ और कब लगी थी। पुलिस विभाग की गोपनीय रिपोर्ट में दर्ज उस चोट का महत्त्व जाने बिना ही माँ इस संसार से जा चुकी थी। उसकी मौत बहुत असाधारण परिस्थिति में हुई थी। एक बाढ़ आई हुई थी और उसके बीच से बस को निकाल ले जाने का प्रयास ड्राइवर ने बस में सफ़र कर रहे एक थानेदार के दबाववश किया था। यह कथा बाचनेवालों ने बताई थी। जो उस दुर्घटना में बच नहीं पाए थे, वे लोग छपरट नदी के पानी, पत्थरों और बाद में मछलियों के पेट में लीन हो गए थे। कई हफ़्तों बाद स्त्री कंकालों के अवशेषों पर जहाँ-तहाँ सोने की बालियाँ और चाँदी की बिछिया लटकी पाकर मछुवारों के बच्चे चमत्कृत हुए थे। वे कई दिनों तक ऐसी मछली पकड़ने की कोशिश करते रहे थे जिसके पेट में से एक अँगूठी निकलेगी। छपरट का वह पुल महरौनी के पास ही है। माँ का शव पाने की आस में गोस्वामी दुर्घटना की शाम ही वहाँ जा पहुँचा था, पर निराश लौट आया था।

गोस्वामी के शब्द अन्ततः एक नौजवान की छाती से जा टकराए। राधे नाम के इस नौजवान की चेतना में गोस्वामी की बात का मर्म जिस क्षण पैठा, वह एक साधारण, रोज़ गुज़रनेवाला क्षण था। पास की दुकान पर फूलकाँसे के बहुत ही पुराने थाल में लगा भजियों का ढेर ठंडा हो चुका था। राधे लगभग रोज़ भजिया खाने इस दुकान पर आता था। वह बेरोज़गारों की सरकारी सूची में शामिल था, पर इतनी कमाई वह किसी प्रकार कर लेता था कि ज़िन्दगी के दो-चार मामूली सुख ले सके। ज़्यादा बड़े सुखों के साधन वैसे भी महरौनी में नहीं थे। हाँ, उनसे वंचित होने का बोध अब श्याम वीडियो की मदद से पहले की अपेक्षा कुछ ज़्यादा तेज़ी से जनता के बीच फैलने लगा था। इस मशीनरी की ताक़त ने अभी कुछ दिन पहले राधे की ज़िन्दगी पर एक विशेष असर डाला था। वीडियो फ़िल्में बनानेवाली कम्पनी, जिसमें महरौनी में पढ़ा हुआ एक होनहार युवक पटकथाएँ लिखने की नौकरी करता था। आठ मील दूर कुंडेश्वर में स्थित महादेव मन्दिर में एक सीन की प्रतिष्ठा करने आई थी। शूटिंग का दृश्य देखने महरौनी की तमाम जनता के साथ राधे भी गया था। एक सुन्दर मस्त लड़की खलनायक से बचने के लिए भागती हुई मन्दिर में जा पहुँची थी और शिवलिंग से लिपट गई थी। राधे को लगा था जैसे एक बड़ी, खुली-खुली दुनिया, जिसका अस्तित्व उसे मालूम था, अब उसे छूकर बुला रही थी। वह एक नई समझ, नई चेतना में प्रविष्ट हो गया था। यह चेतना उन बच्चों की चेतना से जुदा थी जो अंडरवियर पहने गोस्वामी का भाषण सुन रहे थे।

राधे का मन समाज और राज्य की आधुनिक व्यवस्थाओं, आचार-संहिताओं, मर्यादाओं, परम्पराओं, आस्थाओं और सम्भावनाओं से मुक्त हो चुका था। महादेव मन्दिर में उस लड़की के महीन, साफ़ बालों को देखते-देखते वह ताड़ गया था कि सत्य क़ानून से परे है और ज़िन्दगी राजनीति के बस की बात नहीं है। उसे लगा था कि सरकार झूठ है, शिक्षा छल है, क़ानून प्रपंच है। उत्तर-आधुनिकता की जिस अवधारणा पर महादेव मन्दिर से पाँच सौ किलोमीटर दूर रवीन्द्र भवन के सभागार में साहित्य अकादेमी की एक संगोष्ठी का आयोजन कुछ दिनों बाद होनेवाला था, वही अवधारणा राधे के सीने में धधकी। कुंडेश्वर से लौटकर राधे कई दिन बेचैन रहा था। उस बड़ी दुनिया से, जो उसे छूकर निकल गई थी, उसका कोई भरोसेमन्द सम्पर्क न था। उसके नाम कोई डाक कभी-कभार ही आती थी। वर्ष में एकाध बार आनेवाला रोज़गार दफ़्तर का बाँसी लिफ़ाफ़ा डाकिया भजियों की इसी दुकान पर छोड़ जाता था, जहाँ राधे रोज़ सुबह बैठता था और आने-जानेवाली बसों को देखता रहता था।

राधे ने निःशब्द आगे बढ़कर गोस्वामी का कालर पकड़ लिया। महरौनी में उस समय सुबह का सवा दस बजा था। शिक्षा-संस्थाएँ धीरे-धीरे अपनी दैनिक सक्रियता की दिशा में बढ़ने के लिए अँगड़ाई ले रही थीं। तहसील कार्यालय उन्मीलित नेत्रों

से एक और व्यस्त दिन की तरफ़ ताक रहा था। सहकारी बैंक की खिड़कियों पर लाइन अभी अविकसित अवस्था में थी। विकास के इस संक्रमण काल में राधे का क़दम अप्रत्याशित था। उसे सराहने क्या, समझनेवाली एक भी सवारी बस में या उसके इर्द-गिर्द नहीं थी। ऐसा प्रतीत होता था कि बस में सवार हर व्यक्ति जीवनधारा की पॉलिसी ले बैठा है। वे सब आधुनिक समाज व्यवस्था की खराद पर तमाम उपयोगी आकारों में तराशे गए पुर्जे थे—विकल्प-बोध की पवित्र बीमारी से ग्रस्त। इस बीमारी ने उनकी कल्पना और उनके क्रोध दोनों को कमज़ोर बना दिया था। वे सिर्फ़ चौंक सकते थे, बहुत से बहुत आपस में चर्चा कर सकते थे—ऐसी चर्चा जिसमें तार्किक आधार उभरते ही बोरियत होने लगे। उन्होंने राधे को गोस्वामी का कालर पकड़ते देखा और फिर यह कहते सुना कि यदि बुढ़िया को महरौनी में छोड़ना है तो उसके खाने-पीने का इन्तज़ाम करता जाए क्योंकि मेहरौनी न तो किसी कंडेक्टर के बाप की जागीर है, न वहाँ कोई लंगर खुला है।

राधे के शब्द चारों दिशाओं में घुस गए। किसी ने उसकी पूरी बात सुनी तो किसी के कानों में तीन-चार शब्द ही पूरी तरह पड़े। कुछेक ऐसे भी थे जिन्होंने एक भी शब्द सुने बग़ैर अनुमान से काम चला लिया। राधे का हाथ कुछ क्षणों तक गोस्वामी के कालर पर बना रहा। हालाँकि राधे ने वह नहीं कहा था जो आमतौर पर किसी का कालर पकड़कर कहा जाता है, पर इतने समय तक उसका हाथ गोस्वामी के कालर पर रुका देखकर लोगों ने उस बात की कल्पना भी लगे हाथों कर डाली थी। दिमाग़ पर काम करनेवाले वैज्ञानिकों ने इधर यह खोज की है कि बोली गई भाषा को सुनने और उसकी व्याख्या करने का ज़्यादातर ज़िम्मा कुदरत ने मस्तिष्क के बायें भाग को दे रखा है। यह भाग डाकख़ाने की तरह काम करने का आदी है। यदि एक आदमी के नाम पाँच चिट्ठियाँ आएँ तो डाकख़ाना उन्हें एक कोटि में रखेगा भले उनके मज़मून इतने भिन्न हों कि एक चिट्ठी में किसी लड़की ने कई साल की उदासीनता के बाद पिघलने का संकेत दिया हो और दूसरी में इस आदमी के पिता ने सूचना दी हो कि उसका विवाह फलाँ व्यापारी की पुत्री के साथ तय हो गया है। मस्तिष्क का बायाँ हिस्सा शब्दों के अर्थों को, लोगों के चेहरों को कीट-पतंगों, ब्लू फ़िल्मों, अचारों और नेताओं को रूढ़ श्रेणियों में रखता चलता है। इसलिए जब कोई अप्रत्याशित बात कह दी जाती है या किसी दृश्य में ऐसा कुछ घट जाता है जिसकी सम्भावना वहाँ बहुत कम थी तो सामान्यत: लोगों को एकदम समझ में नहीं आता है कि नया क्या घटा है, बस एक अहसास-सा होता है जो ज़्यादा देर तक नहीं टिक पाता। कवि ही है जो किसी शब्द को खुरचकर इतना चमका सकता है कि वह लोगों की आँख की पुतली में चुभ जाए।

राधे कवि नहीं था। उसके शब्दों में कोई जादू नहीं था। वे नितान्त साधारण शब्द थे, बाड़ पर उग आए भौंरमार (लैंटाना) की तरह जिसकी देश में, ख़ासकर

हिन्दी प्रान्तों में, इफरात है। इसी कारण बस की अगली सीट पर बैठा एक अधेड़ पुलिसकर्मी राधे के शब्द सुनकर अपनी सीट पर बैठा रहा। उसने एक बार गर्दन मोड़कर खिड़की से झाँकने का प्रयास अवश्य किया, फिर गर्दन वापस मोड़कर सामने स्थिर रखे बस के बोनट की ओर देखने लगा। अपनी इस संक्षिप्त पड़ताली निगाह में इस अनुभवी व्यक्ति ने यह भाँप लिया था कि बाहर घट रहे प्रसंग में उसकी भूमिका सीमित ही रहे तो अच्छा है। राधे के शब्दों से पैदा हुई स्तब्धता में दो अंकुर फूटे। एक अंकुर में एक-दो नन्ही पत्तियाँ फूटीं; पर जल्दी ही सूख गईं। दूसरा अंकुर बढ़ा। अपनी छटा उसने कुछ समय तक ऐसी दिखाई कि लगा, इतिहास लौटना शुरू कर रहा है, संसार में फिर राम के राज्य की स्थापना हो रही है।

पहला अंकुर ड्राइवर के सीने से फूटा। उसने बस बन्द नहीं की थी। स्टीयरिंग पर उसके हाथ बराबर जमे रहे थे। अन्धी बुढ़िया का प्रसंग उसने शुरू से देखा था, इसलिए उसे पता था कि गोस्वामी इतना उत्तेजित क्यों है। लेकिन वह स्वयं इस बुढ़िया को लेकर कोई बखेड़ा खड़ा करने की ज़रूरत या तैयारी अपने भीतर नहीं पा रहा था। उसके सीने में जमा बलगम कई बार खँखारे जाने के बावजूद विशेष नहीं हिला था। गर्म चाय उसे हिला सकती थी और चाय वह ललितपुर के आराधना टी कार्नर की पीता था। ललितपुर पहुँचने में महरौनी से पूरा एक घंटा लगता था। ललितपुर पहुँचने की तीव्र इच्छा के बावजूद गोस्वामी को फँसता देखकर ड्राइवर को लगा कि उसे कुछ करना चाहिए। बस के आसपास या भीतर के संसार में दख़ल वह कम ही देता था। अन्धी बुढ़िया को महरौनी में ही छोड़ देना उचित है या नहीं, ऐसे मामले में वह गोस्वामी पर छोड़ देने का आदी था। यदि उसकी कोई नैतिक ज़िम्मेदारी बनती हो तो भी ऐसे प्रसंगों से वह बचता था। सरकारी व्यवस्था के अन्तर्गत हर कर्मचारी को अपने अलग खोल में रहने का हक है, यह बात उसके स्वभाव में स्थापित हो चुकी थी। इसी कारण कुछ न कुछ अवश्य करने का भाव ड्राइवर के भीतर अधिक देर तक जीवित नहीं रह सका। गोस्वामी और राधे की तरह इस कहानी का पात्र वह नहीं बन सका, एक उपस्थिति मात्र बनकर रह गया। दुनिया की तमा़म परिस्थितियों में लाखों लोगों को महज़ दर्शक बनाकर रखनेवाला 'संयोग' यहाँ पर बख़ूबी लागू था। इस तथाकथित संयोग की सामाजिक जड़ें तलाशना मौजूदा कहानी के हित में नहीं है, और कहानी का हित ही यहाँ सर्वोपरि है। (सम्भव है कई पाठक यहाँ कह उठें कि सौ चूहे खाकर बिल्ली को हज की याद आई, यानी बार-बार दीगर विषयों की टोह में प्रसन्नतापूर्वक भटकनेवाला लेखक अब कहानी के हित की दुहाई दे रहा है। ऐसी टिप्पणी मन में लानेवाले पाठक कहानी की सोद्‌देश्यता और किफ़ायतशारी के प्रति इतने समर्पित हैं तो अपनी और दूसरों की ज़िन्दगी को लक्ष्य पर रखने के लिए वे क्या-क्या नहीं करते

होंगे। लेकिन ज़्यादा सम्भावना इस बात की है कि ऐसे पाठक अपना जीवन अभी मन्थर गति से जी रहे हों, बस, कहानी की विधा को लेकर आधुनिक जीवन-दर्शन अपना चुके हों। लेखक को आशा है कि यह कहानी उनकी मुक्ति में यत्किंचित मदद अवश्य करेगी।)

कहानी के हित का निर्वाह ड्राइवर के पीछे वाली सीट पर बैठे नवयुवक ने किया। राधे के शब्दों से पैदा हुए वातावरण में फूटे दूसरे अंकुर का सन्दर्भ श्रवण नाम का यह युवक था। अभी कुछ महीने पहले ही यह युवक ज़िला मुख्यालय में एक सरकारी नौकरी में नियुक्त हुआ था। उसकी यह नौकरी नए किस्म की थी, यानी वह किसी के तबादले के कारण नहीं आया था। अपनी कुर्सी पर बैठनेवाला वह पहला व्यक्ति था। श्रवण का कमरा कलेक्टर के कार्यालय में पहली मंज़िल पर, स्वयं कलेक्टर के कमरे के ठीक पीछे था, इस कारण लोग उसे सम्मान और डर की दृष्टि से देखने लगे थे। पास में स्थित कचहरी से रह-रहकर उठनेवाली आवाज़—गोपालदास (या ख़ुदाबख़्श या फूलनदेवी) हाज़िर हो—श्रवण के कमरे में सुनाई नहीं देती थी। इसका कारण एक विराट परिवर्तन-चक्र था जिसके अन्तिम दौर में यह पिछड़ा माना जानेवाला ज़िला शामिल कर लिया गया था।

हज़ार-पन्द्रह सौ साल पहले जहाँ घने जंगल थे जिनमें आदिवासियों का निवास था, वहीं आज पीढ़ी-दर-पीढ़ी बँटती निरन्तर खंडित हो-होकर अनाज उगाए जा रही ज़मीनें थीं। किसी भूखंड पर अपनी मिल्कियत सिद्ध करने के लिए लोग पटवारियों, तहसीलदारों, अर्जीनवीसों, नक़लों और मजिस्ट्रेटों के अलावा आपसी सद्भाव और लठैतों के मोहताज थे। अदालत में आनेवाले दीवानी और फ़ौजदारी के मुक़दमों में से अस्सी फीसदी मुक़दमों की पृष्ठभूमि में ज़मीन होती थी। इन मुक़दमों का निपटारा होने तक आधी पीढ़ी निकल जाती थी। इस बीच विवादित भूखंड का उपयोग जारी रहता था और नित नई समस्याएँ पैदा करता था। मुक़दमे जल्दी निपटाए जाएँ, इस उद्देश्य से सरकार ने हाल में एक बड़ा क़दम उठाते हुए ज़िले की समूची भूमि का ब्योरा कम्प्यूटर में दर्ज करने का निश्चय किया था। यह एक महत्त्वाकांक्षी योजना इसलिए थी क्योंकि हर ज़िले का कम्प्यूटर देश के अन्य ज़िलों में स्थित कम्प्यूटर से जोड़ा जाना था और देश के तमाम कम्प्यूटरों को अन्तरिक्ष में स्थित किराए से लिए गए एक उपग्रह से जोड़ा जाना था। आशय यह है कि देश के लाखों भूखंडों की मिल्कियत का ब्योरा देश के सर्वोच्च नेता की स्टेनोग्राफर को चन्द क्षणों में प्राप्त हो सकता था। यदि भरोसीबाई नाम की महिला नक्सलवादी ठाकुर सिंह नाम के किसान के खेत में छिप गई हो तो दिल्ली में बैठकर यह जाना जा सकता था कि ठाकुर सिंह के खेत में झाड़ियों के लिए कितनी जगह है जिसमें भरोसीबाई छिप सकती है। ज़रूरत के अनुसार ऐसी सूचना अन्तरराष्ट्रीय पुलिस इंटरपोल को उपलब्ध कराई जा सकती

थी, क्योंकि विश्व भर के कम्प्यूटरों में दर्ज जानकारी अन्तरिक्ष में अबाध घूम रहे उपग्रहों की पहुँच में थी।

कलेक्टर के पीछे वाला कमरा इसी विश्वरचना का स्थानीय सन्दर्भ-बिन्दु था। कलेक्टरों के कार्यालय की पूरी इमारत में यही एकमात्र धूल-नियंत्रित कक्ष था। हथकरघा से बने पर्दे के पीछे दीवार तोड़कर बनाई गई एक विशेष खिड़की थी जिसमें डेढ़ टन का ब्लूबॉय एयरकंडीशनर फिट था। उसे चलाने की अनुमति एक मई से तीस अगस्त के बीच ही थी। कम्प्यूटर नियंत्रक के रूप में श्रवण की नियुक्ति इसी अवधि के बीच हुई थी। इस कारण उसने सरकारी नौकरी के अपने शुरुआती महीने बहुत सुख से बिताए थे। एयरकंडीशनर नियमानुसार तीस अगस्त को बन्द हो चुका था। सितम्बर में एयरकंडीशनर की धीमी घरघराहट के बन्द होने से कोई शून्य यदि श्रवण के मन में पैदा हुआ भी होगा तो वह घर से शादी तय हो जाने की सूचना ने भर दिया था। घर से आशय ग्वालियर से है जहाँ श्रवण की शुरुआती शिक्षा हुई थी। एक सुखी और संस्कारी परिवार की सन्तान होने के नाते श्रवण ने वे तमाम गुण घर पर ही अर्जित कर लिए थे जिनकी सिखलाई के लिए साधारण शहरी माता-पिता कई हज़ार रुपए ख़र्च करने को तैयार रहते हैं। श्रवण के माता-पिता ने उसे लिटिल फ्लावर कॉन्वेंट में भरती कराया जहाँ केरल से आई हुई एक नन ने श्रवण को अंग्रेज़ी की आरम्भिक शिक्षा दी। बाद में वह महावीर बाल संस्कार विद्यालय में पढ़ा। बड़ा होते-होते वह एक सन्तुलित इंसान बन गया जो कम्प्यूटर पर काम करने में उतना ही सुख महसूस करता था जितना अनूप जलोटा के भजन सुनने में। राजनीति के प्रति अश्रद्धा उसने अपने दादा से विरासत में पाई थी (वे स्वतंत्रता संग्राम की उस छोटी टुकड़ी के सदस्य थे जिसे आज़ादी के बाद कुछ विशेष हासिल नहीं हुआ।) भारतीय संस्कृति के अगम रस-स्रोतों की ओर से उसे पिता ने आकर्षित किया जो कॉलेज में हिन्दी साहित्य के प्राध्यापक थे। श्रवण की ताई बाल-विधवा थीं। चौबीस में से चार घंटे वे भजन-कीर्तन में बिताती थीं और रोज़ श्रवण को महापुरुषों की कहानियाँ सुनातीं। विज्ञान और कम्प्यूटर कला सीखने के वर्षों में श्रवण अक़सर सोचा करता कि आधुनिक होना क्या देश के लिए सचमुच ज़रूरी है। ताई के संसार के प्रति उसके मन में अक़सर विरह और उत्साह का ज्वार उमड़ता। कलेक्टर के कमरे के पीछे वाले अपने कमरे में बैठकर दूर-दूर के गाँवों का भू-डेटा कम्प्यूटर में भरते हुए वह भविष्य की रूपरेखाओं में खो जाता—कि वह चॉकलेटी रंग की मारुति में पत्नी के साथ कटे हुए जंगल की राह पर है; आसपास बौनी झाड़ियाँ हैं, और कार के डैक पर घूम रहे टेप से मन्ना डे की आवाज़ निकल रही है—कंचन किंकनि नूपुर धुनि सुनि...

श्रवण के कानों में राधे के वज्र-वाक्य स्पष्ट सुनाई दिए थे। इन वाक्यों के बाद कंडेक्टर का प्रतिवाद भी उसने सुना था। श्रवण बस से उतरकर भीड़ के घेरे की

परिधि पर आ खड़ा हुआ। गोस्वामी चीख रहा था। अन्धी बुढ़िया का कन्धा कभी गोस्वामी के हाथ में होता, कभी राधे के हाथ में! गोस्वामी किसी प्रकार बुढ़िया को वापस बस में बैठने देने को तैयार नहीं था। राधे किसी प्रकार बुढ़िया को चढ़ाए बिना बस को रवाना होने देने को तैयार नहीं था। गोस्वामी अभी तक अपना कालर पकड़े जाने की वारदात पर विश्वास नहीं कर पा रहा था। वह कहे जा रहा था कि कालर पकड़कर क़ानून नहीं बदला जा सकता। राधे की आँखें जलती हुईं लकड़ी के दूसरे हिस्से की तरह ठंडी बनी हुई थीं। श्रवण को लगा कि इस झगड़े में उसकी एक भूमिका है। उलझूँ कि न उलझूँ, यह दुविधा प्रवेश के अन्तिम क्षण में पैदा हुई, पर श्रवण ने यह याद करके इस दुविधा पर काबू पा लिया कि यदि बस यहाँ कुछ और देर खड़ी रही तो ललितपुर से उसकी ट्रेन रवाना हो जाएगी और फिर अगली ट्रेन में ग्वालियर का टिकट नहीं मिलता है। श्रवण ने कंडेक्टर की तरफ़ देखते हुए अपना यह प्रस्ताव रखा कि बुढ़िया के पैसे वह देने को तैयार है।

गोस्वामी तुरन्त नहीं समझ सका कि श्रवण ने क्या कहा है। राधे ने श्रवण की ओर इस तरह देखा जैसे वह किसी दूसरी दुनिया से आया हुआ प्राणी हो। श्रवण ने राधे की तरफ़ देखा ही नहीं; बस, बुढ़िया का कन्धा पकड़कर बस की तरफ़ खींचने लगा। वह कब बस में वापस चढ़ी, कब बैठी और कब बस चल पड़ी, जैसे किसी ने यह सब देखा ही नहीं। श्रवण की कार्यवाही से बस और उसके आसपास का समाज जैसे गहरे पसोपेश में डूब गया हो। किसी के पास कोई शब्द नहीं थे जो रेल दुर्घटना के बाद मंत्री और अन्य नेताओं की तरफ़ से शोक व्यक्त करने जैसा काम उन्मुक्त होकर कर सकें। लोग झेंप-से गए थे और बहुत धीमी आवाज़ में आपस में बात कर रहे थे। शरद के खेत दोनों ओर भाग रहे थे। गोस्वामी महरौनी से चढ़ी सवारियों के टिकट आराम से काट रहा था। सारे टिकट काटकर जब वह श्रवण के पास पहुँचा, तब तक बस महरौनी से दस किलोमीटर दूर आ चुकी थी।

गोस्वामी ने टिकट काटकर महरौनी से मालथौन के चौदह रुपए श्रवण से माँगे। श्रवण इस बीच उसी पसोपेश में डूबा था जिसमें बस डूबी थी, पर वह सर के बल डूबा था। उसे यह सम्भावनाएँ खाए जा रही थीं कि वह संसार की आँखों में मूर्ख दिख रहा है, चाची की पूजारत छवि उसे खींच रही थी, पर वह अपनी सीट में गड़ गया था। टिकट का पैसा देने के लिए बटुआ खोलते-खोलते उसने निश्चय कर लिया था कि वह ललितपुर तक के छह रुपए ही देगा, मालथौन के चौदह नहीं। अधूरी रकम देखकर गोस्वामी ने एक बार फिर पूरी राशि बताई। श्रवण ने निस्पन्द भाव से कह डाला कि वह इतने ही देगा। गोस्वामी के माथे पर वह पुरानी चोट भन्नाती हुई उठ खड़ी हुई। उसके इशारे पर ड्राइवर ने बस रोक दी। बाहर चिड़ियों का बोलना किसी समाचार बुलेटिन की तरह अन्य सवारियों के अलावा श्रवण को

भी सुनाई दिया। गोस्वामी की दूसरी लड़ाई शुरू हो चुकी थी। अब वह बुढ़िया को मालथौन तक ही ले जाने को तैयार था, ललितपुर तक नहीं, क्योंकि टिकट मालथौन का कट चुका था और क़ानून बदला नहीं जा सकता था। श्रवण ने प्रतिवाद नहीं किया, सिर्फ़ इतना कहा कि वह जितना कर सकता था, उसने कर दिया, अब वह और नहीं कर सकता। गोस्वामी ने पहली लड़ाई का स्मरण करते हुए पोलियेस्टर मिश्रित जूट का थैला बुढ़िया से अलग करके खिड़की के रास्ते बाहर फेंक दिया। बुढ़िया बुदबुदाते हुए उठी। गोस्वामी दरवाज़ा खोलकर खड़ा हो गया। जब वह नीचे उतरने लगी तो गोस्वामी बोला—'बड़े धर्मात्मा बनते थे।' दरवाज़ा बन्द करके उसने ड्राइवर को इशारा किया और बस फिर भागने लगी।

स्मार्ट सिटी

उस लम्बी इमारत के किस दरवाज़े में घुसा जाए, यह सोचते-सोचते वह सही दरवाज़ा चूक गया। दरवाज़े एक जैसे थे और उन पर कोई चिह्न या नम्बर नहीं था। शुरू में उसे भरोसा था कि वह अन्दाज़ के सहारे पहुँच जाएगा, पर जब पचास-साठ दरवाज़े गुज़र गए तो वह थकने लगा। थोड़ा घबराने भी लगा।

पिछली बार कोई दिक्कत नहीं हुई थी, क्योंकि साथ में एक युवक था जो ख़ुद 'मेघमाला' में काम करता था। युवक का नाम रमन जैसा था—शक्ल उसे ज़्यादा साफ़ याद है, ख़ासकर बाल जो सेना के जवानों की तरह कटे थे। इस बार भी शायद रमन को ही उसे बस--स्टॉप से लेने भेजा जाता। फ़ोन पर 'मेघमाला' के किसी और कार्यकर्ता ने कहा भी था—'हमारा आदमी आपको जहाँ कहे वहाँ मिल जाएगा, आप कितने बजे आएँगे?' जवाब देते-देते वही कुछ ढीला पड़ गया था। मुख्यत: यह सोचकर कि सड़क पर अकेले चलना ही ठीक रहेगा, किसी के साथ दिखने से शक पैदा हो जाता है। वह आश्वस्त स्वर में बोला था—'मैं ढूँढ़ लूँगा...मुझे स्टीमर से रास्ता आता है। बस या रिक्शे की भी ज़रूरत नहीं है।' फिर हल्की-सी हँसी के साथ उसने जोड़ा था—'वैसे भी पैदल चलना ठीक रहता है।' फ़ोन रखते हुए उसे सन्तोष था कि वह अभी तक निडर बना हुआ है। पर समय बताना मुश्किल था। उसे एक और मीटिंग छोड़कर आना था और वह मीटिंग अपने ही ऑफ़िस में थी और खिंच सकती थी।

'ठीक है, आप भले देर से आएँ, पर आइए ज़रूर। हमें आप जो भी टाइम दे पाएँगे, हमारे लिए कीमती होगा।' टेलीफ़ोन पर बात इन्हीं औपचारिक किन्तु आत्मीय शब्दों के साथ ख़त्म हुई थी। क्षण-भर के लिए उसका मन इस बात के सन्तोष से भर गया था कि कठिन परिस्थितियों के बावजूद वह ऐसे काम कर पा रहा है जो आम यानी ग़रीब लोगों की भलाई जो बचे-खुचे संघर्ष कहे जा सकते हैं। सन्तोष उसके अपने साहस को लेकर भी था, हालात को लेकर भी। वह 'मेघमाला' जैसी संस्था का साथ दे पा रहा था, यही इस बात का पर्याप्त सबूत था कि देश की हालत उतनी बुरी नहीं हुई थी जितनी स्वयं 'मेघमाला' से जुड़े लोग

कहते और अधिकांशत: मानते भी थे। वह ख़ुद यह मानने को तैयार नहीं था तो शायद सिर्फ़ इस मामूली कारण से कि वह पत्रकारिता के पेशे में था जिसमें यह सोचने के लिए समय दुर्लभ होता है कि हालत विशेष बुरी है या हमेशा जितनी ही बुरी है।

अब उसे चुभ रहा था कि टेलीफ़ोन रखने से पहले उसने यह क्यों नहीं पूछा कि दरवाज़े की पहचान क्या है ? लम्बे गलियारे में क़दम बढ़ाते हुए उसे लग रहा था कि उस जैसे कई लोग सही दरवाज़ा ढूँढ़ रहे हैं। गलियारे की चौड़ाई इतनी कम थी कि किसी-किसी दरवाज़े के पास एक क्षणिक भीड़ जुट जाती थी। एक-दो लोगों की आँखें भीतर झाँकतीं, दो-चार आँखें अन्य लोगों की आँखों में झाँकतीं और इतने संवाद से स्पष्ट हो जाता कि जो दरवाज़ा वे तलाश रही हैं, यह नहीं है।

ज़ाहिर है, लोग वहाँ अलग-अलग तरह के कामों से आए थे। इस इमारत में होनेवाले कामों के बारे में यह बात सब लोग जानते थे कि किसी को अपने काम की थोड़ी-सी भनक भी पड़ने देना ख़तरे से ख़ाली नहीं है। शहर के दो खंडों को जोड़नेवाली यह इमारत सरकार के लिए उतने ही काम की जगह थी जितने काम की वह सरकार से लड़नेवालों के लिए थी। 'मेघमाला' का ही मामला लें। नीली नहर के इस पार रहनेवाली अवैध आबादी को चन्द मामूली सुविधाएँ दिलाने के लिए छोटे-बड़े प्रयास करनेवाले सैकड़ों ग़ैर-सरकारी संगठनों में 'मेघमाला' का नाम कोई विशेष अहमियत रखनेवाला नहीं था। फिर भी किसी अजनबी से यह पूछ बैठना कि 'मेघमाला' की मीटिंग किस जगह हो रही है, मुसीबत बन सकता था।

मेघमाला जैसी संस्थाओं को सरकार के अधिकारी पहले से ज़्यादा गम्भीरता से लेने लगे थे, क्योंकि कई वर्षों चली दोस्ती के बाद सरकार और ग़ैर-सरकारी संस्थाओं के बीच दरार पैदा हो गई थी। शुरू-शुरू में बड़े सरकारी अधिकारी रिटायर होने के बाद ख़ुद एक संस्था खोल लेते थे। उनके बेटे या बेटी को मोटा रोज़गार दिलाने का यही एक रास्ता उन दिनों बचा था। विश्व बैंक जैसी अन्तरराष्ट्रीय संस्थाओं में अच्छी जान-पहचान के सहारे सेवानिवृत्त अफ़सर अपनी संस्था के लिए आसानी से बड़ी-बड़ी रक़में ले लेते थे। ये अफ़सर अपनी सर्विस के दौरान हॉर्वर्ड या कैम्ब्रिज के उन कोर्सों में एक-दो साल ख़र्च कर चुके होते थे जिन्हें शुरू ही इसलिए किया गया था कि भारत और पाकिस्तान सरीखे देशों के अफ़सरों को कुछ पढ़ाया जा सके। पढ़ाई के दौरान उनके सम्बन्ध भी बनते थे, विचार भी। विचारों के सहारे वे सरकार को राह पर रखते थे, सम्बन्धों के सहारे सन्तान का भविष्य बनाते थे। मगर उनकी सन्तान के लिए उभर रहा वर्तमान ज़्यादा समय तक योजनानुसार काम नहीं करता रह सका। बहुराष्ट्रीय कम्पनियों की पैठ इतनी

तेज़ी से बढ़ी कि सरकारी अफ़सर ही नहीं, निर्वाचित जन-प्रतिनिधि भी इन कम्पनियों के दलाल बन गए। बड़े अफ़सरों की सन्तानें स्वैच्छिक संगठनों को छोड़ सीधे-सीधे अन्तरराष्ट्रीय संगठनों में काम करने लगीं। स्वैच्छिक संस्थाएँ साहित्यिक या आध्यात्मिक उद्देश्य बताकर खोली जाने लगीं। उनमें से कुछ इन उद्देश्यों को उजागर करने के लिए 'आत्मा', 'हरिप्रिया', 'मंजरी', 'रूपा' जैसे नाम रखने लगीं जिससे उनके सामाजिक कामों पर सरकारी अफ़सरों की नज़र न जाए। वैसे तो सामाजिक काम भी ज़्यादातर दान और दया का मिज़ाज लेकर चलते थे, पर ऐसे कामों के ज़रिये बढ़नेवाले सम्पर्कों को शक की दृष्टि से देखा जाता था।

इस बात की निगरानी रखने की कोशिश की जाने लगी कि कोई कार्यकर्ता नए शहर से पुराने शहर में घुसते समय कोई ऐसी किताब या फ़िल्म का वीडियो अपने साथ न ले जाए जिस पर सरकार के आन्तरिक सुरक्षा विभाग की मुहर न लगी हो। यह एक मिसाल ही है, वरना समूची स्थिति और उसे सँभालने वाली प्रक्रिया काफ़ी जटिल थी। कलात्मक या आध्यात्मिक काम का बहाना लेकर काम करनेवाला कोई आदमी नए शहर से पुराने में जाते हुए या वापस आते हुए अथवा नए शहर में रहते हुए किसी आम सन्देह के घेरे में आ जाए तो उसकी और उसे जाननेवालों की ज़िन्दगी गुप्त मुश्किल में पड़ जाती थी।

इसीलिए वह खामोश आगे बढ़ता गया। दरवाज़े एक के बाद एक गुज़रते गए, पर कोई दरवाज़ा उसे ऐसा न जान पड़ा जिसमें 'मेघमाला' के लिए काम करनेवाले या उसकी मीटिंग में आनेवाले अन्य लोगों के दिखाई दे जाने की उम्मीद हो। बीस-बाइस दरवाज़ों से गुज़र जाने के बाद उसे कॉलेज के दिनों में पढ़ी हुई काफ़्का की कहानियों के पात्र और स्थान याद आए। उन कहानियों में लगातार अँधेरा-सा रहता था और पात्र अकेला, अनजान किसी दमघोंटू आशंका के साथ आगे बढ़ता जाता था। 'मेघमाला' की मीटिंग पर काफ़्का का ख़याल उसके मन में पिछली बार भी आया था, पर इस बार की तरह उस बार भी जब उसे बस-स्टॉप से लेने रमन आया था—उसे अतिरंजना से बचने की ज़रूरत महसूस हुई थी। वैसे भी, आमतौर पर लोग, और ख़ासकर पत्रकारिता व साहित्य के लोग मानते थे कि अतिरंजना एक ख़तरनाक चीज़ है, उससे हर कीमत पर बचना और दूसरों को बचाना चाहिए। तनाव, हिंसा, ग़रीबी और बेरोज़गारी के बीच प्रधानमंत्री यदि एक मामूली-सा ऐसा जुमला बोल देते थे या कोई छोटा-सा आँकड़ा दे देते थे जिससे झलकता हो कि वे परिस्थिति की विकरालता से परिचित हैं तो उस शाम टीवी का पर्दा और अगली सुबह के अख़बार का मुखपृष्ठ इन टिप्पणियों से भर जाता था कि विकरालता को बढ़ा-चढ़ाकर प्रस्तुत करनेवाले लोग कितने ग़लत हैं और पूरा सन्दर्भ दृष्टि को सन्तुलित बनाए रखने की कितनी व्यग्र माँग करता है।

क़दम बढ़ाते-बढ़ाते उसने पाया कि दरवाज़ों की क़तार ख़त्म हो गई हैं और इमारत का कोना नज़र आने लगा है। इस कोने के पार वह ऐतिहासिक इमारत थी जिसका अनोखा गुम्बद दिखने की सिफ़ारिश विदेशी पर्यटकों के हाथों में रहनेवाली सभी गाइडों में रहती थी। इतिहास के विशेषज्ञों और भारतविदों में इस गुम्बद के प्रतीकार्थ को लेकर गहरा मतभेद था। विद्वानों का एक धड़ा गुम्बद को कल्याण के दर्शन की परम्परा से रखता था और दूसरा धड़ा दमन की व्यवस्था मूलक परम्परा में। दोनों के बीच की नोंक-झोंक किसी-किसी वर्ष में इतनी प्रबल हो जाती थी कि कोई अन्तरराष्ट्रीय संगठन या कम्पनी इस विवाद को एक बड़े सम्मेलन का रूप देने के लिए प्रेरित हो जाती थी। सम्मेलन के दिनों में गुम्बद को देखने के इच्छुक पर्यटकों की तादाद बहुत ज़्यादा बढ़ जाती थी और सरकारी अधिकारी उन्हें परमिट जारी करने के काम में व्यस्त हो जाते थे। शेष यानी सामान्य दिनों में कोई इक्का-दुक्का पर्यटक ही इधर आता था। गुम्बद को देखकर पर्यटकों को काफ़ी निराश होना पड़ता था, क्योंकि उसके पास जाना रहस्य और खतरे का खेल बताया जाता था जिसके लिए सिर्फ़ ग़रीब रिक्शेवाले तैयार होते थे और अधिकारी खुलेआम हतोत्साहत करते थे।

गुम्बद को देखते ही वह समझ गया कि पुराना शहर शुरू होनेवाला है और जल्दी ही कोई न कोई जान लेगा कि वह भटक गया है। इस तरह पहचान लिए जाने का मतलब साफ़ था—कि वह किसी ग़ैर-क़ानूनी संगठन या संस्था के काम से आया था, वरना एक पत्रकार के लिए इस तरह इस जगह भटकते हुए नज़र आने का कोई औचित्य नहीं था। 'मेघमाला' जैसे समूह अपनी बैठकें दर्जनों दरवाज़ों वाली इस इमारत में जिन दो-तीन कारणों से करते थे, वे काफ़ी उलझे हुए थे। एक यह था कि इमारत शहर के दो खंडों को अलग करती थी, इस कारण पुराने शहर में रहनेवाली अवैध आबादी के लोग नए स्मार्ट सिटी में आने का लाइसेंस लेने इस इमारत के गलियारों में घूमते रहते थे। लाइसेंस बनवाना बेहद जटिल काम था और उसकी सारी औपचारिकताएँ पूरी करने में कई बार हफ़्तों लग जाते थे। लाइसेंस चाहनेवाले कई लोग परिवार सहित गलियारे के ही किसी कोने में डेरा डाल लेते थे। उनके और लाइसेंस देनेवाले अफ़सरों की अफरातफ़री में सामाजिक कार्यकर्ता या जनकर्मी कहे जानेवाले लोग अपने संगठन के काम के लिए जगह और वक़्त निकाल लेते थे। यह सुविधा पाने के लिए, और पहचान लिए जाने पर बचे रहने के लिए, अधिकारियों से अच्छे सम्बन्ध बनाए रखना ज़रूरी था। जनकर्मियों के लिए यह इमारत अधिकारी-वर्ग से आँख-मिचौली का मैदान बन गई थी। मैदान में हर वक़्त साँझ का झुटपुटा रहता था, क्योंकि आँख-मिचौली के खेल के लिए झुटपुटे जैसा प्रकाश एक ज़रूरी शर्त है। छिपने के लिए खम्भे और ढेर सारे दरवाज़े तो थे ही! गलियारे में लगातार रहनेवाली लोगों की आवाज़ाही भी मदद देती थी।

पर सबसे उम्दा मदद स्वयं अफ़सर देते थे। छोटे-छोटे दड़बों सरीखे कमरों में उनकी कुर्सियों के गिर्द जमा फटेहाल, भूखे आदमी-औरतों के हजूम स्वयं एक मज़बूत आड़ का काम देते थे जिसके पीछे ज़रूरी सन्देशों वाले काग़ज़ के पुर्ज़ों का लेन-देन और सँकरी-सी जगह में बैठे कार्यकर्ताओं का विचार-विमर्श जारी रहता था। अफ़सरों को आपस में यह व्यवस्था करनी होती थी कि कब किसी बड़े अधिकारी या मंत्री के सामने गालियों की बौछार बरसाकर बदहाल लोगों की भीड़ और उसके बहाने घुस आए जनकर्मियों को कुत्तों की तरह निकाल बाहर करना है और कब उन्हें अपनी ज़रूरत के अनुसार पैसे और विदेशों के सफ़र के लिए इस्तेमाल करना है। कई एक्टिविस्ट इस खेल में उस्ताद हो गए थे और दोनों शहरों यानी शहर के दो खंडों को चलानेवाली जटिल व्यवस्था के साथ इस तरह खेलते थे मानो वह उनका निजी मामला हो।

वापस मुड़कर शक की निगाह से देखे जाने और इमारत के कोने से कुछ दूर तैनात पुलिसवालों की अभद्र पूछ-ताछ का शिकार बनने से बेहतर उसे यह लगा कि वह गुम्बद की तरफ़ बढ़े। इस तरह की कुछ ऐतिहासिक इमारतें पुराने शहर में बची थीं। दो-चार को उखाड़कर नए शहर की सजावट के लिए इस्तेमाल कर लिया गया था। इस प्रक्रिया में उनके टुकड़े ही बच पाए थे और वे भी अपने ऐतिहासिक सन्दर्भ में स्वतंत्र हो चुके थे। मेघमाला की मीटिंग में शामिल होने की आशा अब उसने पूरी तरह छोड़ दी और गुम्बद देखने का मन बना लिया। एक छोटा रेतीली मैदान भर उसके और गुम्बद के बीच बचा था जिसे पार करने के लिए एक सँकरी-सी पुलिया थी। इस पुलिया पर क़दम रखते ही उसने देखा कि उस पार चिथड़ों में खड़े हथरिक्शेवालों में ज़बर्दस्त हरकत हुई और उनकी आवाज़ें हवा को ठेलती हुई उसकी ओर बढ़ीं—'मटियामहल दो रुपया! मटियामहल दो रुपया!' इसके पहले कि वह कुछ सोचे या कहे, भीड़ द्वारा ठेले जाते हुए वह एक रिक्शे की तरफ़ बढ़ गया और उसमें बैठ गया। रिक्शा ढोनेवाला भीड़ को पीछे छोड़, हाँफते हुए एक चक्करदार गलियारे पर दौड़ने लगा। यह पतला-सा गलियारा शनि ग्रह के वलयों की तरह गुम्बद के पेंदे को घेरे था। हर चक्कर में चढ़ाई थोड़ा बढ़ जाती थी और लगता था कि गुम्बद कुछ नज़दीक आ गया है। गुम्बद की दीवारों पर असंख्य मूर्तियाँ चिपका दी गई थीं जो इतनी छोटी थीं कि बग़ैर उनके एकदम क़रीब पहुँचे और आँखें गड़ाकर देखे बग़ैर यह कहना असम्भव था कि मूर्तियाँ किस काल की हैं और यहाँ किसी क्रम में पलस्टर की गई हैं या यूँ ही बेतरतीब लगाई गई हैं। धौंकनी की तरह चल रही रिक्शेवाले की साँस से ध्यान हटाकर उसने मूर्तियों की तरफ़ ग़ौर से देखा तो उसे दशक भर पूर्व उठे विवाद की याद आई जब एक बड़े अन्तरराष्ट्रीय अख़बार ने दावा किया था कि ये मूर्तियाँ पुरानी नहीं हैं, अभी-अभी बनवाई गई हैं और रातोंरात गुम्बद की दीवारों पर चिपका दी गई हैं।

चढ़ाई थोड़ा और कठिन हुई, राह थोड़ी और सँकरी व सर्पिल हो गई और उसके किनारे एक दरार उभरने लगी जो रिक्शे के आगे बढ़ने के साथ-साथ फैलते-फैलते इतनी चौड़ी हो गई कि उसमें रिक्शा गिर पड़े। बरबस नीचे झाँकने पर उसे एक अँधेरी खोह नज़र आई। वैसे भी गुम्बद की दीवार का रंग स्याह था, आसमान भी धुँधला हो चला था, पर रिक्शे की राह और गुम्बद की दीवार के बीच की यह खोह तो एकदम काली नज़र आ रही थी। उसने रिक्शेवाले से कहना चाहा कि वह सँभलकर चलाए, पर व्यर्थ समझकर यह विचार छोड़ दिया।

रिक्शा आगे बढ़ता जा रहा था और गुम्बद की राह सँकरी होती जा रही थी। रिक्शे के पहिए अब राह की नुकीली किनार से लगभग सटकर घूम रहे थे और किनार के पार साथ चल रही खोह की सर्पिली गहराई एकदम अँधेरी, किसी गाढ़े, शान्त कीचड़ से लबालब भरी दिख रही थी। सिर्फ़ दो रुपए की कमाई की खातिर रिक्शेवाला यह सोचकर वह वापस लौटने को व्यग्र हो उठा। उसने गर्दन मोड़कर पीछे देखा तो तय की हुई चक्करदार चढ़ाई में ऐसा कोई टुकड़ा नज़र न आया जहाँ से रिक्शा घूम सकता हो। रिक्शे से उतरकर पैदल लौट जाना भर सम्भव था। रिक्शेवाले ने उसकी यह इच्छा ताड़ ली और चढ़ी हुई साँस के बावजूद हँसकर बोला—'साहब, लौटकर कहाँ जाइएगा! मुझे बारह साल इसी रूट पर रिक्शा चलाते हो गए। आप चुपचाप बैठे रहिए।' थोड़ी दूर तक दोनों शान्त बैठे रहे। हवा में हल्की-सी ठंडक थी और नीचे, बहुत नीचे पुराना शहर बिखरा पड़ा था। दो-चार रोशनियाँ यह संकेत दे रही थीं कि शाम ढलनेवाली है। जिस पुल से वह इधर आया था, उसे देख पाना अब सम्भव नहीं रह गया था। वैसे भी उसे मालूम था कि पुराने शहर में घुसने का यह रास्ता पूरी तरह 'वन-वे' था। एक बार उस लम्बी इबारत को छोड़ देने के बाद वापस उसमें नहीं जाया जा सकता था। पुराने शहर से स्मार्ट सिटी में लौटने का अब एक ही उपाय बचा था और वह था नीली शहर के पार ले जानेवाला स्टीमर। दो बार सुबह और दो बार शाम को यह स्टीमर नहर की एक किलोमीटर से कुछ ही कम चौड़ाई पार कराता था। शाम की आख़िरी सर्विस साढ़े आठ बजे थी। तब तक स्टीमर घाट पहुँचना ज़रूरी था, वरना रात बिताने की समस्या पुराने शहर में बहुत ही गम्भीर रूप ले सकती थी।

मगर स्टीमर घाट पर समय से पहुँचने के अलावा ज़्यादा बड़ा सवाल उसके लिए इधर आने का कोई उचित और पर्याप्त कारण बताने का था। स्टीमर पर सवार होनेवाले हरेक यात्री की जाँच होती थी। यात्री यदि पुराने शहर का हुआ तो उसके पास नए शहर में काम करने का परमिट होना ज़रूरी था। यदि यात्री का पहचान-पत्र नए शहर का हो तो यह बताना और जाँच अधिकारी को सन्तुष्ट करना ज़रूरी था कि पुराने शहर में आने का कारण क्या था। बाद में बताए गए कारण की जाँच की जाती थी।

यात्री का नए शहर में वापिस लौट सकना इस बात का संकेत था कि जाँच सुनिश्चित तौर पर कुछ भी स्थापित नहीं कर सकी है, इस कारण सन्देह जारी रखा जाना चाहिए और अगली बार इस बात का ध्यान रखकर पूछ-ताछ की जानी चाहिए। हालाँकि मटियामहल की चढ़ाई अब लगभग समाप्त हो गई थी और गुम्बद की आश्चर्यजनक विशालता बस दो-चार मिनटों में प्रकट होनेवाली थी। पर उसका मन स्टीमर घाट की पूछ-ताछ की तैयारी में खो गया था। एक सुखद कल्पना सबसे पहले कौंधी, पर वह इतनी सुखद थी कि उसे दबाकर चुप कर देना ही ठीक था। यह सम्भावना थी कि कोई परिचित जाँच अधिकारी या फिर कोई और अधिकारी या कर्मचारी मिल जाए। स्टीमर घाट सरकारी अधिकारियों और कर्मचारियों से भरी हुई जगह थी, पर उनमें से ज़्यादातर का काम अवैध शराब, नशीली दवाओं, हथियारों और लड़कियों के व्यापार की निगरानी करना था। पुराने शहर की अर्थव्यवस्था इसी व्यापार पर टिकी थी। दरअसल, इस व्यापार में सरकार के सभी धड़े शरीक थे और कई अन्तरराष्ट्रीय संगठनों और अमरीकी खुफिया एजेंसियों की उपस्थिति इसी कारण ज़रूरी मानी गई थी कि अवैध व्यापार इतना विस्तृत भी था और अपरिहार्य भी। स्टीमर घाट की भीड़ में अपने पक्ष का अधिकारी तलाशते व्यापारियों के दलाल अक़सर किसी न्यारे अधिकारी से भिड़ने के लिए उत्तेजित हो जाते थे। गाली-गलौज से लेकर लाठी और गोली की स्थिति जितनी तेज़ी से उभरती थी, उतनी ही तेज़ी से तिरोहित हो जाती थी। पहली-पहली बार स्टीमर पकड़ने वाले को लग सकता था कि यह जगह काफ़ी ख़तरनाक है, जबकि सच्चाई यह थी कि इस किस्म के दृश्य अक़सर प्रायोजित होते थे और इनके ज़रिये कुछेक अफ़सरों और उनके नेताओं का गिरोह किसी अन्य गिरोह की व्यापारिक रीढ़ तोड़ने की कोशिश कर रहा होता था। हर चार-छह दिनों में कोई न कोई कमज़ोर मुर्गी फँस जाती थी और एक बार फँस जाने पर बुरी तरह झिंझोड़ दी जाती थी।

यह बात संयोग की नहीं थी कि कमज़ोर मुर्गी की भूमिका में अक़सर ऐसे लोग फँसते थे जो पत्रकारिता या फिर जनशिक्षा के काम का दावा करनेवाले किसी ग़ैर-सरकारी संगठन से जुड़े होते थे। अवैध शराब या लड़कियों के व्यापार में ऐसे लोगों को उलझाने में अधिकारियों की विशेष दिलचस्पी रहती थी, क्योंकि इस किस्म के लोगों को किसी मामले में फँसाकर बड़े नेताओं की सेवा के लिए उपलब्ध कराया जा सकता था। पूरी व्यवस्था को लोकतंत्र की परम्परा में बनाए रखा और एक ऐसे विमर्श की रचना करते जाना जो जाली होते हुए भी विश्वास जगाता हो, पत्रकारों, लेखकों और ग़ैर-सरकारी संगठनों की सहायता से ही सम्भव हो सका था। स्टीमर घाट की किसी वारदात में दूर खड़ा कोई पढ़ा-लिखा नज़र आ जाए तो उसे फँसाने को उत्सुक अधिकारी सबसे पहले उसे 'बुद्धिजीवी' कहकर अपमानित करता था।

यह लेबल एक तरह की जातीय स्मृति थी जो शहर को दो हिस्सों में बाँटनेवाली नहर के निर्माण और दोनों हिस्सों में स्थित विश्वविद्यालयों की नीलामी के पहले के युग को लोकाचार में—भले वह बेइज़्ज़ती का लोकाचार हो—जीवित रखे थी। शहर के विभाजन के बाद विश्वविद्यालयों की स्थिति इसलिए भी नाज़ुक हो गई थी, क्योंकि विभाजन के लिए आबादी की अदला-बदली, और उसे सम्भव बनाने के लिए ढेर सारी जगह ज़रूरी थी। पुराने शहर में हज़ारों की तादाद में रह रहे पुश्तैनी रईसों को नए शहर में कायदे से बसाने के लिए काफ़ी जगह चाहिए थी, और नए शहर से हटाए जानेवाले कंगालों की संख्या तो लाखों में थी जिन्हें धँसाने के लिए पुराने शहर में जगह की बेहद कमी थी। पर इस फौरी ज़रूरत के अलावा, दोनों हिस्सों में पहले के ज़माने में बनाए गए विश्वविद्यालयों की ज़रूरत मानव संसाधन मंत्री की उस ऐतिहासिक घोषणा के साथ समाप्त हो गई थी, जिसमें उन्होंने देश की जनता से पूछा था कि जब दुनिया के बड़े राष्ट्र हमारे युवाओं को पर्याप्त संख्या में भरती करने के लिए तैयार हैं तो अपने देश के सीमित साधन उच्च शिक्षा पर क्यों बर्बाद किए जाएँ। इस घोषणा के बाद जब 'उच्च शिक्षा विनिवेश विधेयक' संसद में प्रस्तुत किया गया और उसके अन्तर्गत पहली जुड़वाँ बलि के बतौर नहर के दोनों ओर जगह निकालने के ध्येय से दो-दो विश्वविद्यालय एक साथ नीलाम किए गए तो विरोध का स्वर केवल तीन-चार ग़ैर-सरकारी संगठनों और दो ऐसे पत्रकारों ने उठाया जिनके लेखन से स्वतंत्र बुद्धिजीविता की अस्वाभाविक, अनैतिहासिक बू आती थी। शिक्षक संगठन नए मालिकों से मोल-तोल करने में व्यस्त हो गए, पर एक वर्ष के भीतर दोनों विश्वविद्यालयों के नब्बे प्रतिशत कार्यक्रम बन्द कर दिए गए। जिन कम्पनियों ने दोनों विश्वविद्यालय खरीदे थे, उनकी मिली-भगत से सरकार ने तमाम विभागों और कॉलेजों की इमारतें तुड़वाकर ज़मीनें बेच डालीं। लाखों विद्यार्थियों को इंटरनेट पर उपलब्ध कोर्सों में प्रवेश दे दिया गया।

उस पूरे प्रकरण के बाद बुद्धिजीवी शब्द बाक़ायदा गालियों के शब्दकोश में दाखिल हो गया। किसी भी पढ़ी-लिखी मुर्गी को फँसाते समय सबसे पहले इसी शब्द को लम्बे-से, हिकारत भरे अन्दाज़ में बोला जाता। उसे इसी बात का भय सता रहा था कि यदि उसने स्टीमर घाट के अधिकारी को पुराने शहर में आने का कोई सन्तोषजनक कारण बताए बग़ैर सिर्फ़ यह कहकर मनाने की चेष्टा की कि वह पत्रकार है तो सम्भव है उसका स्वागत 'बुद्धिजीवी' कहकर शुरू हो और फिर एक ख़तरनाक दिशा में मुड़ जाए। फिर क्या इसी बहाने को दोहराते रहना ठीक रहेगा कि वह मटियामहल देखने आया था, उसने सोचा। यह सुखद सम्भावना उसके मन में क्षण भर के लिए उभरी कि घाट के दरवाज़े पर कोई परिचित अधिकारी हो जो कुछ और न पूछे। एक अधिकारी का मोबाइल नम्बर उसके पास था भी, पर पुराने शहर से मोबाइल पर कोई बात करना पुलिस द्वारा सुने जाने का

जोखिम उठाए बग़ैर मुमकिन नहीं था। तभी उसने देखा कि सर्पिल राह ख़त्म हो गई और रिक्शा मटियामहल के विराट गुम्बदाकार अवशेष के सामने पहुँचनेवाला है। दूर-दूर तक फैले बेतरतीब शहर के पार गाढ़ी नीली स्याही जैसे रंग में डूबते क्षितिज पर सूरज की एक-तिहाई फाँक लटकी थी। मटियामहल पर तिरछी निगाह डालते हुए उसने रिक्शेवाले से कहा—'यहाँ रुकने की ज़रूरत नहीं है। सीधे स्टीमर घाट चलो।' रिक्शेवाले ने हैरत भरी संक्षिप्त नज़र गर्दन मोड़कर डाली, फिर दाहिनी ओर मुग़ल शिल्प के बचे-खुचे स्तम्भाकार उदाहरण के सामने जमा सुरक्षाकर्मियों की तरफ़ देखा और बिना एक शब्द बोले रिक्शे को उतराई की तरफ़ बढ़ती सपाट राह पर बढ़ा दिया।

मटियामहल के सामने सात पुलिसवाले अलग-अलग मुद्राओं में खड़े थे। डूबते सूरज की पृष्ठभूमि में, आसपास की प्रदूषित हवा के बीच उनके ताँदुल शरीर और टोप उसे एक बाजे की तरह नज़र आए जिसकी आवाज़ पहली बार उसने बचपन में सुनी थी। वह मोटी आवाज़ मुख्यमंत्री के स्वागत में बजी थी या राज्यपाल के, उसे याद नहीं पर सब लोगों ने तालियाँ बजाई थीं। तालियों के बीच एक धमाका हुआ था और चारों तरफ़ खड़े पुलिसवाले बेतहाशा गोलियाँ चलाने लगे थे। वह इतना छोटा था कि अपनी जान पर आया ख़तरा नहीं समझ सकता था और बेतहाशा उस मैदान के फाटक की तरफ़ भागने लगा था जिसमें समारोह चल रहा था। गोलियाँ भी फाटक की तरफ़ से आ रही थीं। वह उनसे बच शायद इसीलिए गया था क्योंकि भागते हुए लोगों की भीड़ ने उसे कुचल दिया था। सैकड़ों लोग मारे गए थे, पर कुछ वर्ष बाद जब स्कूल में जालियाँवाला की घटना इतिहास की घंटी में पढ़ाई गई थी और उसने खड़े होकर कहना चाहा था कि ऐसी ही घटना अभी दुबारा कुछ ही साल पहले हुई है और उसने अपनी आँखों से देखी है, तो उसकी टीचर ने मुँह पर हाथ रखते हुए उसे बिठा दिया गया था। दुबारा कुछ कहने की कोशिश करने पर टीचर ने कहा था—'आज़ादी के बाद ऐसी घटनाएँ नहीं घटी हैं। तुमने ज़रूर सपना देखा होगा।' वह चुपचाप बैठा रह गया था, पर जब भी वह पुलिसवालों को इकट्ठे खड़ा देखता है तो वही मोटा संगीत उसके कानों में बज उठता है जो उसने गोलियाँ चलाने के पहले सुना था। आज भी उसकी हिम्मत नहीं हुई कि रिक्शे में बैठे-बैठे गर्दन मोड़कर पुलिसवालों की तरफ़ देखे कि वे उसे घूर रहे हैं या नहीं। रिक्शा जब तक ढलान पर काफ़ी नीचे न उतर गया, वह साँस रोके सामने देखता रहा।

अन्ततः ढलान ख़त्म हुई। उसने पुराने शहर की दबी-दबी हालत को अपने इर्द-गिर्द पाया। रोशनियाँ थीं, पर उनका ज़ोर इतना कम था कि वे अँधेरे को और गहरा बनाती नज़र आती थीं। रिक्शा जब एक गली का तीखा मोड़ काट रहा था, एक क्षण के लिए उसे लगा कि रिक्शे की बगल से उसके गाँव का एक परिचित

चेहरा गुज़र रहा है। हड्डियों से झाँकती आँखों से आँख मिलाकर कुछ कहने का मौक़ा इतना छोटा था कि गले तक उतर आए अपनी बोली के शब्द होंठों तक नहीं पहुँच सके। चेहरा सचमुच परिचित था या वह महज़ एक भ्रम था, यह जाँचने के लिए चेहरे के नीचे की काया के क़द और कपड़ों से शायद कुछ मदद मिलती, मगर रफ़्तार के अलावा अँधेरे की वजह से कुछ ऐसा अहसास अनिवार्य था कि चेहरा हवा में तैर रहा है। उसके नीचे का शरीर गुम हो गया है। रिक्शेवाले ने मोड़ इतनी तेज़ी से काटा था कि सावधानी बरतने के बावजूद पिछला पहिया गली के साथ बहती नाली में धँस गया। रिक्शे के पिंजर से चिटकने की आवाज़ आई। उधर गली के सिरे से आवाज़ आई—'कहाँ ले जा रहा है बाबू को?' रिक्शेवाला एक पल चुप रहा। फिर रिक्शे को नाली से निकालते हुए बोला—'स्टीमर घाट, बाबू के पास परमिट है।' रिक्शा जब गली के सिरे से गुज़र गया, रिक्शेवाला अपने आप पीछे मुड़कर बोला—'कोई इंस्पेक्टर था।'

स्टीमर घाट पर रोशनियाँ तेज़ थीं। ख़ासी चहल-पहल थी। स्टीमर की अपनी बत्तियाँ नीली नहर के साफ़ पानी में हौले-हौले हिल रही थीं। नहर के पार नया शहर और भी तेज़ बिजली के प्रकाश से जगमगाता हुआ। पोस्टर बना आकाश में चिपका था। एक सिख बच्चा उसके एकदम साथ क्यू में खड़ा उत्साहवश बताने लगा कि उसके पापा को पूरे साल नए शहर में काम करने का परमिट मिला है। स्टीमर में घुसने का रास्ता काँच के पिंजरे की तरह बना था। दो अधिकारी दरवाज़े के पास खड़े परमिटों की जाँच कर रहे थे। उसकी बारी आई तो वे दोनों मुस्कराए। वह कुछ झेंपा, कुछ चौंका, फिर सिख बच्चे के पीछे-पीछे आगे बढ़ गया। उसके पापा और मम्मी स्टीमर में दाखिल हो चुके थे। बच्चा अपनी चौड़ी आँखें नए शहर की बिजलियों से हटा नहीं पा रहा था।

प्रतिकार

फ़िल्मी डायलॉग जैसा यह वाक्य, जो मेरे ही मन के किसी कोने में मचला था, मुझे अपने कानों में, वह भी काफ़ी ऊँची आवाज़ में, सुनाई दिया—'मिलिन्द विजयवर्गीय, या तो दुनिया तुम्हें जीतकर दम लेगी, या फिर तुम्हें दुनिया को जीतकर दिखाना होगा।'

मैंने ठिठककर अपने ठीक सामने खड़ी शैलजा और उससे सटकर खड़े राघव एम. सिकन्दर के चेहरों की ओर देखा। यह वाक्य सिकन्दर के मुँह से निकला था। मेरे दाहिने हाथ की मुट्ठी सिकन्दर के फूले-फूले, गोरे चेहरे पर एक ज़ोरदार, अप्रत्याशित घूँसा मारने के लिए बँध चुकी थी। इसी इरादे से मैंने व्हिस्की का गिलास कई क्षण पहले दाहिने हाथ से हटाकर बायें में पकड़ लिया था। घूँसा मारने के बाद का दृश्य मेरी आँखों के परदे पर अंकित हो चुका था : सिकन्दर के हाथ का गिलास छूटकर नीचे गिरता है; शैलजा ज़ोर से चीखती है; आसपास खड़े लोग चौंककर मेरी तरफ़ बढ़ते हैं; सिकन्दर गिरा नहीं है, पर उसके चेहरे पर दर्द और घबराहट के चिह्न उभर आए हैं; मैं अपना अगला घूँसा उसके पेट में मारता हूँ प्रमोद लोगों की भीड़ को चीरता हुआ मेरी तरफ़ आ रहा है...।

ललित होटल की इस पार्टी में मुझे लाने का श्रेय प्रमोद को ही था। उसी ने मेरी पत्नी पर ज़ोर डाला था कि वह मुझे आने दे। आज प्रमोद की पचासवीं सालगिरह थी। इसी अवसर के बहाने रोटरी क्लब की चाणक्यपुरी शाखा ने यह पार्टी आयोजित की थी। रोटरी से प्रमोद का पुश्तैनी रिश्ता था। रोटरी के वजीफ़े पर ही वह कॉलेज के बाद अमरीका चला गया था। उससे दो साल छोटा मैं उसका सबसे पुराना दोस्त था—इस पार्टी में बाक़ी सब उसके व्यावसायिक सम्पर्क के, या फिर रोटरी के लोग थे। लेकिन मुझसे दोस्ती भी मिलिन्द की इकतरफ़ा लगन का फल थी। ख़ासकर पिछले तीन वर्षों में यह फल यकायक पकता चला गया था जबकि मैं सफलता की लम्बी सीढ़ी से फिसलकर, बुरी तरह चोट खाकर, अपने थके मन में सिमटता चला गया था। इन तीन वर्षों के पहले के दौर में भी प्रमोद की वफ़ादारी मेरे साथ थी, पर डाक से आनेवाले अर्धवार्षिक ग्रीटिंग कार्ड में सिमटी रही थी। इससे ज़्यादा

वफ़ादारी के लिए मेरे उस दौर में समय ही कहाँ था ? मैं उन पन्द्रह वर्षों में सफलता की सीढ़ियाँ चढ़कर नहीं, उड़कर पार कर रहा था। तब मुझे किसी की वफ़ा की ज़रूरत नहीं थी, सिर्फ़ ताली बजाने वाले काफ़ी थे—और उनकी संख्या तो मेरी कम्पनी के संसार में ही बहुत थी। उन दिनों मैंने प्रमोद को एल्बम के फ़ोटोग्राफ के माफ़िक रहने दिया, यही गनीमत है, वरना इधर के अर्से में मैं एकदम अकेला होता।

आज भी मुझे यक़ीन था कि प्रमोद मुझे बचा लेगा। अव्वल तो वह मानेगा ही नहीं कि मैंने सिकन्दर पर हमला किया होगा। यदि शैलजा और आसपास खड़े अन्य लोग प्रमोद को यह मानने के लिए मजबूर कर देंगे कि झगड़े कि शुरुआत मैंने की थी, तो भी वह मेरा पक्ष लेकर लोगों को समझाएगा कि मैं मानसिक रूप से ठीक स्थिति में नहीं हूँ। वैसे भी प्रमोद को यह नहीं पता था, न ही हो सकता था, कि राघव एम. सिकन्दर से मेरी क्या दुश्मनी हो सकती है। सिकन्दर से मैं भी पहले कभी नहीं मिला था, फिर एक ही मुलाक़ात में मेरा उस पर इस तरह टूट पड़ना किस तरह किसी समझदार आदमी की नज़र में वाजिब ठहर सकता था ? प्रमोद वह सब है जो मैं अब नहीं हूँ—सहज, समझदार, आशावान, सफल। यदि इस चौथे विशेषण को एकदम हटा दें तो आप उसे मेरा विलोम कह सकते हैं।

यदि अपने आपमें एक जायज सवाल है कि किसी की सफलता को किस मुकाम पर आँका जाए—नाटकीय उत्कर्ष के क्षणों में या शामियाना उखाड़े जाने के बाद ? अभी कुछ वर्ष पहले तक मेरी ज़िन्दगी किसी आठवें आश्चर्य से कम नहीं थी। इस पार्टी में अनेक ऐसे लोग थे जिन्हें मैं भले न जानता होऊँ, पर जो अपनी उन्हीं दिनों की ईर्ष्या के कारण चाहेंगे कि सिकन्दर मुझे चार-छह लातें लगाए। प्रमोद मुझे उन लोगों की इच्छा से कैसे बचायेगा ? फिर उसे इस बात की हैरानी भी कम नहीं हो रही होगी—और इस वजह से वह थोड़ा अचकचायेगा भी—कि घबराहट के बावजूद शैलजा सिकन्दर की जगह मुझे बचाने की कोशिश क्यों करने लगी। कहीं वह डायलॉग, जो मैंने शुरू में लिखा है, शैलजा ने ही तो नहीं बोला था ? उसके मुँह से यह डायलॉग सुनना कतई अस्वाभाविक न होता, क्योंकि आख़िर शैलजा ने ही मुझे ज़िन्दगी को नए, ख़तरनाक सिरे से एक बार फिर से शुरू करने की प्रेरणा दी थी ! प्रेरणा के साथ-साथ कुव्वत और क़िस्मत भी दी होती तो कितना अच्छा रहता, क्योंकि प्रेरणा तो मुझे जगजीत और चित्रा सिंह की इस ग़ज़ल से भी मिल सकती थी—'इस मोड़ से शुरू करें फिर ये ज़िन्दगी।'

शायद हर पुरुष को आज की दुनिया कभी न कभी यह महसूस कराती है कि वह अपनी लाख मेहनत और कामयाबियों के बावजूद पूरा इंसान नहीं बन सका। मैंने अपने जैसे और भतेरे मर्द देखे हैं—सरकार में ऊँचे ओहदों पर रह चुके अफ़सर भी, बड़ी-बड़ी देशी-विदेशी कम्पनियों के मैनेजर भी—जिन्हें मेरी तरह एक दिन लगता है कि वे अधूरे रह गये। शैलजा को पहली बार देखकर ख़ासकर उसके कानों

में जड़े दमकदार बुन्दे देखकर, मुझे लगा था कि वह जल्दी ही मुझे कुछ ऐसा बता सकती है जो मुझे अपूर्व सन्तोष देगा। वह थोड़ी गर्म दोपहर थी और मैं फैक्टरी के एक ख़ास काम में उलझा होने के कारण लंच खाने घर नहीं जा सका था। मेरे ऑफिस की काँच की खिड़की खुली थी, फिर भी एक हल्लेबाज मधुमक्खी कमरे का चक्कर लगा रही थी। मैं उससे परेशान भी था और प्रभावित भी। तभी बिना स्लिप भेजे, बिना मेरे पी.ए. से बात किए, जैसे किसी आकाश से उतरकर शैलजा मेरे दरवाज़े में हल्के-से संयम के साथ खिलखिलाती हुई दाखिल हुई थी।

उन सुन्दर दिनों में मुझे हमेशा ही ऐसा लगता था कि शैलजा जितना कह रही है, उससे ज़्यादा कुछ कहना चाहती है। इस तरह की चीज़ों के बारे में स्मृति को क्या कहा जाए ? पता नहीं कैसे, उस दौर का एक-एक क्षण मैं याद कर सकता हूँ लेकिन अब मुझे लगता है कि जो कुछ मुझे इतना साफ़-साफ़ याद है, वह शैलजा की नहीं, मेरी लिखावट थी। उस पहले ही दिन मेरे सामने मेज़ के उस पार बैठी लड़की के चेहरे पर एक अधूरा-सा, चिढ़ाता हुआ अपनापा पढ़ लेना आज की इस घटना के बाद मुझे अपनी ग़लती लग रहा है, फिर भी मैं यक़ीनन कह सकता हूँ कि वह समूची भंगिमा सचमुच शैलजा के चेहरे पर, विशेषक़र उसकी आँखों में थी। मेरी स्थिति और भूमिका में क़ोई भी आदमी वहाँ होता तो उसे भी वह भंगिमा अवश्य नज़र आती। अगले कुछ ही दिनों में वह भंगिमा जाती रही थी और उसकी जगह एक फैली-फैली रहस्यमयता ने ले ली थी। यह परिवर्तन मैंने काफ़ी सचेत होकर बारीकी के साथ देखा था, फिर भी मैं चौंका नहीं था तो इसलिए क्योंकि शैलजा बड़े संयत और स्वाभाविक ढंग से मुझे समेटे रही थी। उससे मिलना, उसके साथ घूमना या यूँ ही बैठे रहना मेरे लिए एक धारावाहिक बनता गया था जिसमें निराशा के लिए कोई गुंजाइश प्रायोजक ने नहीं छोड़ी थी। मैं उस धारावाहिक का नायक होने के नाते अपनी भूमिका को ज़्यादा से ज़्यादा निखारने में डूबता गया।

कम्पनी के कर्मचारी दोपहर बाद वाली शिफ्ट में मुझे अपने ऑफिस की ओर बढ़ता हुआ देखकर थोड़ा हैरान नज़र आते थे। उनके चेहरे देखकर मैं समझ जाता था कि वे सोच रहे हैं कि मैं लंच लेकर घर से आ रहा हूँ या कहीं और से। उन दोपहरों में पत्नी को मैं बारह बजे सूचित करता कि लंच के लिए मेरा घर आ सकना सम्भव नहीं है। उस छोटे-पहाड़ी शहर में गिनती के रेस्तराँ थे, फिर भी सैलानियों की दैनिक आवाज़ाही की हलचल में इस तरह की कहानियाँ कि कौन किसके साथ था, ज़्यादा फैल नहीं पाती थीं। मैं लंच के लिए कहाँ गया, फिर लंच के बाद भी क्यों नहीं आया, यह जानकारी चाहने वाले किसी न किसी को मेरे पीछे लगा चुके होंगे, ऐसा अनुमान मुझे कभी-कभी एकदम डरा देता था।

उस पगडंडी पर मैं बार-बार पीछे मुड़कर देखता था जिस पर थोड़ा आगे चलकर एक उभरी हुई चट्टान के साये में मैं कभी-कभी शैलजा से मिलता था।

इस आशंका के बावजूद कि मैं पकड़ा जाऊँगा, मैं उस चट्टान और उस पूरे दृश्य की कोमलता से इतना सन्तुष्ट था कि पकड़े जाने की आशंका भी मुझे आनंद देने लगी थी। उस घटनाक्रम की समीक्षा करते हुए अब मुझे लग रहा है कि मुझे बचाने के लिए डर की भावना पर्याप्त नहीं थी। डर यदि विनाश की राह से बचाने में सक्षम होता तो मेरा कैरियर क्या, मेरी कम्पनी क्या, दुनिया के हर देश का सदाशय अस्तित्व सुरक्षित हो रहता। दिक्कत यही है कि डर और मोह में मोह की ताक़त कुछ अधिक है।

उस पतली पगडंडी के दोनों तरफ़ खड़े पेड़ों में से पहाड़ी हवा गुज़रती तो मुझे लगता कि शैलजा आ रही है। यदि छाया की जगह धूप फैलने लगती—पहाड़ों में धूप-छाया का यह सिलसिला या खेल दिन भर चलता है—तो मैं मान लेता कि शैलजा के आने का ये अन्तिम संकेत है। शुरू-शुरू के दिनों में इस किस्म के मेरे अपने तय किए हुए संकेतों के बाद शैलजा के न आने से मैं बुरी तरह निराश हो उठता। पूरी दोपहर बीत जाती; मुझे पता रहता कि दूसरी शिफ्ट के कर्मचारी आने लगे होंगे और उनके आते समय मुझे अपने ऑफिस में होना चाहिए, यहाँ इस एकान्त चट्टान के पास नहीं; फिर भी मैं अपनी निराशा से पैदा हुई जड़ता का सीमित सुख लेता बैठा रहता। सूरज कमज़ोर पड़ने लगता, तब जाकर फैक्टरी में वापस पहुँचने की इच्छा बल पकड़ती और मैं उसी पतली पगडंडी के एक-एक पत्थर को महसूस करता हुआ शाम के आने का संकेत देती ठंडी हवा से चेहरा और सीना छिपाए ऑफिस में घुस जाता।

हफ़्ते में चार बार मिलना तय करके वह सिर्फ़ एक बार आती लेकिन जब आती तो शिकायत करने की मेरी अदम्य इच्छा और दोपहरियाँ बर्बाद करने से पैदा हो-होकर जमा हुई निराशा पहाड़ी बादल की छाया की तरह भाग जाती। अगले साल तक शैलजा के आने के अनिश्चय का मैं इस हद तक आदी हो चुका था कि चट्टान की तरफ़ क़दम बढ़ाते समय मैं मान चुका होता कि वह आज नहीं आएगी। इस आशंका से न मैं परेशान होता, न ही आशंका के सही सिद्ध होने से निराश। शैलजा के इंतज़ार के बहाने चट्टान के क़रीब बैठकर घाटी का नज़ारा देखना मुझे इतना सुख-दुख देने लगा कि उसकी खातिर फैक्टरी की ज़िम्मेदारियों की अवहेलना अपना वजन खोने लगी। उस वीरान...पर अकेले खड़े या बैठे मुझे लगता कि मैं पचास के तीन माह पार पहुँचकर ज़िन्दगी की रफ़्तार से उस तरह परेशान नहीं हूँ जिस तरह एक-डेढ़ साल पहले था। अधेड़ होने का अहसास और एक बहुराष्ट्रीय कम्पनी का सीनियर मैनेजर होने के गुरुत्व से मैं थोड़ी देर के लिए रिहा महसूस करता। शैलजा मेरे लिए जमानत बन चुकी थी जिसे पाकर मैं हवा का हर झोंका अलग-से पहचानने का अभ्यास पूरे धीरज के साथ कर सकता था।

जिस दोपहर वह सचमुच आ पहुँचती, मैं सोचता कि मेरी प्रतीक्षा ही साधना बनकर उसे लाई है। शैलजा का खिलखिलाना हर शंका, हर शिकायत को पौंछ डालता। दरअसल, प्रश्न पूछने की कड़ी मेरे और शैलजा के बीच कभी शुरू ही नहीं हो सकी थी। तेरह-चौदह महीने के परिचय में मैं इतनी बुनियादी जानकारियाँ भी ठीक-ठीक न जुटा सका था कि वह इस पहाड़ी क़स्बे में बार-बार क्या करने आती है, उसके माता-पिता कहाँ रहते हैं, वह किस किस्म की नौकरी कर रही है, वगैरह। हमारी मुलाक़ातों में इस तरह की उत्सुकताओं के लिए कायदे की जगह कभी बनी ही नहीं; शुरू से हमारी बातचीत दुनिया और ज़िन्दगी को एक अख़बारी फैलाव में ढकने की आदी हो गई थी। इस फैलाव की कुँजी हमेशा शैलजा के पास रही। प्रगल्भ तो वह थी ही, बातचीत को मोड़-मोड़कर एक काग़ज़ी गुलदस्ता रचते जाने का कौशल भी उसमें था, जैसे उसे कहीं से प्रशिक्षण मिला हो। उसका दो-दो महीने गायब रहना, फिर दो-तीन सप्ताह के लिए इस क़स्बे में रहना और उस दौरान चार-पाँच बार इस पगडंडी पर या किसी रेस्तराँ में मिलना और देश-दुनिया के साथ-साथ मेरी अपनी ज़िन्दगी के बारे में इस तरह बतियाना कि मैं ही बहुत-सी बातें बोलता रहूँ जो मेरी आयु के सफल आदमी का प्रिय शौक़ होता है—यह सब मुझे बिल्कुल सामान्य, स्वाभाविक लगता था, रोज़मर्रा की नन्ही-सी आदतों का वैसा मामूली-सा नशा लिए हुए जिसे आप कभी टोकने लायक मुद्‌दा नहीं बना सकते। यदि किसी दिन कोई चीज़ मुझे अस्वाभाविक लगती या मेरा मन हमारे अपनापे को लेकर कुछ चिन्तित या उदास होता तो वह बातों का प्रसंग बदलकर उस पहाड़ी नगर के छोटे-से बाज़ार में अपनी अल्हड़ खरीदों की कहानी छेड़ देती, जैसे बालों के लिए लकड़ी का पिन, इलास्टिक या कंघा, उन्हें उड़ने से बचाने के लिए स्कार्फ, बिना अंडे वाले शैम्पू का पाउच और असली कोको पाउडर वाला देश का एकमात्र बिस्किट।

शैलजा की बातें सुनते समय ढलान के नीचे दूर तक फैली सपाट घाटी में हो रही छोटी से छोटी हरकत मुझे महत्त्वपूर्ण लगती। एक बड़ी-सी सृष्टि की रचना मुझे महत्त्वपूर्ण लगती। एक बड़ी-सी सृष्टि की रचना में मुझे भुला नहीं दिया गया है—घाटी की छत पर चील का उड़ना भी यही दिलासा देता, हालाँकि चील से मुझे बचपन से काफ़ी नफ़रत रही है। ज़रूर शैलजा की आवाज़ ही चील को सहनीय बनाती थी, क्योंकि यदि शैलजा अपनी बातों में थोड़ी-सी देर के लिए भी ठहरती, तो मैं इस घबराहट से घिर जाता कि मैं चील पर निगाह जमाए घाटी में गिर जाऊँगा। ढाल से सटकर खड़े पेड़ों को छूकर निकल जाने वाली हवा भी मुझे इसी तरह की विरोधी भावनाओं में धकेलकर बहा देती—एक क्षण इस ख़ुशी में कि मैं दुनिया में हर किसी की उम्मीदों और अपेक्षाओं से परे हूँ; अगले क्षण इस ख़ौफ़ में कि मैं लगातार जाँचा जा रहा हूँ और इसके पहले कि मैं अपराधी करार दिया जाऊँ, मुझे खिसक लेना चाहिए। शैलजा इस बीच यह बताना शुरू कर चुकी होती कि कुरते

की उधड़ी हुई सिलाई ठीक कराने के लिए वह कितने दर्जियों के पास गई पर कोई इस लायक न मिला कि वैसी ही सिलाई का भरोसा दिला सके। इस तरह की सूचनाओं को गंभीरता से सुनना मुझे ज़िन्दगी की इकतरफ़ा यात्रा को दोहराने का असम्भव सुख देता—पहली बार से भिन्न, रुक-रुककर जी सकने की कल्पना मुझे इस आश्वासन में पिरो देती कि मैं बिकते-बिकते बच गया हूँ। कम्पनी की ज़रूरतों को पूरा करते-करते मैं लगातार बिक रहा हूँ, यह खीझ शायद प्राइवेट नौकरी करने वाले हर आदमी में कभी न कभी कौंधती है, मुझमें भी कौंधती थी, यद्यपि मेरे जीवन की हर सफलता कम्पनी के साथ जुड़ी थी और मुझे इन तमाम सफलताओं का गर्व भी था। यदि शैलजा मेरे जीवन में अनायास इतने गहरे न चली आई होती तो शायद कम्पनी को लेकर गर्व की भावना ही मुझे बाँधे रखती।

कम्पनी लगातार इस बात को लेकर परेशान थी कि मेरे जैसे अनुभवी और सुयोग्य मैनेजर के रहते चीज़ें क्यों बिगड़ रही हैं। शुरू के तीन-चार महीने किसी का ध्यान इस बात पर नहीं गया कि मेरे यूनिट का काम कुछ ढीला हो रहा है। वैसे भी इस धंधे में उस समय इतनी तीखी स्पर्धा नहीं थी कि किसी एक यूनिट में कर्मचारियों के अनुशासन या उत्पादन की घट-बढ़ तुरन्त सबकी नज़रों में आ जाए। वह तो जब जर्मनी से आए एक बड़े ऑर्डर पर भेजे गए थर्मामीटर वहाँ से नामंजूर होकर वापस आ गये, तब अचानक एशिया ऑफिस बौखलाया। मुझे एकदम हांगकांग आने को कहा गया और वहाँ की बैठक में न्यूयॉर्क मुख्यालय से आए एक अधिकारी ने मुझे पहली बार आड़े हाथों लिया। पता नहीं वह अपने साथ मेरा पूरा रिकार्ड लिए था या उसे यूँ ही जुबानी याद था कि मैं कितने साल से अपनी यूनिट का इंचार्ज हूँ। मेरी यूनिट की उपलब्धियों के आँकड़े भी उसकी उँगलियों पर थे। बीच-बीच में वह कहता जाता था कि न्यूयॉर्क मुख्यालय में किसी को भी मेरी योग्यता पर सन्देह नहीं है, फिर भी क्वालिटी कन्ट्रोल की ढील से यह घटना घटी है तो सभी को गहरी चिन्ता हो गई है कि कहीं जापान की एक उभरती हुई कम्पनी निकोबाशा विश्व बाज़ार में हमारी हैसियत न छीन ले। थर्मामीटर के व्यवसाय में दुनिया का तीन-चौथाई व्यापार हमारी कम्पनी के हाथ में है तो मेरे जैसे समर्पित मैनेजरों की वजह से ही है, यह कहकर उसने जर्मनी से हमारी खेप नामंजूर करके वापस लौटाए जाने की पूरी घटना की छानबीन करने की हिदायत दी थी।

घटना की तह में मेरी मानसिक स्थिति ही है, यह मुझे अच्छी तरह मालूम था, लेकिन कम्पनी के नियमानुसार छानबीन करके मैंने तीन कर्मचारियों को दोषी पाया था और मामला कुछ समय के लिए सँभाल लिया था। इस छानबीन और दोषारोपण को लेकर कर्मचारियों में रोष बढ़ना स्वाभाविक ही था, क्योंकि वे लंच के बाद गायब रहने की मेरी आदत पर लगातार नज़र जमाए थे और इसलिए चाहते थे कि जर्मनी से थर्मामीटरों की अस्वीकृति के दोष में मुझे भी शामिल किया जाए। उनकी

फब्तियाँ मुझे यदा-कदा सुनने को मिल जाती थीं और उनकी निष्ठा में कमी मुझे लगातार महसूस हो रही थी। इस बदलती हुई स्थिति का तनाव मेरी पत्नी को अवश्य छूने लगा होगा और शायद मेरे दोनों बच्चों को भी जो एक बोर्डिंग स्कूल में पढ़ते थे और सिर्फ़ छुट्टियों में घर आते थे। मैं उनके साथ खेलने-बोलने की स्थिति में नहीं हूँ, यह मैं ख़ुद देख रहा था, लेकिन लाचार था। पत्नी या बच्चों से बात करते समय मैं अक़सर इस सोच में डूब जाता था कि मुझे अपनी ज़िन्दगी में आख़िर किस बात की कमी है; वह सभी कुछ तो है मेरे पास जिसकी तमन्ना अपने स्कूल-कॉलेज के दिनों में मैंने की होगी। एमबीए करके निकलते ही मुझे इस कम्पनी ने रख लिया था और यह किसी और का नहीं, मेरा ही निर्णय था कि अपने साथियों की तरह ताबड़तोड़ नौकरियाँ बदलने की जगह इसी कम्पनी से चिपके रहा जाए थर्मामीटर के काम में घुसने का फ़ैसला तो कम्पनी ने बहुत बाद में लिया। शुरुआती वर्षों में यह कम्पनी सिर्फ़ बीज और चॉकलेट बेचती थी।

अहमदाबाद में एमबीए के पहले वर्ष के दौरान मैंने प्रोफ़ेसर रंजन सिंह का कोर्स लिया था जो बहुत कम लड़के लेते थे। इस कोर्स का नाम था 'आध्यात्मिक जिज्ञासा', जो कहने को काफ़ी विस्तृत अन्दाज़ देता था, पर रंजन सिंह इस कोर्स में मुख्यत: गीता और महाभारत के बारे में ही पढ़ाते थे। उनकी लाख कोशिशों के बाद भी यह बात मेरे गले नहीं उतरी थी कि कृष्ण का प्रवचन सुनकर भी यदि अर्जुन गांडीव न उठाता और कृष्ण को अपने इस निर्णय का सम्यक् उत्तर देता तो भी कृष्ण का कहा व्यर्थ नहीं माना जा सकता था। कोर्स के असाइनमेंट के तौर पर रंजन सर ने सारी क्लास को—जो केवल दस लड़कों की थी—यह काम सौंपा था कि हम कृष्ण के कर्मवाद का उत्तर अर्जुन की ओर से अपने-अपने ढंग से लिखें। उत्तर में हमें यह सिद्ध करना था कि अर्जुन के हौसले की वापसी युद्ध लड़े बिना सम्भव है। रंजन सर मानते थे कि यही आज बनती हुई दुनिया की सबसे बड़ी चुनौती है। उनकी यह दृष्टि मुझे उस पूरे साल उलझाए रही थी।

शुरू-शुरू में मुझे यह शक होता था कि रंजन सर की विचारधारा पूँजीवाद की असंख्य सहायक नदियों में से एक है। वे चाहते थे कि हम बाहर की लड़ाइयों को अपने भीतर लड़ें। यह विचार हमारे समय के अनेक मशहूर दार्शनिक दे चुके थे। मुझे लगता था कि महज तार्किक आधार पर यह कह देना उचित नहीं है कि ये सभी दार्शनिक पूँजीवाद के एजेंट या अमरीका के पिट्ठू हैं। मैनेजमेंट नाम का विख्यात् विज्ञान, जिसे मैं इतनी नामी-गिरामी संस्थान में पढ़ रहा था, स्वयं ही पूँजीवाद की सन्तान है; उसके विद्याजाल में मनुष्य के सर्वश्रेष्ठ मूल्यों को चूहों की तरह फँसाने की क्षमता है, इस विद्या में पारंगत होकर मैं भी पूँजीवाद का एक पुर्जा बन जाऊँगा, यह सारा आत्मज्ञान मुझे रंजन सर की आलोचना करने से रोकता था। एमबीए पूरा करते-करते इस प्रकार की ऊहापोह ख़त्म हो गई थी और हमारी क्लास अपनी

ज़िन्दगी के सबसे तरोताज़ा वर्ष किसी बहुराष्ट्रीय या राष्ट्रीय कम्पनी को सौंप देने के लिए लालायित हो चुकी थी।

कम्पनी में शामिल होने के शुरुआती वर्षों में घर और ऑफिस के बीच कोई फ़र्क़ मैंने पनपने ही नहीं दिया। रात और दिन का हिसाब मैं घंटों नहीं, कम्पनी की ज़िम्मेदारियों के तहत रखता था। भोपाल गैसकांड के कुछ सप्ताह पहले जब कम्पनी का अमरीकी मालिक पहली बार भारत आकर अपनी नई योजनाओं के सिलसिले में वाणिज्य मंत्री और उसके कई अफ़सरों से मिला था, उस वक़्त सिर्फ़ मुझे मालूम था कि थर्मामीटर की फैक्टरी खोलने की योजना मेरी क्षमताओं और निष्ठा के दारोमदार पर बनाई गई थी। तब यह कल्पना कौन कर सकता था कि हमारी कम्पनी द्वारा डाली गई नई-नवेली फैक्टरी थर्मामीटर के धंधे में पहले से लगी तीन अन्य कम्पनियों को पछाड़कर छह साल के भीतर थर्मामीटर के विश्व व्यापार का तीन-चौथाई हिस्सा हथिया लेगी? उन पाँच-छह वर्षों में फैक्टरी को पन्द्रह कर्मचारियों से बढ़ाकर ढाई सौ तक पहुँचा देने का श्रेय मुझे ही मिलना था और मिला भी। निर्यात को प्रोत्साहन देने की नीति के अन्तर्गत सरकार ने भी हमारी कम्पनी की प्रशंसा की और 'एक्सप्रेस' में मेरी तस्वीर छपी। एक आदर्श मैनेजर के रूप में मेरा अभिनन्दन कम्पनी के न्यूयॉर्क मुख्यालय में किया गया।

प्रेरणा का स्रोत बनने के साथ ही साथ मैं अधेड़ होने के कई लक्षणों से घिरता जा रहा था। ये लक्षण मुझे घिनौने लगते थे, इसलिए मैं उन्हें मिटाना चाहता था, मगर यह सोचकर मुझे घबराहट होती थी कि ये लक्षण दूसरों को भी दिख रहे होंगे और मैं किसी भी तरह उनकी आँखें बन्द नहीं कर सकता। यह चाह मेरे मन में कई बार उठती थी कि मेरी पत्नी मेरे इन लक्षणों की आलोचना करे और कहे कि मैं अब वैसा नहीं रह गया हूँ जैसा पाँच-सात साल पहले था। यदि वह ऐसी कोई बात कहती तो कम से कम इस बात की तसल्ली मुझे हो जाती कि कोई है जो मेरी टूट-फूट का हिसाब रखता है, जो यह देखता है कि मैं अब जल्दी थकने लगा हूँ, जल्दी खीझ जाता हूँ, सो लेने के बाद थोड़ा और सोना चाहता हूँ, या कि मेरे बालों की सीमा पीछे की ओर हट रही है, मेरे चेहरे की खाल पक रही है और मेरी चाल में वह तेज़ी नहीं रही जो पहले हुआ करती थी। ये तमाम लक्षण तो एकदम सामान्य हैं, इसलिए लोगों को दिखते ही होंगे, पर बहुत-सी टूट-फूट जो इन लक्षणों के नीचे छिपी है, क्या उसे कोई भी नहीं देख पा रहा? इस प्रश्न का ख्याल आने पर मैं सोचता कि शायद मेरी कम्पनी ने मेरे उस बलिदान का वार्षिक ब्योरा रखा हो जो मैंने उसी की खातिर किया। इस ब्योरे की कल्पना करते हुए मैं एक कोरे काग़ज़ पर कई मदों के कॉलम बनाता कि काश, इन मदों का नामकरण कम्पनी ने मेरे शरीर के अंगों पर किया होता! काश, मेरी कम्पनी, मेरे बच्चों, मेरी पत्नी और देश की तरक्की के साथ-साथ मेरा भी कोई स्थान होता।

शैलजा के आने से पहले मुझे कभी लगा ही नहीं कि जिन उद्देश्यों को पाने के लिए मैंने तन-मन से काम किया, उनमें कोई खोट हो सकती है। एक सतह थी जिस पर मैं आगे बढ़ता गया था। सतह में कोई गड्ढा नहीं था जो मुझे गिरने या गिरकर उठने का अभ्यास कराता। मुझे मालूम था कि मेरे गिर्द न्यूयॉर्क से हांगकांग तक बिछी हुई दुनिया बदल रही है—और सिर्फ़ इसलिए नहीं कि सरकारी दृष्टि से देश का हित समझने-समझाने का काम सरकते-सरकते नेहरू से हटकर नरसिंहराव के हाथों में आ पहुँचा है और इस घटनाक्रम की समीक्षा की ज़िम्मेदारी लोहिया से खिसककर लालू के पास आ पहुँची है। इन्दिरा गांधी की हत्या के बाद वाले वर्षों में मुझे भीतर ही भीतर यह अहसास होने लगा था कि चीज़ें अब मेरी समझ की पकड़ से फिसलने लगी हैं। इसी दौरान मेरी कम्पनी ने मेरी लगन और सामर्थ्य का अन्दाज़ लगाकर हमारी यूनिट को थर्मामीटर की दुनिया में मनचाही तमन्ना के साथ पैर पसारने को स्वतंत्र छोड़ दिया था और मुझे इस स्वतंत्रता से पैदा हुई सम्भावनाओं की हदें टटोलने वाला नेहरू बना दिया था।

अशोक होटल के उस कमरे में मौजूद लोगों में प्रमोद को छोड़कर शायद ही कोई जानता होगा कि मैं कम्पनी से रिटायर नहीं हुआ, निकाल दिया गया। मेरा निकाला जाना इतना अप्रत्याशित भी नहीं था कि वह कोई बड़ी ख़बर न बने, लेकिन तब तक मेरी यूनिट व्यापार जगत की सुर्खियों में अपनी जगह खो चुकी थी। जर्मनी से भेजा गया माल वापस किए जाने के बाद ऐसी स्थितियाँ क्रमश: आने लगीं और कम्पनी में यह शंका ज़ोर पकड़ने लगी कि उसके हित अब मेरे हाथों में सुरक्षित नहीं रह गए हैं। चिंता और चेतावनी की लड़ी कसती गई और मैं उसमें सचेत बँधता गया। चिंता अपने को लेकर तो थी ही, मगर शैलजा की लम्बी अनुपस्थितियों को लेकर मैं इस बात से और ज़्यादा चिंतित व उदास रहने लगा कि क्या वह भी मुझमें अपनी बेवजह रुचि खो चुकी है। यह सोचकर मैं उदासी में डूबा-डूबा रहने लगा। गायब हो जाना, फिर दो-ढाई महीने बाद प्रकट होना उसकी आदत थी, पर यह सिलसिला मेरे लिए असहनीय होता गया और उसके गायब रहने के दिन बढ़ते गये। भले यह नाटक मुझे निचोड़ डालने की हद तक थका देने को पर्याप्त था, फिर भी मेरी बर्दाश्त के बाहर नहीं हुआ था तो शायद सिर्फ़ इसलिए कि मैं अपनी बर्दाश्त का परीक्षण करने में थोड़ा-बहुत आनन्द लेता था। लेकिन एक समय आया जब इस परीक्षण में मेरी रुचि सूख गई, ठीक उन्हीं दिनों मैं इस बात पर ध्यान देने को व्यग्र रहने लगा कि मेरी कम्पनी के असन्तुष्ट ग्राहक धीरे-धीरे जापान की एक नई-नई कम्पनी निकोबाशा के पास जाने लगे हैं। अपनी कम्पनी के प्रति मेरी निष्ठा एक पुराने रोगी में स्वास्थ्य के कमज़ोर-से उभार की तरह जागने लगी। निकोबाशा मूलत: खिलौने बनाती थी, पर इधर के वर्षों में उसने बॉल पेन, गोंद, स्याही से लगाकर धूप के अल्ट्रा-वायलट रोधी चश्मे और डिजीटल थर्मामीटर तक कई

छोटी-छोटी चीज़ों के उत्पादन में अपने हाथ डाले थे। थर्मामीटर की फैक्टरी उसने दक्षिण भारत में डाली थी। इस फैक्टरी की शुरुआत के तीन वर्ष बाद भी निकोबाशा थर्मामीटर के विश्व बाज़ार का कुल एक प्रतिशत हिस्सा पा सकी थी, लेकिन इधर के दो-ढाई सालों में किसी जादू की तरह उसका हिस्सा फैलकर बारह प्रतिशत के क़रीब जा पहुँचा था। उसने यह प्रगति हमारी कम्पनी की कीमत पर की थी, यह बात एकदम तय थी। इकानामिक टाइम्स में पूरा एक लेख इस बारे में छपा था कि निकोबाशा इतनी तेज़ी से आगे बढ़ी तो कैसे बढ़ी। लेखक ने तमाम तरह के तथ्यों की छानबीन और जापानी समाज पर लिखे गए दो बड़े ग्रन्थों के आधार पर बताया था कि निकोबाशा की जबर्दस्त बढ़त का राज उसका सांगठनिक ढाँचा और प्रबन्ध की तकनीकें थीं। कर्मचारियों की श्रेष्ठतर ट्रेनिंग और उनका हौसला बुलंद रखने की तकनीकों के लिए निकोबाशा के भारतीय मैनेजर मनोहर मुखोपाध्याय की विशेष प्रशंसा की गई थी।

यह लेख छपते ही मेरी कम्पनी के बम्बई ऑफिस ने न्यूयॉर्क मुख्यालय को फैक्स कर दिया था और वहाँ से उसकी एक प्रति मेरे पास टिप्पणी के लिए आई थी। मैं लेख की मुख्य स्थापनाओं से असहमत नहीं था, पर जापानी कम्पनी की तरक्की को लेकर मेरे मन में कुछ शंका थी। मुझे मालूम था कि अपने काम के प्रति समर्पण के मामले में जापानियों का कोई मुक़ाबला नहीं है। उनकी मैनेजमेंट तकनीकों के बारे में भी मैंने काफ़ी कुछ पढ़ रखा था। एमबीए का पूरा एक कोर्स पूर्वी एशिया के बारे में था और उसमें जापान की कई कम्पनियों में इस्तेमाल की जाने वाली निर्णय प्रक्रिया व कर्मचारियों की निष्ठा बनाये रखने की तकनीकों के बारे में काफ़ी विस्तार से बताया गया था। इस सब के बावजूद यह शंका मेरे मन में एक कीड़े की तरह घूम रही थी कि निकोबाशा ने ज़रूर किसी ग़ैर-क़ानूनी तरीक़े का इस्तेमाल किया है। यह तरीक़ा क्या हो सकता है, यह ढूँढ़ पाना और उस तरीक़े के इस्तेमाल के प्रमाण जुटा पाना बहुत मुश्किल काम था। यद्यपि मुझे अन्दाज़ था कि हमारी कम्पनी के और ज़्यादा पिटने की स्थिति में मेरी नौकरी पर आँच आ सकती है—योग्यता पर तो आ ही चुकी थी—लेकिन नौकरी जाने के डर से अपने सन्देह के लिए सबूत इकट्ठा करने जैसा जहमत भरा काम करने का उत्साह मेरे भीतर नहीं था। मैंने इकनामिक टाइम्स के लेख पर अपनी टिप्पणी में इतना ही लिखा कि मुझे निकोबाशा द्वारा ग़ैर-क़ानूनी तरीक़े प्रयोग किए जाने का शक है। इन तरीक़ों की छानबीन करने का ज़िम्मा मैंने अपनी कम्पनी के अमरीकी मैनेजर पर छोड़ दिया। उसने कोई जाँच या छानबीन करने की ज़रूरत नहीं समझी। तीन महीने बाद कम्पनी को उचित नेतृत्व न दे सकने के आक्षेप के साथ मुझे निकाल दिया गया।

मेरे मन में कीड़े की तरह घूमनेवाला सन्देह ज़रूर जीवित रहा होगा, तभी अशोक होटल की आज की पार्टी में राघव एम. सिकन्दर से हुई चार-पाँच वाक्यों

की संक्षिप्त बातचीत ने मुझे प्रतिहिंसा की हद तक पहुँचा दिया। अपनी तिरस्कृत और उदास मन:स्थिति में किसी अजनबी से परिचय बढ़ाने का कोई कारण मेरे पास नहीं था। सिकन्दर की बगल में, उससे सटी-सटी खड़ी शैलजा ही एकमात्र कारण थी। शैलजा को आख़िरी बार देखे हुए मुझे तीन वर्ष से ऊपर हो गए थे। नौकरी से निकाले जाने के कोई तीन महीने पहले वह दो दिनों के लिए अचानक आई थी और हमेशा की तरह इस अन्तिम मुलाक़ात में भी उसने इस बात की सफ़ाई देने में कोई समय बर्बाद नहीं किया था कि वह पिछले सात महीने कहाँ गायब रही। सिकन्दर के पास खड़ी मुझे वह ठीक वैसी दिखी जैसी पहली-पहली बार मेरे ऑफिस में घुसते वक़्त दिखी थी—एक कच्चा-सा, बहुत आकर्षक संयम किसी नए-नए फैशन के वस्त्र की तरह पहने हुए। बस, खिलखिलाने की कसर थी। कानों में वही बुन्दे कौंध रहे थे। उसे देखकर एक क्षण के लिए मेरा मन उस सुन्दर पगडंडी पर लौट गया, उस चट्टान के पास जहाँ से हम सूरज का ढलना देखते-देखते बातें किए जाते थे। मेरा विस्मय और यहाँ, इतनी सार्वजनिक जगह पर शैलजा को देखने से पैदा हुआ संकोच उसने अपनी पुरानी प्रगल्भता के साथ एक झटके में तोड़ते हुए मेरा और अपने साथ खड़े आदमी का परिचय कराया—

'आप हैं मिस्टर विजयवर्गीय, और आप मेरे बॉस मिस्टर सिकन्दर।'

शैलजा के मुँह से अपना परिचय इतने औपचारिक शब्दों में सुनकर थोड़ा अचकचाया।

सिकन्दर ने मेरी तरफ़ देखा तक नहीं; सीधे अपने कोट के अन्दर वाली ज़ेब में हाथ डालकर अपना कार्ड निकाला और मुझे थमा दिया। कार्ड का प्लास्टिकी काग़ज़ कोई ख़ास नहीं था, न ही छपाई में कोई अलग बात थी, पर कार्ड में दिया गया नाम और उसकी कम्पनी का नाम दोनों ही कुछ निराले थे—

राघव एम. सिकन्दर
एक्सीक्यूटिव मैनेजर
ह्यूमन कैटेलिस्ट इंटरनेशनल

कुछ क्षणों के लिए मैं 'राघव एम. सिकन्दर' जैसे नाम की विचित्रता पर रुका लेकिन मेरा ग़ुस्सा जैसे उफान पर आकर फैल गया था। शैलजा के साथ हुई मुलाक़ातें और उसकी निरन्तर बनी रही लुका-छिपी का रहस्य एक शब्द ने खोल दिया था।

मैंने हाई स्कूल की कैमिस्ट्री की कक्षा में 'कैटेलिस्ट' शब्द का अर्थ पहली बार जाना था—एक ऐसा पदार्थ जो किसी रासायनिक क्रिया में, स्वयं भाग लिए बग़ैर उसे तेज़ कर देता है। 'ह्यूमन कैटेलिस्ट' नाम की कम्पनी आख़िर ऐसा क्या करती होगी जिसे कैटेलिस्ट कहा जा सके? कौंध की तरह मुझे शैलजा के चेहरे पर अपनी कम्पनी और ज़िन्दगी के क्षय का राज़ दिखाई दिया। ऐसी और भी कई आधुनिक प्रशिक्षित विषकन्याएँ होंगी सिकन्दर की कम्पनी में। ज़रूर निकोबाशा ने मेरी

कम्पनी को पछाड़ने के लिए सिकन्दर की सेवाएँ खरीदी होंगी। शैलजा ही वह ह्यूमन कैटेलिस्ट है जिसने मुझे, मेरी कम्पनी को बर्बाद किया है और सिकन्दर ही मेरे साथ हुए षड्यंत्र का सूत्रधार है, यह बोध मुझे बिजली की माफिक हुआ। उसी बिजली की ताक़त से मैंने सिकन्दर के जबड़े पर प्रहार किया। वह चीखा। उसके हाथ का गिलास कालीन पर गिर गया। कुछ लोग घबराकर दरवाज़े की ओर बढ़े, कुछ मेरी तरफ़। तभी मैंने शैलजा की चीख सुनी। वह फ़र्श पर लुढ़के सिकन्दर को सँभालने के लिए उस पर झुक गई थी।

भीड़ को चीरता हुआ प्रमोद मेरे पास पहुँचकर फुसफुसाकर बोला—'मिलिन्द, यह तुमने क्या कर डाला?' मैंने फ़र्श पर पड़े सिकन्दर और उस पर झुकी हुई शैलजा पर नज़र डालकर कहा—

'यही दो थे प्रमोद, मैंने इन्हें पहचान लिया।'

'ये दो कौन थे?'

'आराम से बताऊँगा।'

स्नानवार्ता

तीन सौ एक में अभिरंजन माथुर ठहरे थे। रजिस्टर में दर्ज जानकारी के अनुसार उनकी यात्रा 'ऑफिशियल', पद 'कंसलटेंट' और संस्था या संगठन का नाम था—'ग्लोबल हेल्थ'। माथुर एक स्थानीय एनजीओ 'आबोहवा' का निरीक्षण करने आए थे जो 'ग्लोबल हेल्थ' से वित्तीय अनुदान लेती थी।

तीन सौ दो में शिवेंद्र झा ठहरे थे। होटल के रजिस्टर में उनकी एंट्री माथुर के ठीक नीचे, कोई आधे घंटे बाद हुई थी। ब्योरे के अनुसार वह वर्ल्ड बैंक के कंसलटेंट थे, ऑफिशियल दौरे पर थे और झोपड़पट्टी के बच्चों को मज़दूरी और आवारागर्दी से हटाकर शिक्षा की राह पर लानेवाली एक महत्त्वाकांक्षी परियोजना 'सम्भव' का निरीक्षण करने आए थे।

माथुर और झा दोनों के पास कुल एक दिन था जिसकी शुरुआत हो चुकी थी। दोनों ने चाय के साथ 'स्वराज' की सुर्खियों पर नज़र डाली थी। वह इस शहर का सबसे बड़ा अख़बार नहीं था पर 'साकेत' में मुफ़्त वितरित होता था। 'साकेत' के मूल मालिक प्रदेश के सिंचाई मंत्री रह चुके थे। नींव उनके मंत्रित्व काल में पड़ गई थी, पर जब दीवारें उठने का समय आया तो एक के बाद एक उनके परिवार में तीन महत्त्वपूर्ण मौतें हो गईं। ज्योतिषी की सलाह पर 'साकेत' बेच दिया गया। उसे खरीदा 'स्वराज' के मालिक ने। होटल का निर्माण कार्य पूरा अवश्य हुआ, पर सुविधाओं को लेकर स्थानीय व्यवस्था पर निर्भरता बनी रही। बिजली और पानी दोनों की सप्लाई से पूर्ण स्वतंत्रता का सपना, जो सिंचाई मंत्री ने देखा था, 'स्वराज' परिवार पूरा करने में असमर्थ रहा।

माथुर और झा चाय पीकर लगभग एक समय अपने-अपने बाथरूम में घुसे। शॉवर चलाकर आश्वस्त हुए कि पानी है, कपड़े उतारकर मोटी फुहार में खड़े होकर भीगे, फिर कुछ क्षण एक क़दम हटकर साबुन मला। जलधार में साबुन बहाना शुरू ही किया था कि शॉवर बिना कोई आवाज़ या अन्य किस्म की चेतावनी दिए बन्द हो गया। दोनों ने उसे हल्की-सी ठोकर लगाई, पर कोई असर न हुआ। दोनों नंगे बदन बाथरूम से निकलकर बिस्तर के पास रखे टेलीफ़ोन पर झुके। माथुर ने 222 डायल किया जो रूम सर्विस का नम्बर था।

''यस सर?''
''मैं 301 से माथुर बोल रहा हूँ।''
''सर?''
''शॉवर, अचानक बन्द हो गया है।''
''सॉरी सर, मैं अभी देखता हूँ।''
''ओके, ज़रा जल्दी देखना। मुझे देर हो रही है।''
उधर झा ने 111 डायल किया जो रिसेप्शन का नंबर था।
''रिसेप्शन सर!''
''मैं 302 से बोल रहा हूँ। शॉवर में प्रॉब्लम है।''
''सर आप 301 डायल करें। हो सकता है, वहाँ शॉवर चलता छूट गया हो।''
''यू मीन शॉर्टेज है?''
''यस सर, शहर में बहुत शॉर्टेज है। आज हमारा टैंक भी फुल नहीं है। आप 301 वाले साहब से बात कर लें। मैं भी देखता हूँ।''
''ओके, ओके, व्हाट नॉनसेंस!''
अभिरंजन माथुर इस आशा में कि रूम सर्विस वाले ने कुछ किया होगा। बाथरूम की तरफ़ बढ़ चले थे कि फ़ोन की घंटी बजी।
''यस?''
''मैं 302 से बोल रहा हूँ—शिवेंद्र झा दिस साइड-गुड मॉर्निंग!''
''गुड मॉर्निंग! माइसेल्फ अभिरंजन माथुर।''
''सॉरी टु बॉदर यू। शायद आपके बाथरूम में शॉवर चलता छूट गया है।''
''ओ नो, शॉवर तो अचानक बन्द हो गया है।''
''अच्छा?...ओ! सॉरी! असल में...मैंने रिसेप्शन को फ़ोन किया था। उसने कहा शायद आपका शॉवर चलता छूट गया है। शॉर्टेज है...।''
''मैंने रूम सर्विस को फ़ोन किया। बोला, देखता हूँ। यू सी-आई मीन, इनके यहाँ काफ़ी प्रॉब्लम है।''
''लगता है, इस होटल को फालतू में तीन स्टार मिल गए हैं।''
''यू आर राइट-रिसोर्सिज हैं नहीं, होटल खुले जा रहे हैं।''
''करप्शन ज़्यादा है, पानी कम है,'' अपनी बात पर मुदित होकर झा हँसा। दायाँ हाथ फ़ोन पर लगा झाग हटा रहा था। हँसते हुए एक नज़र उसने अपने बदन पर डाली जिस पर जगह-जगह झाग लगा हुआ था। कहीं-कहीं सूख गया था, कुछ बिस्तर और तकिये पर लग गया था।

उधर माथुर भी झा की बात पर हँसा।''यस-यस करप्शन और डेवलपमेंट आर बिजनेस पार्टनर्स!''—कहते-कहते अभिरंजन माथुर को लगा कि वह पीछे नहीं है। उसके मुँह से हँसी का ठसका निकला।

"पानी के इन्तज़ाम बिना होटल का लाइसेंस क्यों देते हैं? बास्टर्ड!"

"पानी पूरे प्रदेश में नहीं है। डैम बनाकर नदियों को बर्बाद करने पर तुले हैं—एक्सक्यूज मी, सम वन इज ऐट द डोर।"

फ़ोन तकिये पर छोड़कर माथुर ने दरवाज़े की तरफ़ छलाँग लगाई पर ठीक सामने लगे आदमकद आइने में अपना प्रतिबिम्ब देखकर रुक गया। बदन पर अब भी कहीं-कहीं सूखते हुए साबुन के फाहे चिपके थे।

वह बाथरूम की तरफ़ लपका। —खूँटी पर टँगा स्वच्छ सफ़ेद तौलिया खींचा। झटका इतना तेज़ था कि स्टील की चमचमाती खूँटी बर्दाश्त नहीं कर सकी। वह नन्ही-सी थी, पर फ़र्श के नीले, चिकने टाइल्स पर गिरी तो आवाज़ इतनी स्पष्ट हुई कि माथुर सकपका गया। खूँटी को घूरते हुए तौलिये को कमर पर लपेटा। दरवाज़े पर दोबारा दस्तक हुई। मोटे तौलिये के मज़बूत रोएँ कमर को सुख दे रहे थे। माथुर आश्वस्त क़दमों से दरवाज़े की तरफ़ बढ़ा यद्यपि फ़र्श पर लुढ़की हुई खूँटी मन में झल्लाहट बनाए हुए थी। दरवाज़े की चटकनी खोली, पीतल की चमकदार नौब घुमाई तो देखा, सफ़ेद पैंट, नीली शर्ट में एक जवान खड़ा था।

"सर, आपने रूम सर्विस को फ़ोन किया था?"

"हाँ, हाँ—कोई बकेट लाए हो क्या?"

"सर, आप शायद अपना शॉवर बन्द करना भूल गए हैं।"

"व्हाट?" झल्लाहट माथुर के चेहरे पर एक क्षण में ग़ुस्सा बन गई। "इडियट, शॉवर बन्द पड़ा है—यू सेड अभी देखता हूँ...व्हाट नॉनसेंस!"

"सॉरी सर, रिसेप्शन पर 302 का मेसेज था। उनके यहाँ भी शॉवर बन्द हो गया है। मैंने सोचा, शायद आपके यहाँ चालू हो गया हो। सॉरी सर।"

माथुर को अपना बीपी चढ़ता हुआ महसूस हो रहा था। अभी पूरा दिन पड़ा है इस शहर में, शायद एकाध गाँव भी जाना पड़े। शाम को फ्लाइट है। कैसे मैनेज होगा? शॉवर का मुँह या टेलीफ़ोन का रिसीवर हाथ में होता तो इसी क्षण इस छोकरे के सिर पर दे मारता। इस समय हाथ में दरवाज़ा ही था। 'गो टु हेल,' कहकर उसने दरवाज़े को ज़ोर का धक्का दिया। मुड़कर देखा, टेलीफ़ोन सफ़ेद तकिये पर लुढ़का पड़ा था।

"हैलो, आई एम सॉरी।"

उधर से कोई जवाब नहीं आया तो उसने कल्पना की कि शायद 302 वाला भी दरवाज़े पर होगा। अभिरंजन टेलीफ़ोन को कान से हटा ही रहा था कि आवाज़ आई—

"सॉरी, समवन केम टु द डोर। पूछ रहा था पानी आ गया? कमबख़्त!"

"मेरे पास भी आया था। आई वंडर, वही गधा रहा होगा," माथुर की झल्लाहट दूर होने लगी थी। वह कुछ-कुछ हँस पड़ा था। "सारे होटल बन्द कर दें तो प्रॉब्लम ख़त्म हो जाए अभी!"

''फिर आप रुकेंगे कहाँ? डू यू कम हियर रेगुलरली? माइसेल्फ शिवेंद्र झा आई सर्व द वर्ल्ड बैंक।''

''नाइस टु सी-आई मीन टॉक टु यू?'' कहते हुए माथुर ने कल्पना की कि झा भी इस समय इसी तरह बिस्तर पर बैठा होगा। ''माइ सेल्फ अभिरंजन माथुर—मैं हेल्थ और एन्वायरनमेंट में हूँ।''

''वी मस्ट मीट! आप क्या फ्री लांसर हैं?''

''नो, नो, मैं ग्लोबल हेल्थ का कंसलटेंट हूँ।''

''न्यूयॉर्क बेस्ट ग्लोबल हेल्थ?''

''यस, यस, सो यू नो अस?''

''मेरा एक भतीजा है—दिनेश झा। पहले दरभंगा में अपना एनजीओ चलाता था, 'ग्लोबल हेल्थ' का एक प्रोजेक्ट देखता था। अभी कुछ महीने से हेडक्वार्टर में चला गया है।''

''मेरी भी एक नीस है—विपुला माथुर। पहले स्टेट सर्विस में थी। अब वर्ल्ड बैंक में चली गई है—वाशिंगटन में।''

''आई मस्ट हैव सीन हर समव्हेयर—एक मिनट। लगता है, कुछ पानी आ रहा है।''

''मुझे भी कुछ आवाज़ आ रही है। इन बेवकूफ़ों ने कुछ मैनेज किया है। सी यू, बाय।''

''बाय!''

दोनों अपनी चमड़ी पर साबुन के सूखने से बनी पपड़ी धो देने के लिए व्यग्र थे। वे बाथरूम में घुसे तो पाया कि जलधार कमज़ोर है। लेकिन कुछ ही क्षणों में 'साकेत' के नीचे स्थित धरती की कोख से बहुत-सा पानी एक ताक़तवर जनरेटर ने खींचकर छत पर भेजा और दोनों शरीरों पर गिरती धारा मोटी होती गई।

बाल दिवस का टिकट

हम दोनों डाक टिकट इकट्ठा करते थे। हमारे बीच लगभग रोज़ाना होने वाले झगड़ों में से कई छोटे-बड़े झगड़े टिकटों के बँटवारे को लेकर होते थे। काग़ज़ के छोटे से टुकड़े पर बना चित्र और टुकड़े की तराशी गई किनार हमें किसी रंगीन, रहस्यमय दुनिया में ले जाती थी। एक चौकोर चिन्दी मूल्यवान बन जाती थी।

टिकटों के आकर्षण का एक कारण यह भी था कि वे डाक में आते थे। चिन्दी पर बना चित्र हमारी आँखों को मायावी लगता था भले कई चित्रों में बनी चीज़ हमें समझ में नहीं आती थी। कई टिकटों पर चित्रित महापुरुष हमारे लिए अनजाने थे। पर कुछ टिकटों पर बच्चों की तस्वीर रहती थी और वे हमें स्पष्ट दिखाई देती थी। ज़्यादातर टिकटों पर भारत का नक़्शा बना रहता था। नक़्शे में बनी बारीक रेखाओं में नदियाँ बहती हैं, यह ज्ञान मुझे दीदी ने दिया था। दीदी यानी लिली जो मुझसे सिर्फ़ तीन साल बड़ी थी पर बर्ताव मुझसे इस तरह का करती थी मानो दस साल बड़ी हो। मुझसे दस साल बड़े हमारे भैया देवेश थे। वे इंजीनियर बनने बाहर जा चुके थे और केवल छुट्टियों में घर आते थे।

डाक दूर-दूर के शहरों से कैसे हमारे घर या माँ के ऑफ़िस पहुँच जाती है, यह प्रश्न हमारे छोटे-से मन में अक़सर उठता था। हमारे पास ज़्यादातर टिकट माँ के ऑफ़िस की डाक से आए हुए होते थे। माँ अपने ऑफ़िस के लिफ़ाफ़ों की रद्दी झोले में भरकर लाती थीं। वे जैसे ही घर पहुँचतीं, लिली और मैं उनके झोले पर झपट पड़ते थे और उसमें भरी डाक की रद्दी में टिकट लगे लिफ़ाफ़े बीनने में जुट जाते थे। कौन-सा टिकट किसे मिलेगा, यह तय करने में लगभग रोज़ झगड़ा होता था। माँ को भाई-बहन का यह झगड़ा कभी-कभी परेशान कर देता था पर मन ही मन शायद उन्हें हमारे झगड़ों का शोर अच्छा भी लगता था।

माँ पी.डब्ल्यू.डी. के ऑफ़िस में स्टैनो थीं। उस ज़माने में ऑफ़िस में बहुत कम औरतें काम करती थीं। माँ के साथ हमेशा रहनेवाले झोले पर कढ़ाई मेरी बुआ ने की थी जो हमारे घर आख़िरी बार तीन साल पहले आई थीं। मैंने सुन रखा था कि उन्हें कोई बड़ी बीमारी हो गई है जिसकी वजह से वे सफ़र नहीं कर सकतीं। झोले

के मुँह पर लकड़ी के होल्डर लगे थे जिन्हें आपस में जोड़कर हाथ की चार उँगलियों से पकड़कर माँ ऑफ़िस जातीं तो मुझे लगता था जैसे कोई रानी चल रही है। उनके झोले में रखे चाभियों के गुच्छे और सिक्कों की आवाज़ मुझे ललचाती थी। जिस सिक्के से उन्हें नफ़रत थी, मुझे उसी से प्यार था। उन दिनों ताँबे का छिद्दा पैसा चलता था—बीच में एक बड़ा-सा छेद और घेरा बनाने वाली डिज़ाइनदार किनारी। मेरी कल्पना में उस किनारी पर कहीं फूल बने थे तो कहीं हिरण। चार छिद्दा पैसों का एक आना होता था पर इकन्नी की आकृति मुझे नापसन्द थी और रंग भी। मुझे लगता था कि छिद्दा पैसा ही सबसे मूल्यवान सिक्का है, ख़ासकर इसलिए क्योंकि एक छिद्दे पैसे से रजगिरे के चार लड्डू मिलते थे। यह जादुई व्यवस्था मेरी समझ के बाहर थी कि एक पैसे में इतनी ताक़त कहाँ से आ जाती है कि उसे देकर चार लड्डू मिल जाते हैं। छिद्दे पैसे की यह ताक़त मेरे लिए इस बात की प्रेरणा बन गई थी कि मैं माँ की अलमारी के रहस्य अपने हाथों टटोलूँ। उनकी साड़ियों और ब्लाउज़ों के तह किए ढेर के नीचे छोटे सिक्कों की एक परत बिछी होती थी और इनमें ज़्यादातर वही छिद्दे वाले पैसे होते थे जो माँ को अच्छे नहीं लगते थे। पता नहीं क्यों वे इन सिक्कों को अलमारी के ऊपर वाले तख़्ते पर रखती थीं जिस तक पहुँचना मेरे लिए दूभर था। मैं निचले तख़्ते पर पैर रखकर किसी तरह अपनी आँखें और नाक भर ऊपर वाले पटरे के ऊपर पहुँचा पाता था। दोनों हाथ उस पटरे को पकड़ने में लग जाते, फिर भी एक बार संतुलन बैठाकर मैं अपने दायें हाथ को पटरे से छुड़ाकर उसकी गदेली कपड़ों के नीचे घुसाकर टटोलता। तह किए कपड़ों की ठंडक में एक ख़ुशबू-सी समाई रहती थी जो मेरे टटोलने से फैलकर नथुनों में घुस जाती थी। जितने भी छिद्दे सिक्के मेरे हाथ में आते, उन्हें अपनी मुट्ठी में भींचकर मैं चुपचाप, चौकन्ना नीचे उतर आता। अलमारी से नीचे उतरकर मुझे लगता कि मैंने बड़े साहस वाला ख़तरनाक काम किया है। यह डर भी लगता कि कहीं माँ ने पैसे गिनकर न रखे हों। यह ग्लानि भी होती कि मैं उन्हें इतना प्यार करता हूँ, फिर भी यह काम मुझे उनसे छिपकर करना पड़ा है।

हमारे घर में छिपकर कई काम कई वजहों से करने आसान थे। एक तो घर की बनावट ऐसी थी कि रसोई में माँ और बाहर की दुकान में पिताजी के होने पर अन्दर के दोनों कमरों से आराम से अपना काम किया जा सकता था। पर छिपने की सुविधा का ज़्यादा बड़ा आधार माँ और पिताजी के व्यवस्थित सम्बन्ध थे। मुझे जब ज़रूरत पड़ती, मैं माँ की छाया में छिपकर पिताजी से बच लेता था। पिताजी की छाया का उपयोग माँ से बचने के लिए मुझे शायद ही कभी करना पड़ा हो, पर मुझे पता था कि मेरी बहन को इसकी ज़रूरत अक़सर होती है। माँ के स्वभाव में ऐसा कुछ भी नहीं था जिसकी वजह से वह लिली के प्रति कम और मेरे प्रति ज़्यादा प्यार दिखाती। पर सच्चाई मुझे पता थी कि माँ और पिताजी मेरी ज़्यादा परवाह करते हैं और इस

बात की उम्मीद लिली की अपेक्षा मुझसे ज़्यादा करते हैं कि मैं ठीक वह सब करूँ जो वे ठीक मानते हैं। मेरे ऊपर एक ख़ास तरह का दबाव था जो मुझे लिली के ऊपर नहीं दिखाई देता था।

पिताजी कभी-कभार ही प्यार दिखा पाते थे। अब उनकी मृत्यु के इतने साल बाद मुझे लगता है जैसे स्नेह से उन्हें डर-सा लगता था। एक नन्ही-सी नदी थी जिसे उन्होंने हमेशा के लिए बहने से रोककर अपने सीने की रेत में सुला दिया था। उन्हें डर लगता था कि किसी बहाने, किसी अनजाने अवसर पर नदी बह निकली तो उसकी बाढ़ में वह सब डूब जाएगा जिसे व्यवस्थित रखने में उन्होंने ज़िन्दगी और जान दोनों लगा दी थीं। उस व्यवस्थित अन्तर्नगर में क्या नहीं था जिस पर गर्व करना पिताजी के लिए वाजिब न होता? पेशे की सफलता, टिकाऊ विवाह और परिवार, घर, यश, धन—सभी कुछ था। ऐसी समृद्धि में स्नेह की अभिव्यक्ति से बचना कोई बड़ी कमज़ोरी नहीं मानी जा सकती थी। उल्टे, यह एक सामान्य पुरुष होने का विशेष लक्षण था जिसकी पहचान करने के लिए इस्तेमाल किए जाने वाले शब्द मज़बूती और हिम्मत के पर्याय थे। हमारे शहर में सफल होकर जीना और किसी न किसी वजह से बदनाम हुए बग़ैर पूरा जीवन जी लेना असाधारण हिम्मत और हौसले वाले लोगों के लिए ही सम्भव था।

नौ वर्ष का होने तक मुझे ऐसे पिता की आदत हो चुकी थी जो अपनी दुनिया में रहते हैं और जिनका हमारी दुनिया में थोड़ी देर के लिए आना भी सन्नाटे का कारण बन जाता है। 'हमारी' दुनिया यानी बच्चों, यानी मेरी और मेरी बहन की दुनिया, जिसमें माँ भी शामिल की जा सकती हैं या नहीं, यह मुझे उनकी मृत्यु के कई साल बाद भी स्पष्ट नहीं हो पाया है। वे पिताजी से उतना ही कम मिल पाती थीं जितना हम दोनों घर पर बचे हुए बच्चे; शायद इसीलिए मुझे अभी तक लगता है कि माँ हमारी दुनिया में थीं और पिताजी दूसरी दुनिया में, जिसमें सिर्फ़ वे रहते थे।

पिताजी की दुनिया में क़दम रखने के लिए बीमार पड़ना ज़रूरी था। कोई दर्द हो या बुख़ार, तभी पिताजी दुकान छोड़कर घर में आते थे। कई बार बीमारी भी नाकाफ़ी ठहरती थी, क्योंकि वे ख़ुद आने की जगह मुझे बुला लेते थे। उनकी कुर्सी के पास एक स्टूल था जिस पर बैठकर वे मेरी छाती पर आला रखकर अपने कानों से मेरे दिल की धड़कन सुनते थे। मुझे इस स्टूल पर बैठना अच्छा लगता था, क्योंकि उस पर बैठे-बैठे गोल-गोल घूमा जा सकता था। इसलिए बुख़ार के बावजूद मैं स्टूल पर बैठकर एक-दो चक्कर लगाने की फ़िराक़ में रहता था। दिल की धड़कन से कुछ अन्दाज़ा लगाकर पिताजी मोहन दा को इशारे से एक दवाई बनाकर मुझे देने को कहते। मोहन पिताजी का कम्पाउंडर था। वह दिखने में लिली और मुझे अच्छा लगता था और हम उसे दा कहकर आदर देते थे, पर वह एकदम गुमसुम आदमी था। शायद इसीलिए पिताजी ने उसे दुकान में लगा रखा था। पिताजी का खोयापन

और मोहन का गुमसुम स्वभाव ज़रूर एक दूसरे को सहारा देते थे। दुकान में एक कड़वी-सी गन्ध हमेशा भरी रहती थी। वह उस पनीली लाल दवा की गन्ध थी जिसे 'मिक्चर' के नाम से जाना जाता था। उन दिनों में लाल मिक्चर को बीमारियों की शुरुआती अवस्था में देने का रिवाज़ था। जब रोग उससे ठीक न हो तो कोई अन्य दवा सोची जाती थी या रोगी को सरकारी अस्पताल में बड़े डॉक्टर से मिलने की सलाह दी जाती थी।

माँ में ऐसी कई बातें थीं जो उन्हें हमारी दुनिया में शामिल मानने लायक बनाती थीं। शायद सबसे बड़ी बात यही थी कि उन्हें भी हमारी तरह पिताजी से डर लगता था। हम सबके लिए पिताजी का पिताजी होना हमें हमेशा थोड़ा-थोड़ा डराए रखने और ठीक से रहने के लिए ज़रूरी था। ठीक से रहने का मतलब था वह सब करने से संकोच करना जो ग़लत माना जाता था। इसमें सबसे ऊपर था झूठ बोलना। माँ से झूठ बोलना सम्भव था, इसका एक कारण झूठ को पहचानकर उसे पकड़ने की जगह छोड़ देना उनके स्वभाव में था। वे ख़ुद झूठ का सहारा लेना ज़रूरी पाती थीं और उम्मीद करती थीं कि उन्हें भी पकड़ने की जगह छोड़ दिया जाएगा। मैंने जब भी जानना चाहा कि क्या वे झूठ बोलती हैं तो हमेशा मुस्कुराकर कह देती थीं—'तुम बाहर जाकर खेलो।'

जिस शहर में हम लोग रहते थे, वहाँ का माहौल किसी को पकड़कर छोड़ देने की जगह हर किसी को पकड़े जाने के ख़ौफ़ में रखने वाला था। किसके घर क्या चल रहा है, यह ख़बर रखना एक शौक़ नहीं, व्यसन था। ज़्यादातर औरतों के लिए वे तमाम रोशनदान बंद थे जिनसे थोड़ा-बहुत आसमान दिख सकता था। वे तो बस दरवाज़ों और खिड़कियों से झाँक कर पड़ोसी के घर में झाँक सकती थीं और दूसरी स्त्रियों से ईर्ष्या या विद्वेष के जाल बुन सकती थीं जिनका प्रयोग मछुआरे मर्द छोटी उम्र से ही औरत ज़ात को पकड़े रखने के लिए करते थे। दबोचे रखना हर किसी को आता था, इसलिए दबे रहना भी हर कोई बचपन में ही सीख लेता था। इस शिक्षा का मतलब था कि कभी निश्चिंत न रहो, कभी जी भरकर साँस मत लो, कभी पूरे क़दम भरकर मत चलो।

ऐसे माहौल में बचपन में झूठ बोल सकना बहुत बड़ी बात थी। इस काम को कोई साधारण लड़का अंजाम नहीं दे सकता था। चोरी करना झूठ बोलने से कुछ छोटी बात थी जिसे कई लड़के करते थे। बस पर पत्थर फेंकना ही एकमात्र साधारण काम था जिसे करके कोई भी लड़का स्वतंत्रता और शक्ति व स्फूर्ति का क्षणिक बोध प्राप्त कर सकता था। चोरी करके इत्मीनान से घूमने वाले या झूठ बोलकर ख़ुश रहने वाले लड़के विरले थे।

उन दिनों बच्चों को पॉकिट-मनी देने का रिवाज़ नहीं था, पर हो सकता है कुछ बच्चों को स्कूल की आधी छुट्टी में छोटी-मोटी चीज़ें ख़रीदने-खाने के लिए पैसे

दिए जाते हों। यह भी हो सकता है कि वे माँ-बाप से पैसे माँगते हों। मुझे पैसे क्यों नहीं दिए जाते थे, इसका एक कारण संभवत: उन चीज़ों के प्रति, जो स्कूल के बाहर मिलती थीं; मेरे शिक्षित माँ-बाप का सन्देह था। 'माँ-बाप' कहकर मैं व्यर्थ में माँ को लपेट रहा हूँ क्योंकि बाज़ार की चीजें खाने की मनाही में पिताजी का योगदान ही प्रमुख था। ज़रूर इसका कारण उनका पेशा था। पेट में गुड़गुड़ की आवाज़ से लेकर माँ के साप्ताहिक सरदर्द तक हर बात का इलाज पिताजी ही करते थे। बीमारियों के बारे में उनकी जानकारी और हर तरह का दर्द मिटाने की विद्या मुझे चमत्कृत करती थी। पर सड़क पर बिकने वाली खाने की चीज़ों के प्रति उनका सन्देह मेरी स्थायी खीझ का कारण बना रहता था।

स्कूल के ठीक बाहर आधी छुट्टी के वक़्त चने, लैमनचूस और बिस्किट की टोकरियाँ लग जाती थीं। एक बुढ़िया गीले चने रखती थी जिसमें प्याज़ के टुकड़े और हरी मिर्च के कतरे इधर-उधर सजे रहते थे। नींबू और मसाले की गन्ध आसपास फैली होती थी। मुझे इन गीले चनों को खाने की सख़्त मनाही थी। ठीक से याद नहीं कि इनसे बीमार पड़ने की बात किसने समझाई थी—माँ ने, पिताजी ने, स्कूल की बहनजी ने या अपने आप आकाश से उतरकर मेरे कानों में पड़ गई थी कि गीले चने ग़रीबों के बच्चे खाते हैं जो बीमार पड़ते हैं। चने वाली बुढ़िया के पास एक बूढ़ा आदमी बैठता था। वह गर्मियों में मलाई-बरफ़ और जाड़ों में बिस्किट और टॉफ़ी—लैमनचूस बेचता था। उसकी टोकरी में एक और चीज़ कभी-कभी रहती थी—रजगिरे के लड्डू जिनका स्वाद मुझे किसी सहपाठी ने चखाया था और मुझे इतना भाया था कि उन्हें ख़रीदने की खातिर मैं चोरी करने लगा था। इतने वर्ष बीतने के बाद भी पूरे विश्वास से कहना मुश्किल है कि उन लड्डुओं में ऐसी कौन-सी विशेषता थी जिसने मुझे जीवन के कोमल उषाकाल में समाज की नैतिक बेड़ियों को यदा-कदा कुछ ढीला करने का गुर सीखने के लिए विवश कर दिया था—किसी सुदूर दार्शनिक परामर्श के सहारे, जिसके अनुसार स्वतंत्रता महसूस करते रहना मनुष्य बने रहने के लिए ज़रूरी होता है।

रजगिरा बहुत बारीक होता है, हल्का भी, सूखा भी। फिर भी उसके लड्डू बिखरते नहीं। उनमें एक भीनी-सी मिठास होती है, अतिशय नहीं और तेल जैसी अनुभूति तो कतई नहीं होती जो तिल के लड्डुओं में अनिवार्य रूप से निवास करती है। गीले चनों, सूखे चनों, चाट और पकौड़ी, संतरे जैसी लैमनचूस और टॉफ़ी-बिस्किट की सतरंगी नुमाइश के बीच रजगिरे के लड्डू मेरे नाज़ुक मन के पर्दे पर इस तरह अंकित हो गए थे कि आधी छुट्टी की घंटी बजने से पहले ही उन्हें छूने और खाने की इच्छा धूप की तरह मेरे मन के हर कोने में फैल जाती थी।

आधी छुट्टी में रजगिरे के लड्डू खरीदने के लिए छिद्दे पैसे माँ की अलमारी से चुराने की बात मैं बता चुका हूँ। पिताजी को सिक्कों से चिढ़ थी, अत: उनकी

अलमारी से चोरी करना सम्भव नहीं था। पिताजी अपने पैसे हमेशा नोटों की शक्ल में अपनी ज़ेब में रखते थे। छाती वाली ज़ेब में नोटों की व्यवस्थित गड्डी रखे हुए और रह-रहकर उसे निकालकर नोट गिनते हुए उनका चेहरा हमेशा चिन्ता की रेखाओं से घिरा रहता था, पर नोट गिनकर अवश्य उन्हें कुछ राहत मिलती होगी, जीवन के प्रवाह में थोड़ी-सी स्थिरता महसूस होती होगी। उनका माथा सँकरा था, और उस पर इतनी ही लकीरें थीं जितनी मेरी स्कूल की कॉपी में होती थीं। मेरे लिए पिताजी रहस्यों की गड्डी थे और शायद इसीलिए उन्हें देखना हमेशा हल्के से डर के अलावा एक ऐसा भाव जगाता था जिसे बाद में चलकर मैंने आदर के रूप में जाना, जो उन्होंने स्वयं कभी नहीं माँगा; प्यार की तरह सिर्फ़ चाहा पर पाया बहुत कम, क्योंकि किसी को समझ ही नहीं आया कि उन्हें कैसा और कितना प्यार चाहिए जो डरे बग़ैर दिया जा सकता है।

उनके निधन के बाद धीरे-धीरे मुझे समझ में आना शुरू हुआ कि उन्हें इतना सारा प्यार चाहिए था जो उनकी माँ, जो बचपन में ही मर गई थीं, यदि किसी तरह लौट कर आ जातीं तो भी नहीं दे सकती थीं, क्योंकि प्यार का एक बार पैदा हुआ अभाव चक्रवृद्धि ब्याज़ की तरह बढ़ता जाता है। उन्हें सिक्के पसन्द नहीं थे, उनकी खनक भी नापसन्द थी। शायद वे सिक्कों से इसीलिए नफ़रत करते थे क्योंकि ज़ेब में पड़े सिक्के अपनी उपस्थिति छिपाए नहीं रख पाते। दो-चार सिक्के पैंट की ज़ेब में रखना भी उन्हें नागवार गुज़रता था और बटुए से भी चिढ़ थी। मेरे लिए पिताजी की इस मानसिक अवस्था और आदत का आशय यह था कि छोटे सिक्के चोरी करने की मेरी इच्छा पूरी करने के लिए पिताजी के पास कुछ न था।

डाक टिकटों में पिताजी की रुचि इतनी भी नहीं थी कि वे अपनी डाक में आया कोई लिफ़ाफ़ा देते समय टिकट पर निगाह डालें। उस समय भी वे हमेशा की तरह अपनी दुनिया में खोए रहते थे। लिली और मेरे बीच लिफ़ाफ़े की छीना-छपटी में भी उनकी रुचि न थी। झगड़ा तेज़ होने पर वे पहले माँ से कहते थे—'इन्हें सँभालो'। जब झगड़ा माँ भी नहीं निपटा पाती थीं, ऐसे निराले अवसर पर ही पिताजी हस्तक्षेप करते थे। लिली को समझाते थे कि वह बड़ी है, उसे झगड़ा नहीं करना चाहिए। जब वह प्रतिवाद करती कि मैं यह टिकट एक बार पहले भी ले चुका हूँ तो पिताजी मुझसे कहते—'तुम्हीं मान जाओ। कुछ दिनों में वह अपने घर चली जाएगी, फिर तुम्हें बुरा लगेगा।' यह बात मुझे पूरी तरह समझ में नहीं आती थी, पर इतना मुझे मालूम था कि लड़कियाँ शादी के बाद चली जाती हैं। लिली के जाने का ख़याल मुझे इतना उदास कर देता था कि मैं चुपचाप टिकट वाला लिफ़ाफ़ा उसके हाथ में रख देता था। इस तरह झगड़ा शान्त हो जाने के बाद हम दोनों लिफ़ाफ़े के काग़ज़ से टिकट को छुटाने में जुट जाते थे। लिफ़ाफ़े को पानी से भरे पतीले में डालकर दस-पन्द्रह मिनट इंतज़ार करते। गीले टिकट को

हल्का सा छूने से वह अलग हो जाता तो उसे निकालकर स्याही सोख्ते की दो परतों के बीच सुखाने के लिए रख देते। जब स्याही सोख्ता न होता तो अख़बारों के बीच सुखाते।

माँ उस दिन ऑफ़िस से जल्दी लौट आई थीं और आकर खाट पर लेट गई थीं। उन्हें अक़सर सरदर्द होता था, पर उस दिन कुछ ज़्यादा ही हुआ होगा जो पिताजी की दी हुई दवा से काबू में नहीं आया। पिताजी ने माँ की नब्ज़ देखी, आला लगाकर उनके दिल की धड़कन सुनी। मैं माँ से सटकर खड़ा था। पिताजी के चेहरे के भाव लगातार बदल रहे थे। थोड़ी देर आँखें बंद किए सोचने के बाद मेरी तरफ़ मुड़े और बोले—'जैन की दुकान जानते हो न? भागकर एक दवा लाओ।' पिताजी ने अपने पैड पर दवा का नाम लिखा और काग़ज़ मुझे थमाया। मैं जिस हालत में था, उसी में निकल रहा था पर माँ की आवाज़ ने रोक लिया। वे पिताजी से कह रही थीं—'पैसे दिए कि नहीं?' पिताजी माँ से बोले—'तुम चुपचाप लेटी रहो, दवा से नींद आ जाएगी।' फिर मेरी ओर देखकर बोले—'लो।' उन्होंने अपने सीने की ज़ेब से बीस रुपए निकालकर मुझे दिए और मैं आनन-फ़ानन में घर से निकलकर बाज़ार जा पहुँचा। माँ की तबीयत जब भी कुछ खराब होती, मैं घबराहट से भर जाता था। मैं जानता था कि तबीयत ज़्यादा खराब होने पर मौत आ जाती है। माँ की आदत थी कि उन्हें जब भी तेज़ सरदर्द होता तो मुझे बुलाकर कह देतीं—'तुम चिन्ता न करना। मैं थोड़ी देर में ठीक हो जाऊँगी।' उन्हें लगता था कि पिताजी की दुकान में लाए जाने वाले मरीज़ों को देखकर मैं मौत की आशंका का आदी न बन जाऊँ।

जैन की दुकान पर आठ-दस लोग जमा थे और दवा निकालकर देनेवाला जवान आदमी उस दिन नहीं था। बूढ़े जैन साहब ख़ुद ही उठ-उठकर दवा निकालते, फिर बैठकर पैसा लेते, फिर अगले ग्राहक की पर्ची देखते। उनकी सुस्ती के कारण मुझे लौटने में काफ़ी समय लग गया। घुसा तो देखा कि पिताजी कोई चिट्ठी पढ़ रहे हैं। ज़ाहिर है, मेरे पीछे डाक आई थी। पिताजी ने मुझे अन्दर आते देखा तो चिट्ठी पढ़ना छोड़कर मुझे अपने पास बुलाया। बोले—'माँ को दवा देकर वापस आओ।'

उनकी आवाज़ मुझे कुछ अजीब लगी। मैं माँ को दवा देकर पिताजी के पास लौटा तो बोले—'यह तुम्हारी बुआ की चिट्ठी है। उसने बहुत दिनों बाद चिट्ठी लिखी है।' फिर एक साँस लेकर बोले—'यह देखो, इस चिट्ठी पर एक नया टिकट है।' यह कहकर उन्होंने अपने दूसरे हाथ से मेज़ पर उल्टा रखा लिफ़ाफ़ा उठाकर मुझे दिया। यह एक नई तरह की घटना थी। अव्वल तो इसलिए कि दीदी घर पर नहीं थीं, इसलिए टिकट को लेकर लिली के साथ झगड़े की संभावना नहीं थी। मैंने पिताजी की तरफ़ देखा तो पाया कि उनकी आँखों में थोड़ी-सी नमी जैसी थी, मानो वे अपनी बहन की चिट्ठी पाकर बड़े ख़ुश हों।

उनके चेहरे से ध्यान हटाकर मैंने लिफ़ाफ़े की तरफ़ देखा। वह बाल दिवस का टिकट था जिस पर एक लड़की स्लेट पर सिर झुकाए हुए थी। हरे रंग का यह टिकट मेरे पास पहले से था। यदि इस समय लिली घर पर होती और मुझसे झगड़ती तो मैं एकदम चिल्लाकर कहता—'रख लो, रख लो, यह टिकट मेरे पास है।' पिताजी के हाथ से टिकट लगा लिफ़ाफ़ा लेते समय यह बात कि मेरे पास यह टिकट पहले से है, मेरे होंठों तक आई, लेकिन तभी मेरी निगाह दुबारा पिताजी की आँखों पर गई। उन आँखों से छलकती ख़ुशी के अलावा ऐसा प्यार भी था जो मैंने शायद ही पहले कभी देखा हो। मुझे लगा कि मैं पिताजी की ख़ुशी को ख़त्म नहीं कर सकता। मुझे झूठ बोलना पड़ेगा, यह तय करके मैंने अपने होंठों पर मुस्कान लाकर कहा—'कितना सुन्दर टिकट है। दीदी पूछेगी तो मैं बताऊँगा, पिताजी ने दिया है।'

पिताजी धीरे से मुस्कुराए, फिर बोले—'उसे मत बताना। चुपचाप रख लो।'

मैं पहले ही इस असमंजस में था कि मेरा झूठ खुल न जाए। यदि लिली मेरा टिकट देखकर ज़ोर से कह देती कि यह टिकट तो मेरे पास पहले से है और पिताजी सुन लेते तो मैं पकड़ा जाता। पर अब पिताजी मुझे और गहरे ले जा रहे थे कि मैं दीदी से इस टिकट के बारे में कुछ न बोलूँ। पिताजी ने मुझे अपना साथी बना लिया था।

रोओ मत, रवि

शेर को देखते-देखते काफ़ी देर हो गई होगी, तभी पापा इतनी ज़ोर से बुला रहे हैं। शेर के पास से हिलने को रवि का मन नहीं है। वह एक बार हिला तो जगह वापस पाना मुश्किल हो जाएगा।

लोगों का हुजूम शेर को देख रहा है। हर कोई रेलिंग के पास आना चाहता है। छोटे-बड़े असंख्य हाथों का दबाव सहते-सहते रेलिंग के स्क्रू ढीले पड़ गए हैं। शायद किसी दिन स्टील का एक मोटा पाइप नीचे गिर पड़े और लुढ़ककर शेर के पास पहुँच जाए।

क्या शेर अपनी जगह से हटेगा ? पाइप की ज़ोरदार टन्न भी शेर का ध्यान नहीं खींच सकती। चिड़ियाघर का शेर भी आख़िर है तो शेर ही। शेरों की जितनी कहानियाँ रवि ने पापा से सुनी हैं, सबका हीरो ज़रूर यही शेर है। पापा ज़ोर-ज़ोर से बुला रहे हैं—

"हाथी की सवारी बन्द होनेवाली है, रवि। चलो, हम लोग जा रहे हैं।"

रवि ने गर्दन मोड़कर देखा। गोद में नीता को उठाये पापा सचमुच जा रहे हैं। अम्मा भी जा रही है। रवि ने एक आख़िरी नज़र शेर पर डाली। पास खड़े बच्चे ने एक मूँगफली शेर के मुँह के पास गिराई। शेर ने पलक भी नहीं झपकी। रवि इस शेर से ख़ूब ख़ुश है।

इतना बड़ा चिड़ियाघर रवि ने पहले कभी नहीं देखा था। इसके पहले उसने सिर्फ़ एक चलता-फिरता चिड़ियाघर देखा है। छोटे-छोटे डिब्बों की क़तार थी। पिंजरों के सामने वाले हिस्से में सींखचे लगे थे। जानवरों के टट्टी-पेशाब की बू से सारा क़स्बा गंधा रहा था। किसी को एक पिंजरे के सामने एक मिनट से ज़्यादा खड़े रहने की छूट नहीं थी। पिंजरों की देख-रेख करने वाले लड़के बदमाश दिखते थे। बच्चों को डराते थे। बच्चे चिड़ियाघर के बाहर टंगे कपड़े पर बने जानवरों को घंटों खड़े देखते रहते थे। तभी पहली बार रवि ने शेर देखा था।

बड़े शहर का चिड़ियाघर और ही चीज़ है। रवि को मामा के घर आए हफ़्ता हो गया। मामा को एक मिनट फुरसत नहीं है, पर पापा की छुट्टी है। रवि अम्मा-

पापा के साथ रोज़ घूमने जाता है। अब वह जानता है कि इडली क्या चीज़ होती है। कल उसने पहली बार मैंगोशेक पिया। इतने लोग सड़क पर उसने एक साथ कभी नहीं देखे थे, न कभी वह इतने चौड़े पुल से गुज़रा था। "हाथी पर चढ़ना है?" पापा पूछ रहे हैं।

"हाँ, पापा।"

पर यदि हाथी ने बैठने से इनकार कर दिया तो वह चढ़ेगा कैसे? अम्मा-पापा हाथी की तरफ़ जा रहे हैं। रास्ते में बन्दरों के पिंजरे उन्होंने छोड़ दिए, क्योंकि हाथी पर चढ़ना ज़्यादा ज़रूरी है। रवि ने पेड़ों पर चढ़े बन्दर देखे हैं। बन्दर में क्या रखा है?

हाथी के पास भीड़ कम थी। शायद इसलिए क्योंकि हाथी की सवारी का वक़्त ख़त्म हो चुका था। सवारी के टिकट बेचने वाले आदमी ने खिड़की के सामने गत्ते का टुकड़ा लगा दिया था। पापा उत्सुकता से खिड़की तक गए, और यह जानते हुए कि उत्तर 'ना' में होगा, बोले—"टिकट नहीं मिल सकता?"

"हत्ती साढ़े चार बजे तक।" खिड़की के अन्दर बैठा आदमी सन्दूकची में ताला लगा रहा था। चाभी घुमाते हुए बोला, "आप ऊँट पर जाइए। वह पाँच बजे तक बैठाएगा।"

पापा की निराशा उनके चेहरे से झलक रही थी। उन्होंने देखा कि रवि हाथी देखने में खोया है, इसलिए कुछ नहीं बोले। अम्मा के पास जाकर खड़े हो गए।

पर रवि को मालूम है कि पापा निराश हैं, क्योंकि हाथी की सवारी के टिकट अब नहीं मिल सकते। वह जानता है कि वह पूछेगा तो पापा और उदास हो जाएँगे।

पापा के पास जाकर उनका हाथ खींचकर रवि ने कहा, "पापा, ऊँट के पास चलो। मैं ऊँट पर बैठूँगा।"

ऊँट के पास जाने से पहले पापा नीता के साथ अम्मा का फ़ोटो लेना चाहते हैं। अम्मा हाथी के पास जाकर खड़ी हो जाती है। मुस्कराती है। पापा अपने झोले से अपना छोटा-सा कैमरा निकालकर 'क्लिक' कर देते हैं। पापा अपना कैमरा हमेशा झोले में रखते हैं, क्योंकि उन्हें कैमरे के चोरी चले जाने का डर रहता है। रवि को मालूम है कि कैमरा महँगी चीज़ है। पापा उसे कभी कैमरा नहीं छूने देते। काले बक्से में फ़ोटो कैसे बनती है, यह बात रवि को कभी न कभी पता लगानी है। पर कैमरा घर पर एक बड़े बक्से में बन्द रहता है। बक्से की चाभी पापा अपने पास रखते हैं।

ऊँट की तरफ़ जाना है। ऊँट किधर है? ऊँट की सवारी कहाँ हो रही है? पापा ने दो-तीन आदमियों से पूछा। रास्ते में हिरण है, चीतल है, एक कोने में साँप हैं, छोटी रेल की पटरी है। रेलगाड़ी आजकल बन्द है। पटरी कुछ आगे जाकर एक सुरंग में घुस गई है। सुरंग के ऊपर झाड़ियाँ हैं। झाड़ी में चिड़ियों की भीड़ लगी

है। रवि जल्दी-जल्दी चल रहा है। क्योंकि पापा लम्बे-लम्बे क़दमों से ऊँट की तरफ़ बढ़ रहे हैं।

ऊँचे-ऊँचे पाँव पेड़ों के एक झुंड के पीछे से गुज़र रहे हैं। पापा ऊँट की पीठ पर सवार बच्चों को देख रहे हैं। ऊँट के आगे-आगे ऊँटवाला चल रहा है। उसका क़द ऊँट के सामने बौना दिखता है।

पापा तेज़ी से ऊँट की सवारी के टिकटघर की ओर बढ़े, पर यह खिड़की भी बन्द हो रही थी। टिकट बाबू खिड़की बन्द करके अपना हिसाब करना चाहता था। पापा एकदम झुँझला उठे और खिड़की पर मुँह लगाकर बोले, "अभी कैसे बन्द? हम लोग बाहर से आए हैं। सिर्फ़ एक टिकट चाहिए।"

टिकट बाबू ने पापा की तरफ़ देखते हुए कहा, "जल्दी क्यों नहीं आए? खिड़की बन्द हो चुकी है।"

"बच्चा उदास हो जाएगा। एक टिकट दे दो।"

"टिकट नहीं है। ऊँटवाले से कहो, वह चढ़ा देगा।"

खिड़की से कुछ दूर एक आदमी अपने बच्चे को कंधे पर उठाए खड़ा था। पापा की तरफ़ देखकर बोला—"सबसे यही कहता है।"

पापा फिर खिड़की पर मुँह टिकाकर बोले—"अभी पाँच बजने में बीस मिनट बचे हैं। खिड़की कैसे बन्द हो गई?"

"हिसाब के लिए। ओवरटाइम तुम दोगे?"

टिकट बाबू सन्दूकची में हाथ डालकर पैसे गिनने में मशगूल हो गया था। पापा ने अपना चेहरा खिड़की से हटा लिया। उन्होंने देखा, ऊँट चक्कर लगाकर वापस आ गया है और ऊँटवाला नई सवारियाँ ले रहा है। बच्चों की क़तार में हलचल मची हुई है।

कोई तीस बच्चे अपनी बारी की प्रतीक्षा कर रहे थे। किसी का धैर्य इस क्षण टूटता, किसी का अगले क्षण। क़तार के पास खड़े माँ-बाप अपने-अपने बच्चों को इस तरह ढाँढस बँधा रहे थे जैसे वे किसी परीक्षा में जा रहे हों। बच्चों के चेहरे थके-सहमे थे, बड़ों के चेहरे उत्तेजित। उनकी ज़िन्दगी के न मालूम किस-किस मोड़ की हार इन क्षणों पर आ टूटी पड़ रही थी।

अक्टूबर की हवा बह रही थी। सूरज सुरंग के ऊपर उगी झाड़ी की फुनगी पर था। ऊँट की सवारी की प्रतीक्षा में खड़ी क़तार में फँसे चेहरे चिपचिपा रहे थे।

पापा ने रवि को क़तार में सबसे पीछे खड़ा कर दिया। अम्मा अभी तक टिकट की खिड़की के पास खड़ी थीं। रवि बोला—"पापा, अभी टिकट मिल रहा है?"

"नहीं बेटा, पर ऊँटवाला बिना टिकट ले जाएगा।"

पापा की बात सुनकर उनके पास खड़ा आदमी बोला—"ऊँटवाले की मौज है।"

ऊँटवाले ने इस चक्कर की सवारी भर ली और ऊँट चल पड़ा। रवि ऊँट के चेहरे पर निगाह जमाए है। एक क्षण में पूरा ऊँट पेड़ों के पत्तों में छिप गया।

चक्कर में पूरे पाँच मिनट लगते हैं। रवि शेर के बारे में सोच रहा है। शेर की सवारी हो तो कोई टिकट नहीं देगा। शेर अपनी जगह से नहीं हिलता। शेर बहादुर है।

डगमग करता ऊँट वापस आ गया है। उसकी पीठ जैसे ही लकड़ी के मचान के क़रीब पहुँची, बच्चों की क़तार में बेचैनी फैल गई। ऊँटवाले ने एक-एक करके पुरानी सवारियों को उतारा।

क़तार में सबसे आगे खड़े बच्चों को एक-एक क्षण भारी पड़ रहा है। उनके पीछे खड़े बच्चे सोच रहे हैं, क्या पता यही चक्कर आख़िरी हो। माता-पिता अपने-अपने बच्चों को आगे ठेल रहे हैं। ऊँटवाले को भी बड़ी जल्दी है। छोटे बच्चों को ऊँट की पीठ पर अपने आप चढ़ने में मज़ा आता है पर इतना टाइम नहीं है। ऊँटवाला उनकी बगलों में अपने हाथ डालकर उन्हें हवा में ज़ोर से उठाता है। देखते-ही-देखते काठी भर गई है।

ऊँट फिर चल पड़ा है। बाक़ी क़तार ऊँट की पूँछ को देख रही है। पूँछ पत्तों के बीच झूल रही है। अब बिल्कुल नहीं दिख रही।

रवि के पीछे अब तीन बच्चे क़तार में खड़े हो गए हैं, इसलिए पापा को कुछ तसल्ली हुई। पैसे जब ऊँटवाले को अपनी ज़ेब में डालने हैं तो वह किसी को क्यों छोड़ेगा? पापा की घड़ी में पाँच बजने को हैं। पापा रवि की ओर देखकर मुस्करा रहे हैं। पर रवि के चेहरे पर मुस्कराहट नहीं है। रवि शेर के पास जाना चाहता है। शेर अभी वहीं बैठा होगा। उसके पास अब भीड़ नहीं होगी।

ऊँट की पीठ मचान के क़रीब पहुँची और इंतजार में खड़ी क़तार टूट गई। अब क़तार नहीं है, घबराई हुई भीड़ है। ऊँटवाला छोटे बच्चों को गोदी लेकर उतार रहा है पर उन्हें रखने की जगह कहीं नहीं बची है। एक बच्चा उतरा कि चार काठी पर लपकते हैं। ऊँटवाला जैसे-जैसे उन्हें थाम रहा है, पर लोगों में अब धैर्य नहीं बचा। सबको लग रहा है कि यही चक्कर आख़िरी है। बाक़ी का रोना कौन सुनेगा?

भीड़ में रवि को कुछ समझ नहीं आ रहा। पापा चीख रहे हैं—''रवि, जल्दी करो।''

रवि आगे बढ़ा तो पीछे से उसे किसी बड़े का धक्का लगा। मचान की चारों सीढ़ियाँ पाँवों से लदी हैं। ऊँट की काठी भरी जा रही है। रवि को अचानक किसी ने हवा में उठाया और घबराकर वह रो पड़ा।

''मैं हूँ, रवि, मैं। चलो बैठो।''

आवाज़ पापा की है। पापा रवि को काठी पर बैठे बच्चों के बीच धँसाते हैं। पापा का चेहरा पसीने से लथपथ है।

"बस अब और नहीं।" ऊँटवाला बोला और ऊँट चल पड़ा। बिलखते बच्चों को माँ-बाप सँभाल रहे हैं। इनमें वे बच्चे भी हैं जो चढ़ आए हैं।

ऊँट का सारा शरीर नाव की तरह डगमगाया। रवि की घबराहट कम नहीं हुई। वह रोये जा रहा है। पत्तों के पीछे से पापा चिल्ला रहे हैं—"रवि! इधर देखो! अम्मा फ़ोटो खींचेगी।"

पापा के झोले से कैमरा निकालकर अम्मा ऊँट के साथ-साथ भागीं। कैमरे में काठी पर बैठी भीड़ के बीच रवि का रोता चेहरा अम्मा को बिल्कुल साफ़ दिख रहा है।

"रवि, इधर देखो। रवि! फ़ोटो!"

रवि को पता नहीं वह कहाँ है। उसके आसपास न शेर है न पापा। इतने सारे बच्चे उसके साथ क्यों दौड़ रहे हैं?

साँप

घर के बगल में एक बगिया थी।

कहानी शुरू हुई नहीं कि शब्द स्मृति से खिलवाड़ करने लगते हैं। बगिया घर के बगल में नहीं थी, घर का हिस्सा थी। पिताजी के जीवित रहते घर को घर और बगिया में विभाजित करने की कल्पना भी किसी के मन में नहीं उठ सकती थी। तब घर का अर्थ था परिवार और वह छोटा भले हो अभी बिखरा नहीं था।

बगिया मकान के बगल में थी, घर का हिस्सा थी, घर थी। उसमें उगे हुए पेड़ों में से कई अब कट चुके थे। कुछ तो पिताजी के जीवनकाल में ही कट चुके थे। बल्कि दो-एक तो उन्होंने अपने हाथों से काटे थे। उनके ऑफिस की खिड़की के पास उगा कनेर, जिसकी फूलों से लदी डालियाँ सड़क के राहियों को सुलभ थीं, एक दिन पिताजी ने यूँ ही काट डाला था। हाँ, यूँ ही क्योंकि उनका यह तर्क घर में किसी और की समझ में नहीं आया था कि कनेर से ऑफिस में अँधेरा रहता है। आख़िर उस अँधेरे को उन्होंने कई साल सहन किया था।

कनेर के कटने के बाद हमें पूरे साल यह आशा बनी रही कि उसकी असंख्य जड़ों में से कोई न कोई फिर फूट निकलेगी। पर वह कनेर ही था, बाँस नहीं। वह फिर नहीं उगा। पिताजी के ऑफिस में अँधेरा फिर कभी नहीं हुआ। इतने बरस बाद लगता है कि पिताजी अँधेरे से नहीं, किसी और ही चीज़ से डरते थे। कनेर को काटकर उन्होंने किसी डर पर थोड़ा-सा काबू पा लिया था। वह डर क्या था, यह शायद उन्हें भी ठीक से नहीं मालूम था। एक था आम जो पिताजी की लाख चेतावनियों के बावजूद दादीजी ने उगने दिया। पिताजी शुरू से मानते थे कि आम घर की दीवार के इतना क़रीब रहा तो उसकी जड़ें दीवार को कमज़ोर बना देंगी। घर पिताजी ने अपनी मेहनत की कमाई से बनाया था। वे उसे किसी तरह कमज़ोर होता नहीं देख सकते थे। इसलिए जैसे ही आम वयस्क हुआ कि गया।

अमरूद उनके जीवनकाल में बराबर फला और आज तक है, पर न हुए के बराबर है, क्योंकि अब वह फलता नहीं। अब सिर्फ़ आँवला फलता है। पिताजी के रहते वह पहली बार फूल चुका था पर पहला फल उसमें उनके गुज़रने के बाद

आया। आज यह पेड़ इतना बड़ा हो गया है कि सहसा विश्वास नहीं होता। धर्मप्राण औरतें कई बार उसे पूजने आती हैं। पिताजी होते तो उन्हें कभी बगिया के अन्दर न फटकने देते, क्योंकि ऐसी हरेक पूजा उनकी दृष्टि में अंधविश्वास थी। आँवले में हज़ारों फल लगते हैं। उनमें से कुछ का मुरब्बा बनाकर माँ घर की परम्परा चालू रखती है। जाड़े की धूप में पेड़ के नीचे कुर्सी डालकर बैठना, पढ़ना और इस तरह अपनी दो-चार दिन की छुट्टी बिताना मुझे बेहद प्रिय है। वहाँ बैठकर लगता है जैसे पिताजी जीवित हैं। वे बगिया से ऐसा प्यार करते थे जैसा किसी और से करते मैंने कभी नहीं देखा। खुरपी लेकर पेड़ों की ज़मीन नरम करते, बाल्टियाँ ढोकर लाते और सींचते। बगिया में टहलते और मुझसे पूछते कि मैं जीवन में क्या करना चाहता हूँ सरकार कैसी होनी चाहिए, कौन-सी पार्टी अच्छा शासन चला सकती है। मैं नासमझ था। किसी सवाल का ढंग से उत्तर देने की क्षमता मुझसे अभी बरसों दूर थी। तब मुझे यह भी नहीं दिखता था कि बगिया पिताजी की खोज का पड़ाव है जिस पर खड़े होकर वे अपने जीवन का मुआयना करते हैं। उनका जीवन तब ख़त्म होना शुरू हो चुका था पर यह बात मेरे जेहन में नहीं घुसी थी। न ही उन बीमारियों की पहचान अभी हुई थी जो पिताजी का अन्त क़रीब ला रही थीं। मुझे तो पिताजी बगिया के सुन्दर पेड़ों के बीच नाहक कुछ उलझे हुए सवाल पूछते एक अधेड़ मनुष्य नज़र आते थे।

हम दोनों बच्चे उन्हें कितने प्रिय थे यह मैं उनकी मृत्यु के बाद जान सका। वरना उनके रहते तो बस जीवन था, जीवन को सहेजने, उसे समझने की फुर्सत न थी। एक व्यवस्था थी जो निरंतर बनी रहती थी, उसकी सुन्दरता या उसका सुख महसूस करने की छूट किसी को नहीं थी। यहाँ तक कि माँ को भी नहीं थी जो पिताजी को सबसे ज़्यादा जानती थीं। उन्होंने पिताजी के साथ वह अस्त-व्यस्त जीवन भोगा था, जिसमें जवानी का सार दूसरे विश्व-युद्ध से शुरू हुआ। अस्तित्व का संघर्ष था। सार के अलावा भी बहुत-सी चीज़ें थीं पर वे सब सार जैसी ही सख़्त और कड़वी थीं, जैसे चौबीस घंटे कुड़कुड़ करते, जब जी चाहे पैसा माँगते, कभी न सन्तुष्ट होने वाले रिश्तेदार, किराये के सँकरे, उखड़ते मकान, काट खाने का मौका ताड़ते पड़ोसी, और इन सबको समाहित किए पसरी हुई तंगदिमाग़ संस्कृति जो आर्य समाज जैसे बीसियों सुधारक विचार डकार चुकी थी और बीसवीं सदी की युवावस्था में उतनी ही दब्बू और घुन्नी बनी हुई थी जैसी अट्ठारहवीं सदी के उत्तरार्ध में रही होगी या कम-से-कम जीने वालों को तो ऐसा ही लगता था।

हम लोगों को यह पूरा इतिहास अपने माता-पिता में उपलब्ध था पर हमें इतिहास का होश पिताजी के रहते न आया। हमें आज़ादी की ख़बर भी स्कूल की किताब से मिली। प्रभात फेरी के जुलूस और स्कूल की पिकनिक में भेद स्कूल छोड़ने के बाद समझ में आया। सब एक कर्मकांड था। कहीं कोई संघर्ष इस देश

में नदी की माफिक बहा होगा, इस बात का यक़ीन न हमें स्कूल दिला सका, न कॉलेज। पिताजी क्या दिलाते जब हमने कभी उनके दृष्टिकोण की परवाह करना भी नहीं सीखा? उन्होंने अपने जीवन की लड़ाइयाँ एक उलझे इतिहास के भीतर लड़कर अपना खुला-खुला मकान बनाया था, साफ़-सुथरी बगिया बनाई थी जिसमें दो-चार पेड़ों के ठीक से बड़े होने की गुंजाइश थी। हमें यह बगिया विरासत में मिली थी। हम उसमें बैठते थे, बिल्ली को प्यार करते थे, 'धर्मयुग' और 'नवनीत' पढ़ते थे। संक्षेप में अपनी सुलभ मध्यवर्गीयता में डूबे रहते थे। बगिया हमें हर तरफ़ से ढके थी, कहीं से उसके महसूस होने की सम्भावना न थी। यहाँ तक कि जब बगिया में साँप निकलता था तब भी हमें होश न आता था।

बगिया में साँप पहली बार उस बेल में से निकला जो दरवाज़े के चारों ओर फैली थी। यह बेल मैंने ही लगाई थी। किसी के घर से लाया हुआ दो नन्हे पत्तों वाला कोमल तना कब घनी बनलता बन गया, मालूम ही न पड़ा। उसमें बैंगनी रंग के बेगन्ध फूल लगते थे। दरवाज़े के इर्द-गिर्द उसने ऐसा जाल बिछाया था कि बरसात में निकलना भी मुश्किल हो जाता था। एक बरसात के बाद पिताजी ने फ़ैसला किया कि बेल को छाँटेंगे। इस इतवार की सुबह वे छँटाई करने निकले तो ऐसे फँसे कि दोपहर हो गई।

बेल का संसार इधर-उधर उधड़ा पड़ा था। उसकी महिमा इतनी आसानी से अनाथ हो जाएगी, हम यह कल्पना नहीं कर सकते थे। उसके सूखे जंजाल की तरफ़ आँखें फाड़े देखे जा रहे थे। बेल की सतह की शाखाएँ अभी कुछ हरी थीं। भीतर रहने वाली शाखाएँ सख़्त और स्याह हो गई थीं। फूल तो सारे के सारे कुम्हला गए थे। बेल के दो-तीन हिस्से पिताजी ने लपेट दिए थे। उनका इरादा उन्हें दो-चार दिन सुखाकर जला देने का था। शरद का मौसम था। स्निग्ध दोपहरी थी। उन दिनों विविध भारती पर 'अपना घर' नाम का प्रोग्राम आया करता था जिसे हम लोग बड़े लाड़ से सुनते थे। रेडियो ऊँची आवाज़ में चल रहा था। तभी मुझे बेल के अवशेषों में हरा-सा लिजलिजा साँप दिखाई दिया। मैं चीखा। पिताजी बेल को काटना छोड़ लाठी लेने आँगन की ओर लपके। मैं और बहन कूदकर बगिया से भागे और खिड़की से साँप को देखने लगे। साँप के बारे में हमें कुछ नहीं करना था, यह मानी हुई बात थी। यह प्रश्न हमारे मन में घुसा ही नहीं था कि यदि पिताजी न हों तो साँप कौन मारेगा। पिताजी थे। उनकी लाठी ज़ोर का प्रहार करेगी। साँप नहीं रहेगा। घर में पिताजी के होने का अर्थ थोड़े-से शब्दों में किसी को बताना हो तो ये पिछले तीन वाक्य काफ़ी होंगे।

इस घटनाचक्र के कई आवर्तन हुए। किसी आवर्तन ने हमें नहीं झकझोरा। न इस सम्भावना की ओर हमारा ध्यान खींचा कि कभी वह वक़्त आएगा जब पिताजी नहीं होंगे। साँप फिर भी होंगे और उन्हें मारना ज़रूरी होगा। बगिया के पास वाले

कमरे की नाली में से साँप के घुसने की आशंका पिताजी को स्वयं हो चुकी थी और उन्होंने नाली पर जाली लगवा दी थी। बगिया के तमाम झाड़ी-झंखाड़ उन्होंने साफ़ करा दिए थे, सिर्फ़ चार-छह घरेलू पेड़ रहने दिए थे। बेल का तो सवाल ही नहीं था। मेरी बागवानी भी बन्द हो चुकी थी। एक बार मक्का उगाया था, एक बार लौकी और करेला। फिर मैं यूनिवर्सिटी में पढ़ने चला गया था। बगिया की देख-रेख पूरी तरह पिताजी के ज़िम्मे आ गई थी। उनके मन की बगिया का विन्यास बिलकुल वैसा था जैसा उन्होंने मकान के लिए चुना था। वे खुलापन चाहते थे जो उन्हें जीवन में कहीं नहीं मिला। वे खुलापन चाहते थे, यह बात उनके सम्पर्क में आने वाला हर कोई आदमी जान लेता था पर उनके डर के मारे खुल नहीं पाता था। हम लोग तो ख़ैर बच्चे थे, कई बड़े भी उनके क़रीब आना चाहते थे पर अपना काम निपटते ही भागते थे, क्योंकि रुकने की हिम्मत न होती थी। सिर्फ़ एक बिल्ली इस बात का अपवाद थी। किसी दैवी प्रेरणा से वह उनके व्यक्तित्व की यह विचित्रता समझ गई थी कि वे खुलना चाहते हैं पर इसमें उन्हें दिक्कत आती है। बिल्ली उनकी कुर्सी पर सो जाती थी या उनके बिस्तर में छिप जाती थी। पिताजी अक़सर तो उसे उठा फेंकते थे पर किसी-किसी दिन मैंने उन्हें दूसरी कुर्सी पर बैठते या बिस्तर में एक किनारे सिकुड़कर लेटते देखा था।

बिल्ली के अलावा सिर्फ़ मकान था। वह उनकी अपनी सृष्टि था, मूक था, चुनौती नहीं दे सकता था। चुनौतियाँ झेल-झेलकर वे थक चुके थे और अब उनमें नई, विशेषकर व्यक्तिगत चुनौतियाँ झेलने की क्षमता नहीं रह गई थी। वे यह आलोचना बर्दाश्त नहीं कर पाते थे—जो हम अक़सर करते थे कि उनका बनाया मकान पुराने ढंग का था, उसमें बेडरूम, ड्राइंग-रूम और डाइनिंग रूम का अन्तर स्पष्ट नहीं था। एक बड़ा-सा आँगन था जिसमें सब तरह के काम हर वक़्त होते रहते थे। कहने को एक कमरा हम बच्चों ने ड्राइंग-रूम बना लिया था पर मेहमान उसमें कभी-कभार ही आते थे। अधिकतर वे आँगन या बरामदे में बैठते थे। मेहमान भी वे उस किस्म के नहीं थे जो ड्राइंग-रूम में सलीके से बैठ सकें। वे पसर के बैठते थे, खुलकर हँसते थे और घंटों बैठे रहते थे।

किशोर होने तक हम अपने मकान की काफ़ी तीखी आलोचना करने लगे थे। हमने उस नई जीवन शैली के बारे में पत्रिकाओं में पढ़ डाला था जिसमें मकान कुछ निश्चित जगहों में बँटा होता है। उसमें यह गुंजाइश नहीं होती कि पानी भरनेवाली कोई देहाती औरत ड्राइंग रूम में से निकल जाए। उसमें यह व्यवस्था रहती है कि चिड़िया भी ड्राइंग रूम में न आ सके, बिच्छू या साँप की तो बात ही क्या! और एक हमारा घर था जिसमें एक काला साँप आँगन में से गुज़रकर रसोई में घुस गया था। उस साँप को मारने में पिताजी को काफ़ी दिक्कत हुई थी, क्योंकि वह चीनी मिट्टी के बर्तनों में जा छिपा था। इस घटना के बाद माँ के बहुत कहने पर पिताजी ने रसोई

में जालीदार दरवाज़ा लगवाया था जो अपने आप बन्द हो जाता था। बस यही एक चीज़ हमारे घर में लगी और आज तक है जिसे आधुनिक कहा जा सके। बाक़ी न बेसिन है, न गीजर, न फ्रिज, न कूलर—हमारा मकान सादा का सादा रहा।

बड़े होकर मैं शहर चला आया और जल्दी ही मुझे दिल्ली की शब्दावली की आदत पड़ गई जिसमें मकान को बेडरूमों की संख्या से पहचाना जाता है। मेरा मकान 'टू बेडरूम' के नाम से जाना जाता है और जब मैं इसे ख़ाली करूँगा तो इसी नाम के हिसाब से उसका अगला ग्राहक ढूँढ़ा जाएगा। एक बड़ा कमरा है जिसे दलाली की भाषा में डी.डी. यानी ड्राइंग डाइनिंग कहा जाता है। आँगन जैसी किसी चीज़ का सवाल ही नहीं उठता, हाँ, एक संकरी बालकनी अवश्य है जिसमें दो कैक्टस मैंने खरीदकर रख लिए हैं। रसोई समेत पूरा मकान डिब्बे की तरह बन्द किया जा सकता है। फिर उसमें चिड़िया भी नहीं आ सकती। चूहे शायद इसलिए नहीं आते, क्योंकि मकान दूसरी मंज़िल पर है। वहाँ तक चढ़ते-चढ़ते मेरे स्वस्थ मेहमान को भी दस-बारह अतिरिक्त साँसों की ज़रूरत हो जाती है। मकड़ी को अवश्य मेरा यह मकान प्रिय है। उसके जाले तोड़ते रहने के लिए ही मैंने एक लम्बा बाँस रख छोड़ा है। और बाँस के सिरे पर एक ब्रश लगा रखा है।

एक रात की बात है। जून की शुरुआत थी। बेडरूम की दीवारें तपकर तंदूर बन गई थीं। बाहर हवा का नामोनिशान न था। अन्दर बसी हवा को छत का पंखा जी-जान से मथ रहा था। बगल के मकान में रहने वाले व्यापारी का एयर कंडीशनर खड़खड़ की आवाज़ कर रहा था। उसमें कोई ऐसी खराबी आ गई थी जो अन्दर सोए लोगों को परेशान नहीं करती थी। मैं बहुत देर से सोने का प्रयास कर रहा था। पत्नी नाक पर गीला रूमाल रखकर कब की सो गई थी और दोनों बच्चे बेसुध से पड़े थे!

बचपन में अपने मकान में मैंने कई तरह के साँप देखे थे। उनमें से एक थी सीता की लट जिसे पिताजी मारते नहीं थे। उसे यह छूट थी कि अपने आप चली जाए। मान्यता थी कि सीता की एक लट को मारने वाले पर सैकड़ों लटें हमला कर देती हैं। बाथरूम में सरसराहट की आवाज़ सुनकर मैं उठा तो देखता हूँ, फ़र्श पर दस बड़े-बड़े तिलचट्टों की हलचल के बीच ठीक वहाँ जहाँ नल से एक-एक बूँद पानी चू रहा है, एक सीता की लट सोई-सी पड़ी है। घबराहट मेरे भीतर झाग की तरह भर जाती है। जैसे-तैसे चीखता हूँ तो पत्नी दौड़कर मेरे पास आती है। फिर दोनों बच्चे। उन्होंने कभी साँप नहीं देखा है। वे चिल्लाते हैं—''पापा, साँप को मारो।'' मैं सीता की लट को पहचानता हूँ पर मुझे अपनी पहचान पर भरोसा नहीं है। मुझे इस बात का भी यक़ीन नहीं है कि मैं साँप को मार सकता हूँ। मुझे मालूम है कि मकान में ऐसा डंडा नहीं है जो साँप को मारने लायक हो। सिर्फ़ एक बाँस है जो मकड़ी के जाले साफ़ करने के काम आता है। पर सबसे ज़्यादा मुझे इस बात का

अचरज हो रहा है कि दूसरी मंज़िल पर स्थित इस टू-बेडरूम अपार्टमेंट में साँप घुस कैसे आया। बच्चे मेरी ओर कौतूहल और घबराहट के मिले-जुले भाव से देखे जा रहे हैं। पल-पल प्रतीक्षा कर रहे हैं कि मैं उन्हें साँप मारकर दिखाऊँगा। उधर मैं अपने इस ख़याल में बुरी तरह उलझा हूँ कि यह पतला-सा साँप हमारी समूची आधुनिक सभ्यता और उन्नति को चुनौती देकर मेरे बाथरूम में पहुँच कैसे गया। क्या उसे ग़लतफ़हमी हो गई है कि यह चूता हुआ नल किसी बगीचे में लगा है? मैं इस बेतुके सवाल से जूझ रहा हूँ और उधर साँप सर उठा रहा है। उसका फन देखकर मैं समझ लेता हूँ कि यह सीता की लट नहीं है, एक ज़हरीला साँप है जिसे मारना ही होगा! मुझे पिताजी याद आते हैं। उनके बनाए मकान में साँप के डर से कभी मुक्त नहीं हुआ जा सकता था और इसमें कभी कोई शक नहीं था कि वे लाठी चलाएँगे तो साँप मर जाएगा। मुझे यही शक लील रहा है।

दो सहेलियाँ

दोनों धाराओं के बीच एक लम्बा-सा टापू है जिसे पास के गाँव में रहनेवाले किसी मुँदी हुई स्मृति के सहारे बंजरया मानस के नाम से जानते हैं। टापू क्या है, जंगली घास और बौनी झाड़ियों से ढँकी कोई ढाई-तीन कोस की दूरी है जिसका अन्त शुरुआत में अलग हुई धाराओं के संगम में होता है। विलक्षण बात यह है कि रेगिस्तान का हिस्सा होते हुए भी इस टापू पर उगी झाड़ियाँ और घास गर्मियों में भी नहीं मरतीं। जाहिर है, टापू के दोनों तरफ़ बहनेवाली धाराओं की नमी टापू की मिट्टी को ज़िन्दा बनाए रखती है। इस महीन नमी की बदौलत घास के पतले, मज़बूत तने और तिनके जोश के साथ खड़े रहते हैं और दिन में काँसे और रात में लोहे का रंग लेते आसमान को इस उत्कंठा से देखते रहते हैं कि बादलों का मामला कब बनेगा।

पानी बहुत कम बरसने के बावजूद बंजरया मानस के दोनों तरफ़ बहनेवाली धाराएँ साल भर भरी कैसे रह लेती हैं? टापू की शुरुआत में एक परित्यक्त मन्दिर अभी तक खड़ा है। उसके बारे में कई किंवदन्तियाँ पास के जानकीपुर गाँव में चलती हैं। एक किंवदन्ती के अनुसार मन्दिर में कभी एक महात्मा रहते थे जिनकी तपस्या के कारण ही दोनों धाराओं में वर्ष भर पानी रहता है। किंवदन्ती के अनुसार दोनों धाराओं के नाम उन्हीं के दिए हुए हैं—एक का काली, दूसरी का काल बिपरीता। मन्दिर के भीतर अब कोई मूर्ति नहीं है, पर चबूतरा, दीवारें और छत सलामत हैं। चबूतरे के चार-छह पत्थर अवश्य उखड़ गए हैं, पर बाक़ी हिस्सा बैठने लायक है। अन्दर का फ़र्श तो एकदम ठीक हालत में है।

मन्दिर की दीवार पर एक तरफ़ बाघ, दूसरी तरफ़ मोर और बीच में एक औरत की आकृति बनी है। वह क्या कर रही है, यह अन्दाज़ा लगाना सम्भव नहीं है, क्योंकि उसकी दोनों बाँहें दीवार की सतह उखड़ जाने से कट गई हैं। दीवार के चूने पर पानी और हवा के सम्मिलित असर से आँखें कुछ इस तरह चमकती-सी नज़र आती हैं कि पहली बार देखनेवाला डर जाए और आसपास का वीराना देखकर यकायक भाग जाने को व्यग्र हो उठे। भागना मुश्किल नहीं है। मन्दिर और काल बिपरीता के बीच की

दूरी कोई ज़्यादा नहीं है और ज़मीन की सतह भी भागने की दृष्टि से बुरी नहीं है। भगोड़ा एक बार धारा के किनारे पहुँच जाए तो फिर उसे कोई डर नहीं, क्योंकि वह जिस पुल से टापू पर आया होगा, वह पतला-सा, झूलनेवाला पुल यहीं है। पुल की चौड़ाई इतनी है कि एक आदमी हौसले के साथ भाग सकता है और मन में पीछा करती हुई कटी बाँहोंवाली औरत की आँखों से अपने को बचा सकता है।

गाँव में एक कहानी चलती है कि एक बार उनमतराय नाम के एक नौजवान ने ग़ुस्से में आकर औरत के चित्र की दोनों आँखें फोड़ने की कोशिश की थी। कहते हैं, उनतमराय का हाथ जैसे ही उन आँखों को एक छोटे चाकू की मदद से गोदने के लिए आगे बढ़ा, उसका दिमाग़ रात की रेत की तरह ठंडा पड़ गया। बहुत इलाज हुए, पर उसका दिमाग़ शेष जीवन भर बंजर ही रहा। टापू का नाम लोग इसी कहानी से जोड़ते हैं। फिर भी, अब यह कहानी प्रासंगिक नहीं रही क्योंकि दोनों धाराओं और मन्दिर समेत पूरा टापू अब पर्यटन विभाग के सुरक्षा कवच में आ गया है, इस कारण कोई स्थानीय ऐरा-गैरा अब किसी चीज़ को हाथ नहीं लगा सकता। पूरे चित्तौड़ ज़िले को पर्यटन की दृष्टि से विश्व के सबसे विकसित इलाकों में ले आने के इरादे से ज़िले की हर परित्यक्त इमारत.को संरक्षित करने की नीति बनाई गई है। इस नीति का उद्देश्य है कि अतीत की छोटी से छोटी धरोहर से धन पैदा किया जाए।

इस नीति के लागू हो जाने से यह आशा बँध गई है कि अब आगे से कोई अपना नाम किसी महल के खँडहर या मन्दिर की दीवारों पर नहीं खरोंचेगा। इलाक़े का हर पत्थर सम्मान और सँभाल का विषय बनेगा। इसी नीति के तहत जगह-जगह ऐसे अतिथि-गृह बनाए जा रहे हैं जो होटल और घर के बीच की मनोवैज्ञानिक दूरी घटाएँगे। होटलों की रौनक, भीड़भाड़ और अतिरंजित सुविधाएँ इन नए अतिथि-गृहों में नहीं हैं, न ही घर की घिचपिच और गन्ध है। बंजरया मानस को ध्यान में रखकर जानकीपुर गाँव के क़रीब एक अतिथि-गृह अभी-अभी बना है। मैं जिस दिन वहाँ पहुँचा, उसकी ताजी दीवारों पर पहली-पहली पुताई होकर हटी थी। मेरा आरक्षण सरकार की तरफ़ से हुआ था, इसलिए मैनेजर के व्यवहार में पूर्व-परिचय की वह थुलथुल भंगिमा मौजूद थी जिसे एक सरकारी कर्मचारी दूसरे सरकारी कर्मचारी से मिलने पर आदतन प्रदर्शित करता है। मैनेजर का पद उसे तरक्की पर मिला था, इसलिए वह एक सरकारी आदमी को पूरी तसल्ली देने के लिए उत्सुक था। उसे यह मालूम नहीं था कि मैं पूरी तरह सरकारी आदमी नहीं हूँ, पुरातत्त्व विभाग का कन्सल्टेंट हूँ। चित्तौड़ क्षेत्र में पर्यटन के विकास के पुरातत्त्व सम्बन्धी सम्पत्ति को कितना ख़तरा हो सकता है, इस बात का आकलन करने के लिए मेरी तरह कई कन्सल्टेंट पूरे ज़िले के गाँव-गाँव का सर्वेक्षण करने के लिए नियुक्त किए गए थे। देखी हुई हर चीज़ का बारीक से बारीक ब्योरा रोज़ दर्ज कर लेना होता था। यह काफ़ी थकानेवाला काम था, क्योंकि सारा दिन दूर-दराज की जगहों तक

पहुँचने और ब्योरे इकट्ठा करने में ख़र्च हो जाता था। शाम को जब दिन भर की मेहनत से एकत्र वक़्त आता तो अक़सर मुझे नींद आने लगती, चाय के सहारे आँखों को झकझोरकर किसी तरह खाना खाने से पहले मैं अपना काम पूरा करता।

सारा-सारा दिन किसी गढ़ी के खँडहर में घूमते हुए बिता देना या किसी मन्दिर की दीवार पर बने चित्र का विश्लेषण करने में लगा देना कोई तीन सप्ताह से मेरा रोज़ाना का कार्यक्रम बना हुआ था। कई चित्र एक कहानी-सी कहते प्रतीत होते थे, पर कहानी की शुरुआत और उसका अन्त पता न होने से, चित्र में दिखाए गए नाटकीय क्षण को समझना काफ़ी मुश्किल होता था, उस दृश्य के आगे और पीछे की घटनाओं का अन्दाज़ लगाने के लिए स्थानीय लोगों की स्मृति में अंकित कहानियों को सुनना उपयोगी होता था। यह काम प्राय: शाम को ही हो पाता था। एक बार बात शुरू हुई तो शाम कब गई और रात बढ़ते-बढ़ते आधी रह गई, इसका पता न चलता था। जानकीपुर पहुँचने के एक रात पहले मैं आइदानबास में था। वहाँ की गढ़ी में एक कमरा है जिसकी चारों दीवारें नीले रंग की स्याही से बनाए गए चित्रों से ढँकी हैं। एक विशाल चित्र छत पर भी बना है जिसमें एक घुड़सवार अपने साथ एक औरत को बिठाकर कहीं जाने को उद्यत दिखाया गया है। घोड़े का अगला पाँव नदी में है और नदी के बीचोबीच, घुड़सवार की आँखों के ठीक सामने एक औरत लहरों के बीच आधी डूबी दिखाई गई है। मैंने आइदानबास के बुजुर्गों से इस चित्र का अर्थ समझने की कोशिश की तो एक की जगह तीन-चार कहानियाँ मेरे हाथ लगीं। एक कहानी में घुड़सवार के साथ बैठी औरत डूबनेवाली औरत की सौत थी; दूसरी कहानी में डूबनेवाली औरत को पति के प्रवास में अपने पतिव्रत का पालन करने में असफल रहने के कारण दंडस्वरूप डुबाया गया था; तीसरी कहानी में वह पानी में छिपकर पति को किसी अन्य स्त्री के साथ जाता देख रही थी; और चौथी कहानी शुरू होने के साथ ही मुझे ऐसी झपकी आई कि उसका एक भी हिस्सा अगली सुबह दर्ज करने लायक स्थिति में याद न रहा। मेरे पास समय होता तो मैं चौथी कहानी कहनेवाले को फिर ढूँढ़ता, पर मेरे पास अपना सर्वेक्षण पूरा करने के लिए दो ही दिन शेष बचे थे। एक पूरा दिन आइदानबास से जानकीपुर की यात्रा में ख़र्च होना था, और दूसरा दिन बंजरया मानस में।

जानकीपुर के गेस्ट-हाउस में मुझे मेरा कमरा दिखाकर वेटर ने पूछा, "आप बंजरया मानस देखने आए हैं?"

"हाँ," मैंने बिस्तर पर बैठते हुए थोड़ा चौंककर कहा।

"अकेले जाइएगा?"

"हाँ, मैं सरकारी काम से आया हूँ।" यह कहकर मैं निश्चिन्त हो गया कि उसने मुझे एक टूरिस्ट मानकर यह जानना चाहा था कि क्या मैं किसी गाइड को साथ ले जाना चाहूँगा। यह बात उस समय मेरे मन में नहीं आई कि बाहर मैनेजर

के साथ हुई बातचीत सुनकर वेटर जान चुका था कि मैं सरकारी काम से आया हूँ। उसने थरमस में रखा ठंडा पानी धीरे-धीरे गिलास में उड़ेला और मुझे देकर कमरे से चला गया।

सुबह उठकर मैंने चाय के साथ ही आलू के पराँठों का ऑर्डर दे दिया—दो नाश्ते के साथ खाने के लिए, चार साथ ले जाने के लिए। वेटर चाय लेकर आया और केतली-कप छोड़कर जा ही रहा था कि उसने फिर पूछा, ''आप मन्दिर देखने जा रहे हैं?''

''हाँ,'' मैंने कहा, ''मुझे पूरे इलाक़े के मन्दिरों का सर्वे करना है।''

''थोड़ा जल्दी लौट आइएगा,'' कहते हुए वह थोड़ा ठिठका। शायद उसके हाथ पर सधी ट्रे थोड़ा-सा काँपी। ''बंजरया मानस की पुलिया बहुत पुरानी हो गई है। सँकरी भी है। थोड़ा ध्यान से चलना पड़ता है।''

कहकर वह चला गया। मैं बिस्तर पर अधलेटा चाय पीने लगा। दिमाग़ जानकीपुर की चौथी कहानी याद करने की चेष्टा कर रहा था। चाय ख़त्म करके मैंने अपना झोला तैयार किया। क़लम, डायरी, धूप का चश्मा, इंचीटेप और कैमरा उसमें पहले से थे। लौटने तक शाम न हो जाए, इस ख़याल से दहेज में मिला हुआ पश्मीना शॉल भी रख लिया। इस कीमती शॉल को झोले में रखना आसान होता है। वह इतना हल्का और कोमल होता है कि कन्धे पर लटके झोले के बोझ में कोई फ़र्क़ नहीं पड़ता। कहते हैं, पश्मीना की ऊन मेमने की खाल नोच-नोचकर निकाली जाती है, इसीलिए इतनी कोमल होती है।

जिस समय मैंने बंजरया मानस को जानकीपुर से जोड़नेवाली पुलिया पार की, तब तक सूरज काफ़ी चढ़ गया था। पार करते समय पुलिया थोड़ी-सी हिली और एकाध जगह मेरे पाँवों के कम्पन से चरमराई भी, पर नीचे बहती काली का सम्मोहन इतना था कि मैं घबराए बिना पार हो गया। बंजरया मानस की सतह पर घास की मात्रा देखकर मैं थोड़ा चौंका, क्योंकि राजस्थान में इतनी घास तो सरकारी बगीचों में भी नहीं होती जबकि वहाँ घास की हिफ़ाजत और सेवा के लिए पूरा बन्दोबस्त रहता है। टापू की घास में सेवा और सभ्यता के लक्षण नहीं थे। कहीं-कहीं तो वह इतनी सघन थी कि जूतों से लैस होने के बावजूद पैरों को मोटी काई जैसा एहसास होता था। पर चार क़दम चलकर यह अहसास गायब हो जाता और आँखें देखतीं कि घास छितरा गई है। मन में इस तरह के छोटे-छोटे उतार-चढ़ावों से गुज़रता हुआ मैं मन्दिर की तरफ़ बढ़ता गया जो पुलिया पार करते ही नज़र आने लगा था।

दोपहर का ज़्यादातर हिस्सा मैंने मन्दिर के सामान्य विवरण नोट करने में लगा दिए। मन्दिर की लम्बाई, चौड़ाई नापने के पहले कटी बाँहों वाली औरत के कई फ़ोटो खींचे। कुछ इस तरह खींचे कि सिर्फ़ औरत तस्वीर में रहे, कुछ इस तरह कि बाघ और मोर दोनों आ जाएँ। दो फ़ोटो औरत की आँखों पर फोकस करके खींचे।

शुरू में मुझे लगा कि आँखें बनाईं इस तरह गई हैं कि डरा दें; फ़ोटो लेने के बाद मैं आश्वस्त हो गया कि आँखों की डरावनी कौंध दरअसल रंग पुराना पड़ जाने से पैदा हुई है जिस तरह बरसात के बाद दीवार पर तरह-तरह की आकृतियाँ दिखने लगती हैं। फ़ोटो उतारकर मैं सन्तुष्ट हो गया; तब इत्मीनान से इंचीटेप बिछा-बिछाकर मन्दिर की लम्बाई, चौड़ाई नापी और ऊँचाई का अन्दाज़ लगाया। पुरातत्त्व विभाग ज़रूर पैसा बचाने के चक्कर में था, वरना इस तरह के सर्वे के लिए कम से कम दो आदमी नियुक्त किए जाने चाहिए थे जिससे इंचीटेप को फैलाने, उसका सिरा किसी पत्थर से दबाकर खींचने, फिर समेटने का झँझट न हो। मुझे इतने दिनों से अकेले ही यह सारा काम करने की आदत पड़ गई थी, फिर भी मन्दिर की जीर्ण सतह पर बार-बार आगे-पीछे चलने में—विशेषकर पीछे वाले हिस्से में जहाँ एक कंटीली झाड़ी उगी हुई थी—मुझे बहुत परेशानी हुई।

कोई साढ़े तीन बजे तक पूरा ब्योरा ले चुकने के बाद मैं पराँठों का पैकिट खोलने बैठा। मैंने देखा कि मेरी बोतल में पानी लगभग ख़त्म हो गया था। गरमी और थकान ने मिलकर प्यास बढ़ा दी थी। पराँठों का पैकिट और बाक़ी सामान खुला छोड़कर बोतल हाथ में लिए मैं काली की तरफ़ चल पड़ा। सुबह पुलिया पार करते समय जो धारा मुझे सुन्दर और सम्मोहक लगी थी, इस समय उसका पानी किसी जगह पारदर्शी और पीने लायक नहीं दिख रहा था। पता नहीं, किस तरह की मिलावट थी जो पानी का रंग हर जगह कुछ स्याह नज़र आता था। मैं धारा के साथ-साथ बढ़ता गया। वह जगह भी पीछे छूट गई जहाँ जानकीपुर ले जानेवाली पुलिया की जीर्ण-शीर्ण शुरुआत होती थी। अस्सी या सौ क़दम और चलने पर मुझे वह स्थान दिखाई दिया जहाँ काली से उलट दिशा में उसी की दूसरी धारा काल बिपरीता शुरू होती थी। आश्चर्य की बात थी कि इस धारा का पानी दूर से ही पारदर्शी नज़र आता था। अवश्य यह उन चट्टानों का असर था जो काल बिपरीता की तली में बिछी थीं। धारा की सतह ज़मीन से काफ़ी नीची थी। थका होने के बावजूद मैं उत्साह के साथ उस ढलान को पार करके धारा के क़रीब पहुँचा। ढाल और चट्टानी तली के कारण धारा की रफ़्तार तेज़ थी और बहाव में मीठा स्वर घुला था। पानी की सतह के पास ज़रूर हवा भी बह रही थी क्योंकि बोतल भरने के लिए धारा पर झुकते समय मुझे ताज़गी भरा, एक नन्हा-सा स्पर्श महसूस हुआ।

बोतल भरकर मैं तेज़ क़दमों से मन्दिर की तरफ़ लौटा। पानी साथ में होने से भूख पहले से ज़्यादा महसूस हुई और भूख के मारे धूप अचानक कुछ असह्य लगी। जल्दी-जल्दी क़दम बढ़ाकर मन्दिर की तरफ़ चलते हुए मैं भीतर ही भीतर इस झुँझलाहट से जूझ रहा था कि मैंने पराँठों का पैकिट चबूतरे पर खुला कैसे छोड़ दिया। टापू सुनसान है और अभी तक एक भी बन्दर या कोई अन्य जानवर मैंने यहाँ नहीं देखा है, यह सोचकर अपने आपको तसल्ली देते हुए मैं लगभग भाग रहा था। चबूतरे

को दूर से देखकर यह चिन्ता काफ़ूर हो गई। नीली पन्नी चमक रही थी और पास में पराँठे ज्यों के त्यों पड़े थे। उन पर टूट पड़ने की व्यग्रता में इस बात पर मेरा ध्यान नहीं गया कि इस द्वीप पर वे बन्दर क्यों नहीं हैं जो राजस्थान के हर अन्य कोने में पर्यटकों के हाथ से खाने की चीज़ लपक लेते हैं। पराँठे खाकर बोतल में भरा पानी पीकर मैंने तृप्ति महसूस की। मन्दिर के सर्वेक्षण में अब कोई कसर नहीं रह गई थी, केवल वापस जानकीपुर जाना शेष था, यह सोचकर मैंने तय किया कि थोड़ा लेट लूँ। चबूतरे के पत्थर धूप से तप गए थे, इस कारण मैं अपना सारा सामान झोलों में भरकर मन्दिर के अन्दर घुसा। झोले से 'राजस्थान पत्रिका' का कल का अंक निकालकर मैंने फ़र्श पर फैला दिया और पश्मीना शॉल का सिरहाना बनाकर लेट गया। लेटते ही मुझे गहरी नींद आ गई—काम की थकान, आलू के पराँठे और बाहर की तुलना में मन्दिर के भीतर का तापमान मिल-जुलकर यही असर कर सकते थे।

मैं उस परित्यक्त, ख़ाली मन्दिर में ठीक-ठीक कितनी देर सोया रहा, यह कहना मुश्किल है। जिस समय मेरी आँख खुली, मुझे कुछ आवाज़ें सुनाई दीं और बाहर चाँदनी का अहसास हुआ। नींद टूटने के समय घड़ी देखने की मन:स्थिति नहीं बनी तो जाहिर है सिर्फ़ इस कारण नहीं बनी, क्योंकि आवाज़ें इतनी स्पष्ट और उनमें कही जा रही बातें इतनी उकसाने वाली थीं कि मैं साँस रोके कान लगाकर सुनने लगा। दोनों ही आवाज़ें स्त्रियों की थीं। एक आवाज़ ने कहा, "हॉस्टल वाली घटना तुमने सुनी? लोग कह रहे हैं, कलंक है। किस पर कलंक है? समाज पर? सरकार पर?"

"एक क्षण रुककर वही आवाज़ खिलखिलाई और बोली, 'क-लं-क!' आजकल तो हर बात कलंक है!" तब दूसरी आवाज़ ने पूछा, "कौन-सी घटना? वह जिसमें लड़की ने बयान बदल दिया?"

"तुम शायद जलगाँव की बात सोच रही हो। मुझे पहले ही पता था सब छूट जाएँगे। मैं जयपुर की बात कर रही हूँ।"

"मैं एक बार राजस्थान से निकली तो समझो मुक्त हो गई!" आवाज़ थोड़ा हँसी, फिर बोली, "यहाँ लोग मेरी कविताएँ पढ़ते हैं, यही बड़ी बात है!"

"काश! मैं भी कविता लिख सकती—तुम्हारे जैसी न सही, कुछ कम दर्जे की ही।"

"तुम्हें क्या ज़रूरत थी? कवियों ने तुम्हारे बारे में क्या-क्या नहीं लिख डाला।"

"कवि? नहीं चापलूस! सारे के सारे। रानी के जौहर की बात सुनकर पागल हो जाते थे बेचारे!"

"पर आजकल क्यों नहीं होते? रूपकुँवर पर एक ढंग की कविता नहीं लिखी गई अब तक।"

"लिखी गई होगी—हो सकता है किसी छोटी पत्रिका में छपी हो। आजकल के अच्छे कवि छोटी पत्रिकाओं में ही छपते हैं।"

"मेरे टाइम में भी तो यही था। छोटे कवि भीख माँगते थे, तभी जी पाते थे। बड़े दरबार में रहते थे, दिन-रात चापलूसी करते थे। मेरे जौहर पर एक ने लिख डाला था कि जब तक मेरा सारा शरीर झुलस नहीं गया, हाथ का नारियल आग में गिर गया, तब तक मेरे चेहरे पर मुस्कान बनी रही! भीड़ में खड़ा बेचारा मेरे चेहरे पर निगाहें जमाये था!"

फिर खिलखिलाहट गूँजी, पर इस बार इतनी लम्बी और ऊँची थी कि हँसनेवाला पागल लगता था। हँसी कुछ देर गूँजती रही, फिर एक लम्बी चुप्पी छा गई। मेरा सारा शरीर अकड़ा जा रहा था—कुछ भय से, कुछ उस ठंडक से जो राजस्थान के शरद में रात के वक़्त अचानक बढ़ती है। चाँदनी मन्दिर के खुले दरवाज़े से भीतर आ रही थी, मगर मेरी काया अभी उसके दायरे से बाहर थी। एक अबूझ आतंक के वश मैं अपना एक भी अंग हिलाने की स्थिति में नहीं रह गया था, उठकर बाहर झाँकने की हिम्मत तो सपने जैसी बात होती।

चुप्पी को उसी आवाज़ ने तोड़ा जो खिलखिलाकर शान्त हो गई थी। बोली, "तुम भाग्यशाली थीं मीरा जो अपनी बात ख़ुद कविता लिखकर बता सकीं। तुम अपना एक पद सुनाओ न! मेरा मन हल्का हो जाएगा।"

"सुनाऊँगी, ज़रूर सुनाऊँगी। पर तुम मुझे जयपुर की घटना बता रही थीं—हॉस्टल वाली। क्या हुआ वहाँ?"

"क्या नहीं हुआ? कहते हैं, सब थक गए हैं—पुलिस, महिला संगठन, अदालतें, वकील, अख़बार। मेरे ज़माने की बात होती तो मान भी लेती, पर आज?"

"क्यों, आज तुम्हें बहुत फ़र्क़ लगता है? मुझे तो नहीं लगता। वैसे भी काल स्थिर है। लगता है बढ़ रहा है, पर यह भ्रम है। उसे कहीं भी पकड़ लो—आगे या पीछे। बीसवीं सदी जा रही है, हम तुम बैठी बातें कर रही हैं—कहाँ है काल? लेकिन—नहीं, नहीं, पहले तुम बताओ तो क्या हुआ, पद्मिनी। मैं हमेशा तुम्हें अपनी बातों में उलझा लेती हूँ। तुम बोलो, मैं चुपचाप सुनूँगी।"

"बताऊँ क्या, और कैसे बताऊँ। एक लड़की उनकी पकड़ में थी। कई लड़के थे। एक की नौकरी लग गई थी। उसी का जश्न था। यह उन्होंने विश्वविद्यालय में किया, जहाँ वे पढ़ते थे, उनके शिक्षक रहते थे। उस नरक की कल्पना..."

आवाज़ रोने लगी। कुछ समय पहलेवाली ऊँची खिलखिलाहट जैसी ही ऊँची-ऊँची सिसकियाँ मन्दिर में भरने लगीं। मेरा दम घुटने लगा। बाहर फैली चाँदनी में बैठी दो अदृश्य औरतों में से एक की रोने की आवाज़ और मन्दिर के भीतर की अँधेरी ठंडक मेरे शरीर और मन दोनों को एक ताक़तवर सिहरन में तब्दील किए दे रही थी।

दूसरी आवाज़ ने चुप कराने के अन्दाज़ में कहा, "तुम इतना मत सुना करो। तुम्हें क्या हुआ रहता है जो तुम इतना भटकती हो, पढ़ती हो, सुनती हो?"

"मुझे तुम्हारी तरह मोक्ष नहीं मिला न।" सिसकियाँ फिर खिलखिलाहट में बदल गईं। यह परिवर्तन इतना अस्वाभाविक था कि अपनी परिस्थिति की विचित्रता समझते हुए भी मैं कोई प्रतिक्रिया देने को कसमसा उठा। गनीमत है कि दूसरी आवाज़ तुरन्त बोल पड़ी, "नहीं, नहीं, पद्मिनी—मैं तुम्हारी प्यास का मज़ाक़ नहीं उड़ा रही। मैं जानती हूँ, तुम्हें जौहर किए सात शताब्दियाँ हो गईं। मैं जानती हूँ तुम तीन बार जन्म लेकर देख चुकीं। तुम सुख की खोज में हो, स्नेह चाहती हो। सच बताऊँ? मैं भी तुम्हारी तरह भटकना चाहती हूँ। मैं फिर सहना चाहती हूँ, वरना क्यों तुमसे बार-बार मिलती हूँ, पूछती हूँ कहाँ क्या हुआ? मैं अपने मोक्ष से उकता गई हूँ। वरना मुझे क्या लेना था जयपुर के लड़कों से, जलगाँव की लड़कियों से, भँवरी के गाँव से जिसकी ख़बर तुमने पिछली बार सुनाई थी।"

"तुम्हें इतना शौक़ है तो अपने गिरधारी से कहो, जमानत लेकर तुम्हें मोक्ष से राहत दें कुछ दिनों के लिए!"

दोनों आवाज़ें एक साथ हँसीं। एक क्षण के लिए मुझे लगा जैसे यह सम्मिलित आवाज़ मैंने आज ही कहीं सुनी है। थोड़ा-सा सोचा तो अजीब-सी आसानी से याद आया कि काल बिपरीता धारा के तेज़ बहाव में ऐसी ही आवाज़ थी; बस, यह सम्मिलित हँसी उस कलकल से कई गुना ऊँची थी। लेकिन एक क्षण बाद ही मुझे यह तुलना एक भ्रम लगने लगी। हवा में एक महीन स्वर फैल गया—

जो पहिरावै सोई पहिरूँ, जो दे सोई खाऊँ।
मेरी उनकी प्रीत पुराणी, उन बिन पल न रहाऊँ।
जहाँ बैठावें तितही बैठूँ, बैचे तो बिक जाऊँ।
मैं गिरधर के घर जाऊँ...

मीरा की आवाज़ मन्दिर में गूँज रही थी। स्वयं मेरी देह एक निर्जीव गुम्बद बन गई थी जिसके भीतर वह स्वर आराम से गूँज-गूँजकर क़ैद होता जाता था। स्वर चुप होने के बाद मुझे लगा—या शायद मेरी इच्छा भर थी कि अब सब कुछ सामान्य हो जाएगा और मैं अपनी क़ैद से आज़ाद होकर जानकीपुर के गेस्ट हाउस जाकर शेष रात रोज़ की तरह बिता सकूँगा। लेकिन उन दोनों की बातचीत जारी रही। पद्मिनी बोली, "मैं बताऊँ तुम्हें मोक्ष से उकताहट क्यों होती है?"

"बताओ।"

"मोक्ष तुम्हें तपस्या से नहीं, कविता से मिला। मीरा, कविता वाला मोक्ष कुछ गीला-गीला रहता है।"

पद्मिनी फिर हँसी, पर इस बार उसकी हँसी सादी, प्रगल्भ हँसी थी। यह हँसी उसके चेहरे को कितनी सुन्दरता दे रही होगी, यह देखने की चाह मेरे अकड़े हुए शरीर की पोर-पोर में फैल गई। लेकिन यह साहस जुटाना मेरे लिए नामुमकिन था कि मैं उठ बैठूँ और बाहर बतियाती उन दो यशस्वी औरतों को अपनी आँखों से जी

भर देखूँ। चाह के बावजूद उन्हें देखने की कल्पना मात्र से मेरे सीने में डर और घबराहट की एक लहर व्याप गई। मृतात्माओं को देखने या उनकी बातें सुनने की कोशिश में भारी जोखिम रहता है, यह बात मैंने बचपन में अपने पिता से जानी थी। वे ईश्वर से डरनेवाले, कर्मकांडी इंसान थे और अक़सर कहते थे कि कोई चीज़ हमारी पहुँच में आ जाए, तो भी उसे प्राप्त करना ज़रूरी नहीं है और कुछ चीज़ों को तो जान-बूझकर छोड़ ही देना चाहिए भले वे कितनी दुर्लभ हों। मेरे मन में आया, काश, मेरे पिता इस समय मुझे बता सकते कि अपनी जिज्ञासा शान्त करने के लिए मुझे हिम्मत जुटाकर बाहर जाना चाहिए या इसी तरह मुर्दे की तरह पड़े रहना चाहिए। पर इस तरह छिपकर दूसरों की बातें सुनना भी तो सही नहीं है—पिता की नैतिकता से उपजा यह तर्क मैंने यह सोचकर दबा दिया कि इस समय ये बातें सुनना मेरी विवशता है। पद्मिनी की हँसी शान्त हो चुकी थी। और वह अपनी बात जारी रखे थी, ''तुम्हारा मोक्ष अधूरा है, क्योंकि तुम्हें यह आशा रहती है कि तुम्हारी पदावली लोगों को—ख़ासकर पुरुषों को—छुएगी, बदलेगी। तुम सोचती हो कि वे तुम्हारी कविता में लटके परदों को हटाएँगी। मोक्ष से तुम्हारी यह चाह नहीं मरी कि लोग इन परदों से ढँका वीभत्स देखें, पहचानें। तुम्हें अच्छी तरह पता है, फिर भी तुम अनजान बनती हो। इस बात से कि पुरुष हमेशा आसान रास्ते की तरफ़ भागते हैं।''

कई पल चुप्पी छाई रही। मैंने अन्दाज़ा लगाया कि दोनों एक-दूसरे की आँखों में देख रही हैं। फिर पद्मिनी ही बोली, ''उन्हें पता था कि मेरे चेहरे का प्रतिबिम्ब देखकर खिलजी सन्त नहीं हो जाएगा। फिर भी वे राज़ी हो गए। वे लोग युद्ध टालना चाहते थे। इसलिए सात परदों के पीछे रहनेवाली मेरी सुन्दरता का एक टुकड़ा बाँटने को तैयार हो गए। क्या जबर्दस्त इलाज, सोचा उन्होंने!''

उसकी साँस चढ़ आई थी। वह फिर फूटकर हँस दी, पर इस बार की हँसी जैसे गहरी खाँसी थी। उस रात को याद करता हूँ तो यह प्रश्न मुझे सबसे ज़्यादा सालता है कि पद्मिनी की हँसी सचमुच एक उखड़ी हुई साँस ही तो नहीं थी जो एक बात को हज़ारों बार दोहराने से इस कदर उखड़ चुकी थी कि हँसी और दमे में कोई फ़र्क़ न रह जाए। वह कहती गई, ''वे हमेशा आसान रास्ता चुनते हैं। जब वे किसी मुसीबत में होते हैं, तब भी और जब वे किसी गन्दी घटना के गवाह होते हैं, तब भी। जब वे इतिहास लिखते हैं, तब भी। उनकी कविताएँ भी कठिन सच से किनारा करके लिखी जाती हैं। मेरे जौहर को सात सौ साल हो गए, पर वह आग, वे नगाड़े, वे तलवारें अभी तक मुझे घेरे हैं। सुबह से पुकार मची थी—जौहर का इन्तज़ाम करो! आवाज़ों ने हमें बहरा बना दिया था। तलवारें चमक रही थीं। आग के गर्म घेरे के किनारे सैकड़ों औरतें विवश खड़ी थीं। हम जानती थीं कि हम वीरांगना गिनी जाएँगी, पर वह दृश्य असह्य था। मीरा, तुमने भी असंख्य पीड़ाएँ सही हैं, पर वह ज्वाला...''

कहते-कहते पद्मिनी एक बार फिर सिसक उठी। मेरा अनुमान है कि मीरा ने आगे बढ़कर पद्मिनी का चेहरा अपने सीने से लगा लिया। एक लम्बा अन्तराल बीता या छोटा, मैं कह नहीं सकता क्योंकि मेरा समय का अहसास जाता रहा था। सिसकियाँ धीरे-धीरे शान्त हो गईं। पद्मिनी फिर बोलने लगी, पर इस बार उसकी आवाज़ बदली हुई थी, न रुलाई थी, न भावुकता।

"मीरा, कुछ भी बदला नहीं दिखता मुझे। वे जगहें नहीं हैं, वे कपड़े नहीं हैं—बस! इस हॉस्टल में उस समय लगाई जा रही आवाज़ें अलग होंगी, संगीत फ़र्क़ होगा। बस, वे सब आसान रास्ता चुनेंगे। सिर्फ़ लड़के नहीं, प्रोफेसर, नेता, पुलिस, जज, वकील, पत्रकार—सब के सब आसान रास्ता चुनेंगे, क्योंकि वे औरत को सताना, सताना नहीं मानते। वे तुम्हारी कविता पढ़ने के काबिल नहीं हैं।"

बहुत देर से मीरा चुपचाप सुन रही थी। उसकी आवाज़ सुनकर मैंने राहत महसूस की। वह बोली, "मैं समझना चाहती हूँ कि आख़िर हो क्या रहा है। कई लोग कहते हैं कि औरतों का स्थान बदल रहा है, वे हर नियम बदलवा रही हैं। पर तुम्हारी बातों से ऐसा नहीं लगता। तुमसे जब भी मिलती हूँ, लगता है, दुनिया वैसी ही बनी हुई है। मैं सच्चाई समझना चाहती हूँ, पद्मिनी।"

पुरानी वाली खिलखिलाहट के साथ पद्मिनी ने जवाब दिया, "तुम अपने गिरधर से एक जनम और लेने की इजाजत ले लो न! फिर देख लेना! पर मुझे बताए बग़ैर अचानक मत जाना।"

वे दोनों हँसने लगीं मगर जल्दी ही उनकी हँसी इस तरह शान्ति में बदल गई जैसे नदी की धारा से दूर चले आने पर उसकी आवाज़ हमारे कानों में शान्त होती जाती है। मैंने भतेरा इन्तज़ार किया, पर कुछ देर बाद मुझे यक़ीन हो गया कि वे चली गई हैं और चबूतरा ख़ाली है।

उठने की इच्छा का स्पन्दन मैंने धीरे-धीरे अपनी टाँगों में फैलाया और गर्दन मोड़कर बाहर के आकाश की तरफ़ देखा। स्पष्ट था कि रात रीत रही थी। चाँदनी की सफ़ेदी की जगह एक धुँधली आभा बाहर की हवा में थी।

आस-पास कोई नहीं था, फिर भी मैं दबे क़दमों से बाहर आया। दरवाज़े के दोनों तरफ़ की दीवारों पर बाघ, मोर और कटी बाँहों वाली औरत के चित्र देखकर मुझे तसल्ली हुई कि मैं एक परिचित जगह पर हूँ। फिर भीतर जाकर फ़र्श पर पड़ा पश्मीना शॉल उठाकर झटका जिससे उसमें लगी धूल झड़ जाए। उसे तह करके झोले में रखते समय बाक़ी सामान छूकर देखा और पानी की बोतल कन्धे पर लटकाई।

पुलिया के क़रीब पहुँचने तक मानस बंजरया की ज़मीन उषा की धुन्ध में से उभरने लगी थी। मेरे क़दम पड़ने से पुलिया उसी तरह काँपी जैसे कल आते समय काँपी थी। नीचे काली का उथला जल बहे जा रहा था।

शरद की दोपहर

"भाई साहब?"

सुनकर वह मुड़ा। सिगरेट जलाकर अभी मुँह में डाली ही थी। पहला कश खींचते हुए उसने पीछे देखा। आवाज़ और चेहरा एक हुए। इतने वर्ष बाद, यहाँ, क्या नाम था इसका, मनोहर?

"कैसे हो? यहाँ कैसे?"

"आप कैसे हैं? कहीं जा रहे हैं क्या?"

"घर वापस जा रहा था। तुम कहाँ जा रहे हो?"

"मैं दफ़्तर में एक दोस्त से मिलने आया था।"

"आजकल यहीं पर हो?"

"क़रीब दो महीने से।"

"कहाँ ठहरे हो?"

"रामकृष्णपुरम् में।"

"कोई रिश्तेदार हैं?"

"हाँ, मेरे मौसेरे भाई रहते हैं।"

"वैसे तुम हो कहाँ आजकल?"

"कहीं नहीं जम पाया हूँ।"

"क्यों, नौकरी नहीं मिली क्या?"

"नहीं। तलाश जारी है।" वह लगभग हँस दिया। लेकिन हँसने की आवाज़ नहीं आई।

"हद हो गई। तुम्हारे जैसे लड़के को नौकरी नहीं मिली।" सुरेन्द्र जैन इस बीच पाँच वर्ष पुराने छात्रावास-जीवन के तमाम चेहरों में से यह एक चेहरा अलग कर चुका था। लेकिन नाम अब भी याद नहीं आया। कमरा नम्बर दो सौ तीस या ऐसा ही कुछ। कमलकान्त मिनोचा के आसपास। मैस में घी खिलाता था। प्रीवियस के लड़कों में सबसे सीधा। नाम क्यों न पूछ ही लिया जाए?"

"जल्दी न हो तो क्यों न हम लोग चाय पिएँ?"

''आपको देर न हो रही हो।''

''नहीं, मुझे तो अब घर ही जाना है।''

सामने शिरीष के नीचे एक आदमी चाय बना रहा था। पास में एक चारपाई पड़ी थी। जब दोनों बैठ गए, सुरेन्द्र ने एक बार फिर अपने जूनियर का मुआयना किया। चेहरा बिलकुल साफ़-साफ़ याद आ रहा है। घनी भौहें, छोटी नाक, निचला जबड़ा कुछ बड़ा-सा, मुहासों के निशान। ठीक वही चेहरा है। पर नाम क्या था?

''माफ करना भाई, तुम्हारा, नाम ध्यान से निकला जा रहा है।''

''मैं सोच ही रहा था कि शायद आप भूल गए हो। रामस्वरूप...''

''रामस्वरूप अग्निहोत्री। मेरी याददाश्त देखो, किंतनी खटारा हो गई है। पाँच साल में रेफरेंस कार्ड गोल।''

''चलिए फाइल तो है।''

''फाइल? पूरा रिकार्ड है भाई, लेकिन कुछ धूल जम गई है।''

सुरेन्द्र ठहाका मारकर हँसा। रामस्वरूप के चेहरे पर भी हँसी आई। फिर चुपचाप चली गई। हाँ, यही तो इसका हँसने का स्टाइल था। सुरेन्द्र ने चाय वाले से कहा, ''दो चाय बनाना।''

फिर रामस्वरूप की तरफ़ देखते हुए उसे याद आया कि वह हॉस्टल में कसरत करता था। जनवरी के कोहरे में कभी-कभी जिमनास्टिक करता हुआ मिल जाता। किसी-किसी सुबह उलटे लटके हुए सुरेन्द्र जैन को 'जैन साहब, नमस्कार' का उत्तर उसी मुद्रा में चेहरे पर मुस्कान लाकर देना पड़ता था।

''तुम यार दुबले हो गए।''

''आप भी तो वैसे नहीं रहे।''

''मैं? अरे भाई, मेरी तो शादी हो गई।'' सुरेन्द्र ने अपना सिर एकदम से आगे झुलाकर हँसते हुए कहा।

''और मेरा जिमनास्टिक छूट गया।''

रामस्वरूप ने शादी के बारे में कुछ नहीं पूछा। घोर सीधा जो ठहरा। हॉस्टल में कितना अलग रहता था। हर वक़्त अपने काम से काम।

''शादी नहीं हुई?''

''पिताजी बहुत कहते हैं।...लेकिन नौकरी के बिना कैसे करूँ?''

''यार, शादी कर लो, फिर नौकरी भी लग जाएगी।''

''हिम्मत नहीं होती।''

''वाह! शादी के लिए भी हिम्मत चाहिए।''

सुरेन्द्र की आँखों में अपनी हिम्मत का सबूत तैर रहा है—माधुरी, ग्रेट कॉफ़ी हाउस की शामें। फिर एक दिन हिम्मत, सफलता, लेकिन रामस्वरूप के लिए वह

फॉर्मूला सही क्यों नहीं उतरता? ज़रूर हिम्मत की कमी है, वरना कोशिश करने से सफलता कैसे न मिले? शादी हो या नौकरी।

"भाई साहब!! सिर्फ़ हिम्मत से आजकल कुछ नहीं मिलता।"

"मुझे देखो", सुरेन्द्र चौंककर बोला, "मैंने सिफ़ारिश से नौकरी नहीं पाई। नौकरी और बीवी दोनों सोलह आना मेहनत से पाए हैं।"

कहते-कहते सुरेन्द्र की आँखों में अपना तीन कमरे का संसार, उसमें बैठी माधुरी, पहले इंटरव्यू की शानदार सफलता...

"क़िस्मत भी तो होती है।"

"रामस्वरूप। तुमने यह क़िस्मत और हिम्मत की लड़ाई कैसे मोल ले ली? ... तुम...तुम तो काफ़ी अलग ढंग से सोचा करते थे।"

"मैं कहूँ वक़्त की ठोकरें लगी हैं तो आप कहेंगे कि फ़िल्मी डायलॉग बोल रहा हूँ।"

"बिल्कुल कहूँगा। तुम तो फ़िल्म भी नहीं देखते थे।"

"हाँ, लेकिन कुछ डायलॉग जानता हूँ।" रामस्वरूप की बेआवाज़ हँसी प्रकट हुई और गायब हो गई।

"अच्छा, शुरू से बताओ कि एम.ए. के बाद क्या हुआ?"

"कुछ नहीं हुआ। एम.ए. में तीन नम्बर से फर्स्ट क्लास रह गई।"

"च्च-च्च-च्च..."

"रिसर्च के लिए फॉर्म भरा पर वजीफ़ा सिर्फ़ सौ रुपये का मिला।"

"इतने वजीफ़े हैं, सिर्फ़ सौ का क्यों?"

अपने डिपार्टमेंट में उस बार किसी को यू.जी.सी. वाला वजीफ़ा नहीं मिला।"

"हद है। फिलासफी के साथ यह सरासर अन्याय है।"

"अन्याय-वन्याय छोड़िए। सौ रुपये वाले से साल-भर रिसर्च की..."

"गाइड कौन था?"

"डॉ. कपूर।"

"तुम उसके चक्कर में कहाँ से पड़ गए?"

"इंडियन फिलासफी का अकेला आदमी..."

"इंडियन फिलासफी? तुम तो पश्चिम प्रेमी थे।"

"रिसर्च के इंटरव्यू में उन लोगों ने मार्कशीट देखकर तय किया कि मेरा रजिस्ट्रेशन इंडियन फिलासफी के लिए ही हो सकता है।"

"हद है। क्या वाहियात तरीक़ा है किसी को गुमराह करने का। मैं कभी बर्दाश्त न करूँ।"

"ख़ैर, बर्दाश्त न करने का सवाल ही नहीं था। रिसर्च चालू हो गई। पर साल-भर बाद वजीफ़ा बन्द हो गया।"

"क्यों?"

"क्यों का सवाल ही नहीं था। बन्द हो गया तो हो गया।"

"तुमने शिकायत नहीं की?"

"किससे करता? हैड को तो आप जानते ही हैं। उसी ने बन्द करवाया।"

"पर आख़िर क्यों?"

"एक कन्या-रत्न का रजिस्ट्रेशन हुआ और डिपार्टमेंट में एक वजीफ़े की कमी पड़ गई।"

"इसलिए तुम्हारा वजीफ़ा बन्द। हद है, भई हद है। और तुम इतने सीधे कि..."

"चारा नहीं था। दो-तीन महीने घिसटता रहा। फिर छोड़कर घर आ गया। साल-भर अर्जियाँ भेजता रहा। अन्त में एक प्राइवेट स्कूल में दो सौ रुपये की नौकरी मिल गई।"

"सिर्फ़ दो सौ? बिलकुल शोषण है यह तो।"

चायवाले ने दो गिलास बढ़ाए। गिलास थामकर सुरेन्द्र एक क्षण चुप रहा, फिर पहला घूँट भरकर आगे बढ़ा।

"प्राइवेट स्कूल वाले हमेशा बदमाश होते हैं। मैं जानता हूँ, वहाँ तुम नहीं टिक पाए होगे। कितने दिन टिके?"

"मुझे चाहिए था पैसा। मैं वहाँ दो साल रहा।"

"दो साल? ग़ज़ब कर दिया तुमने। मैं एक महीने न रह पाता।"

"करता क्या? घर बैठने से क्या फ़ायदा होता?"

"फिर दो साल बाद क्या हुआ?"

"मैं ख़ुद चला आया। मैं पी.एस.सी. का फार्म भरना चाहता था। वे लोग परमीशन देने को तैयार नहीं थे।"

"बदमाश। तुमने अच्छा किया जो चले आए। फिर इम्तहान दिया?"

"हाँ, पर रिजल्ट अभी तक नहीं आया है।"

"तो यहाँ क्या कर रहे हो?"

"रेल मंत्रालय में भर्ती की लिस्ट आज निकलनी है।"

"तुम भी यार काफ़ी अजीब आदमी हो। इंडियन फिलासफी का रेलवे से सम्बन्ध, इस पर पी-एच.डी. कर डालो।"

"आप मज़ाक़ कर रहे हैं। मैं कैसी भी नौकरी करने को तैयार हूँ।"

"किस पोस्ट में भर्ती हो रही है?

"क्लर्की के लिए।"

"तुम? क्लर्की करोगे? यह तुम्हारे साथ घोर अत्याचार है।"

"होगा। नौकरी तो मिलेगी।"

"तुमने यहाँ किसी कॉलेज में एप्लाई नहीं किया?"

"जहाँ तक मुझे मालूम है, फिलासफी में कहीं जगह नहीं थी।"

"किसी कॉलेज में नहीं? हस्तिनापुर, हिन्दू, रामजस, भगतसिंह... ?"

"ज़्यादातर कॉलेजों में फिलासफी है ही नहीं।"

"अरे! पर क्या तुमने लगातार विज्ञापन देखे?"

"हाँ, रोज़ देखता हूँ।" इस बार रामस्वरूप की हँसी के साथ एक क्षीण आवाज़ निकली।

"तुम्हें कॉलेजों में जाकर पता करना चाहिए। कई बार विज्ञापन मिस हो जाता है। कभी-कभी निकाला नहीं जाता।"

"मैं यहाँ किसी को नहीं जानता।"

"जानने की क्या ज़रूरत है? सीधे जाकर हैड से मिलो।" सुरेन्द्र लगभग आदेश की मुद्रा में तेज़ आवाज़ में बोला, "मैंने तो यही किया था और एक महीने में नौकरी मिल गई थी।"

"आपकी बात और थी।"

"क्यों भला? मैं कोई स्पेशल केस था क्या?... अरे भाई? हिम्मत से काम लो। यह ठीक है कि इस बीच वक़्त काफ़ी बदल गया है और अब बहुत पक्षपात होता है। लेकिन मान लो पक्षपात तुम्हारे पक्ष में ही हो।"

"आपकी बातें कोई रोज़ सुने तो शायद कुछ-न-कुछ बन जाए।"

सुरेन्द्र को लगा कि वह एकदम से महत्त्वपूर्ण हो उठा है। चाय का गिलास उसे अपनी हथेली के विशाल घेरे में इतना छोटा मालूम हुआ जैसे अभी फिसल जाएगा। उसने सावधानीपूर्वक गिलास को गाल से सटा लिया। काँच की गर्मी गाल पर भली महसूस हुई।...यह गर्मी, उसकी मुद्रा, उसके कपड़े, उसके विचार, सभी कुछ कितना सुनियोजित और अर्थवान है। शिरीष का पेड़, यह चारपाई, चाय बनाकर रोज़ी कमाता यह ग़रीब आदमी, बगल के गोल चक्कर पर घूम रही मोटरें, चौराहा पार करती हुई लड़की, दूर खड़ी बस, उसके पीछे रेल मंत्रालय की इमारत, इमारत के ऊपर सज़ा चटक नीला आसमान, शरद की यह प्यारी दोपहर, हर चीज़ कितनी सार्थक है।...

रामस्वरूप चाय ख़त्म कर चुका था। गिलास चारपाई के नीचे रखकर वह सीधा बैठा रहा। एकाएक उसे ध्यान आया कि ऑफिस छूटने में कुल एक घंटा रह गया है, उसका मित्र इन्तज़ार कर रहा होगा।

"भाई साहब, मैंने अपने एक दोस्त से कह रखा था कि ऑफिस से उसके साथ घर जाऊँगा।"

"हाँ, हाँ, मुझे भी घर जाना है।" सुरेन्द्र ने चाय का आख़िरी घूँट भरते हुए कहा और पैसे देने के लिए उठा।

"आपका घर कहाँ है?"

"तिमारपुर। यूनिवर्सिटी के बिल्कुल पास है। कभी आना।"

उसने हँसते हुए हाथ बढ़ाया और मिलाकर एक तरफ़ चला गया।

पीछे से देखने पर लगता था कि वह पाँच वर्ष पहले के मुक़ाबले कुछ थुलथुला गया था।

रामस्वरूप अपने दोस्त से मिलने के लिए जाते समय सोच रहा था कि सुरेन्द्र से क्या कभी मदद मिल सकेगी। शायद कहीं कुछ करवा सके। लेकिन तभी उसे याद आया कि न तो उसने अपने घर का पता बताया था, न ही कॉलेज का नाम। क्या यह उसकी योजना थी जिससे ज़्यादा मेल-जोल से बचा जा सके? हो सकता है, सिर्फ़ भूल रही हो। लेकिन दोनों ही स्थितियों में तय था कि अब उसे ढूँढ़ निकालने के लिए उतनी ही मशक्कत करनी पड़ेगी जितनी किसी गुम हुई फाइल को पाने के लिए करनी होती है। ऐसी हालत में यही बेहतर होगा कि सुरेन्द्र जैन की फाइल पर लिख दिया जाए—"सम्बन्धित व्यक्ति का पता उपलब्ध नहीं है।"

रामस्वरूप को लगा कि वह क्लर्क बनने की पूरी मानसिक तैयारी कर चुका है। चेहरे पर एक हल्की मुस्कराहट उभर आई। वह अब तक रेल मंत्रालय के दरवाज़े तक पहुँच चुका था। घुसते हुए उसे लगा कि वह ऑफिस के एक जाने-पहचाने बाबू की तरह विश्वासपूर्वक, सहज चाल से आगे बढ़ रहा है। उसे सही मंज़िल, सही कमरा और सही कुर्सी मालूम है जहाँ उसका दोस्त बैठा है और वहीं कहीं आसपास कुछ दिन बाद वह बैठेगा। इमारत कितनी बढ़िया बनी है। सीढ़ी की रेलिंग की लकड़ी कितनी चिकनी है और लिफ्ट की लाल बत्ती कितने प्रभावशाली ढंग से चमक रही है। थोड़ी देर बाद, थोड़े दिन बाद, ऑफिस छूटेगा और वह अपने साथियों के साथ बस की प्रतीक्षा में खड़ा होगा। उसे कहीं पहुँचने की जल्दी होगी। कहीं। किसी ख़ास जगह। वह एक ख़ास चेहरे वाला एक ख़ास आदमी होगा।

"हार्ड लक।" दोस्त ने मिलते ही रामस्वरूप के कन्धे पर हाथ मारते हुए कहा। "लेकिन लेबर मिनिस्ट्री में भी भर्ती हो रही है, तुम्हें जल्दी से एप्लाई कर देना चाहिए।"

दो दोस्त

बेंच पर बैठे हमें अभी कुल आधा घंटा हुआ था। इतने ही समय में हम उस पूरे दौर पर किसी चिड़िया की तरह उड़ लिए थे जिसे जीने में बरसों लगे थे। वे धीमे, क्रूर-वर्ष थे। कोई पत्रिका नहीं थी, कोई फ़िल्म अभिनेता नहीं था, कोई सुन्दर नेता नहीं था जिसकी ओट में हम जी सकें। यहाँ तक कि हमारी यूनिवर्सिटी को कोई ढंग का वाइस चांसलर भी उन वर्षों में नहीं मिला। बिना पूँछ का बन्दर कहीं से पकड़कर लाया गया था। वह शहरी गुंडों और भोपाली नेताओं की शह पर राज चलाता था। वाइस चांसलर बनने को तैयार आदमियों की कमी पूरे देश में तभी से महसूस होना शुरू हुई थी।

हमें आज इस तरह बैठे देखकर किसी के मन में नहीं आ सकता था कि हमने वर्षों पहले व्यवस्था से एक लम्बी लड़ाई मोल ली थी। ('व्यवस्था' का मायना उन दिनों क्या था, यह एक अलग ही बात होगी।) इतनी लम्बी लड़ाई थी वह कि हमारे जीवन में उसके ख़त्म होने का कोई आसार न था। हमारे साथ उस उबाऊ दौर के कई और साथियों ने भी लड़ाइयाँ मोल ली थीं, पर थोड़े समय चलकर ये ख़त्म हो गई थीं, या कम से कम हमें ऐसा ही लगता था। लड़ाई के किसी मैदान पर आज वकीलों के कोट टँगे थे तो कहीं मध्यवर्गीय सुख का सीलिंग फैन तीन नम्बर पर चल रहा था। एकाध जगह जहाँ लड़ाई कुछ लम्बी चली, वहाँ समाजवादी दल के किसी अत्यन्त विशेष घटक का साइन बोर्ड टँगा था और अलमारी के काँच से 'जन' की पुरानी जिल्दें झाँक रही थीं जिन्हें छुए बिना कोई नहीं जान सकता था कि अन्दर दीमक अपना काम कर चुकी है। लेनिनवादी विचारधारा का कुल एक बीज हमारे विश्वविद्यालयी ऊसर में था। और हमारे देखते उसमें से एक भी पत्ती नहीं फूटी थी।

हमें इस बात का कतई फ़ख्र नहीं था कि हमारी लड़ाई सबसे लम्बी चली। सिर्फ़ अहसास था। और वह भी अब हमारे पारिवारिक जीवन की ग़ैरज़रूरी व्यस्तता में डूब गया था। हमें यह यक़ीन नहीं आता था कि हम कभी शादी करेंगे और बाक़ायदा पारिवारिक जीवन जिएँगे जिसे देखकर दुनिया वाले मान लेंगे कि चलो, इनकी लड़ाई भी पूरी हुई। हमें जब इस बात की परवाह नहीं थी कि लोग हमारी कोफ़्त

को समझते हैं या नहीं तो इस बात की क्यों होती कि लोग ऊपर से देखकर हमारी कोफ़्त को चुका हुआ मान लेंगे?

वह दौर घास पर बैठी तितली की मानिंद क्षण-क्षण भर को खुलता था और जैसे ही हमारी याददाश्त या हमारी बातें उसे पकड़ने निकलतीं, वह उड़ जाता। रह जाती भोपाल के पार्क की घास जिसे गैसकांड के बाद ख़ासतौर से लगाया गया था और जिसमें इस शहर के प्रति सरकार के विशेष दुलार के प्रतीकस्वरूप कुछ फूल भी इधर-उधर खिले हुए थे। या फिर जुलाई का आकाश जिसे बादलों ने हफ़्ते भर से ख़ाली कर रखा था। हवा में वह अदृश्य चाशनी थी जिसे मक्खियाँ चाटते नहीं अघाती हैं। वे नाहक हमारी गोद में, चेहरों के गिर्द, बेंच पर मँडरा रही थीं। घास के भीतर नन्हे कीड़े चुपचाप घूम रहे थे। शहर के सैकड़ों कूड़े के ढेरों में मुर्गियाँ अपना भोजन ढूँढ़कर खाए चली जा रही थीं। पार्क में हमारे सिवा एक अभागा आदमी भर था जो थोड़ी दूरी पर घास पर औंधा लेटा था। उसके कपड़े देखकर लगता था कि आज उसे कहीं से काम मिलने की उम्मीद नहीं है और यदि मिल भी जाए तो काम करने की उसमें ऊर्जा नहीं है।

अरमानों का पूरा बक्सा लिए हम लोग यूनिवर्सिटी के हॉस्टल में दाखिल हुए थे। वह हमारे संकरे कमरे में दीवार में ख़ुदी आलमारी के ऊपर पड़ा रहता था। उसके पीछे कुछ नहीं छिपा था—न आर्मी कैंटीन से मँगाई गई व्हिस्की की सुडौल बोतलें, न 'इन्द्रसभा' या 'प्लेब्वाय' के पुराने अंक। हमें मालूम था कि हॉस्टल के अमूमन हर कमरे में बक्से के पीछे ये चीज़ें छिपी हैं, बक्सा एक आड़ है जो आज़ादी के दूसरे दशक में सड़ना शुरू हो चुकी व्यवस्था को छिपाए है। हमारे कमरे में बक्सा एक सत्य था। जो कुछ छिपा था, उसके भीतर छिपा था, पीछे नहीं। कपड़े नहीं थे उसके भीतर—वे तो हमारे सीने और टाँगों के गिर्द लिपटे थे। उस ख़ाली बक्से में वे तमाम चाहें और तकलीफ़ें और कल्पनाएँ भरी थीं जिन्हें एक साथ सीने में भरकर चलना हमें ख़तरनाक लगता था।

कैम्पस में बड़ी घुटन थी। हॉस्टल से शहर जाने को हम भी और लड़कों की तरह हमेशा लालायित रहते थे, पर शहर में भी घुटन से राहत न थी। सिनेमा देख लिया, यादव के रेस्तराँ में बैठ लिया, सकराघाट पर चहलक़दमी कर ली या नाव में घूम लिया। इस सबके बाद टैंपो में धँसकर वापस अपने दड़बे में पहुँच जाना एक क्रूर निर्यात की तरह हमारे सारे सपनों को दबाए रखता था। दड़बे में दो अस्पताली पलंग बिछे थे। उनके बीच कुल ढाई फुट का फ़ासला था। सिरहाने पर एक मेज़ और मेज़ के ऊपर किताबों से बुरी तरह लदा रैक जमा था। यह पूरा बन्दोबस्त शायद किया ही इस योजना से गया था कि नौजवानों की दुनिया में कोई कोना ख़ाली न रहने दो वरना उसी कोने में समाज की नैतिकता का पानीपत हो जाएगा। टैंपो ही एक जगह थी जहाँ नारी शरीर का सम्पर्क मिलता था। धन्य हों टैंपोवाले

जो छह की सीटों में सोलह सवारी बिठाते थे। इस व्यवस्था के कारण सवारियों को एकदम सटकर बैठना पड़ता था और लड़कियों को भी वह कवच त्याग देना पड़ता था जो उन्हें सुरक्षित महसूस कराने के लिए एक महान् संस्कृति बचपन में ही पहना देती थी।

अपने विभाग की किसी छात्रा के बगल में टैंपो के अँधेरे में बैठना एक छोटी-सी ख़ुशी दे जाता था। इस किस्म की ख़ुशी की हमारे जीवन में और कोई मिसाल न थी। यूनिवर्सिटी में लड़कियों से बात करने पर एक अघोषित पाबन्दी थी। उनका हॉस्टल एक मन्दिर की तरह पहाड़ी के ऊपर बनाया गया था। उन्हें सड़क पर आते-जाते देखने के लिए किसी पुलिया पर बैठना भी एक अपराध माना जाता था! लड़कों के पुरुषार्थ की सुरक्षा के प्रति समर्पित इस परिवेश में विश्वविद्यालय के अधिकारियों और कुछ प्रोफ़ेसरों की नारीप्रियता के किस्से 'अंडरग्राउंड लिटरेचर' की तरह फैले हुए थे। कई लोगों को इन किस्सों को सुनने-सुनाने का व्यसन था। सच तो यह है कि विश्वविद्यालय की दिमाग़ी और दिली जड़ता के बीच ये किस्से ही कई लोगों को ज़िन्दा रखते थे। हॉस्टल की खिड़की खोलकर झाँकने पर दूर-दूर तक बुद्धि और भावना का उजाड़ दिखाई देता था। हर चाह पथराई हुई, हर काया कुम्हलाई-सी, हर आँख खोई-खोई-सी दिखती थी। इस दृश्य में इक्का-दुक्का अपवाद भी थे। अपवाद होने के लक्षण उनके चेहरे और व्यवहार पर बराबर रहते। वे स्वस्थ-सुखी युवक और युवतियाँ हमारे बीच के इंसान नहीं नज़र आते थे। उनमें से कुछ ट्रांसफ़र पर आए हुए आर्मी के अफ़सरों की सन्तान थे और बाक़ी शहर के बड़े व्यापारियों की। उनके चेहरों से लगता था कि उन्होंने स्वादिष्ट चीज़ें खा-खाकर अपने सारे दुख दूर कर लिए हैं। यदि वे हमारी तरह हॉस्टल में रहते और किसी-किसी दिन हरेक खिड़की से भूखे भेड़ियों जैसी आवाज़ें सुनकर बाहर झाँककर पाते कि सड़क से कोई लड़की गुज़र रही है तो उनके खाए सारे स्वादिष्ट व्यंजन किसी और ही रूप में मुँह की सुन्दरता बिगाड़ते हुए बाहर आने लगते।

वह जगह सिर्फ़ कहने को यूनिवर्सिटी थी। फाटक, ऑफिस, हॉस्टल, प्रोफ़ेसरों के क्वार्टर और डिगरी का इन्तज़ाम वहाँ था पर हर चीज़ से एक ख़ास किस्म की बदबू आती थी। वाइस चांसलर ने एक कमेटी बिठाई थी यह पता लगाने को कि बू कहाँ से आती है। छह महीने बाद कमेटी ने अपनी रपट में लिख दिया था कि "दुर्गन्ध का स्रोत विश्वविद्यालय परिसर की परिधि पर स्थित आदिवासी मज़दूरों की बस्ती है।" कमेटी की सिफ़ारिश पर बस्ती को उजाड़ने के आदेश दे दिए गए थे। छात्रसंघ के कांग्रेसी पदाधिकारी चीखे थे। और उनसे ऊँची आवाज़ में कांग्रेस के विरोधी समाजवादी चीखे थे। शहर के दो-एक जनसंघी चिल्लाए थे, हालाँकि मध्य प्रदेश की और तमाम जगहों की तरह इस शहर में भी कांग्रेस और जनसंघ की आवाज़ में फ़र्क़ करना मुश्किल और बेकार था। बहरहाल, आदिवासियों को उजाड़ने

का आदेश शहर की पुलिस को पहुँचा दिया गया था। आदेश क्या, अनुरोध था पर ऐसे अनुरोध को पाकर पुलिस फूली न समाई थी। उस दिन पुलिस ने पूरा इन्तज़ाम किया था, क्योंकि उसे छात्रों के प्रदर्शन का अन्देशा था। पत्थरों से बचाव के लिए मोटे बेंत से बने सूपेनुमा बख्तर तब नहीं चले थे, पर थ्री-नाट-थ्री राइफ़लें जिनका संचालन एन.सी.सी. के बहाने हम भी सीख चुके थे, बाक़ायदा थीं और आँसू गैस के गोलों की व्यवस्था भी थी। पर प्रदर्शन की कोई तैयारी न थी और न वह हुआ। हम बस्ती का उजड़ना देखने गए थे और दो-चार परिवारों को सामान बाँधने में हमने मदद दी थी। उनकी औरतें रो रही थीं और लड़कियाँ मैली धोतियों में खड़ी टुकुर-टुकुर देख रही थीं।

वे लोग तो चले गए पर बदबू आती रही। रसायनशास्त्र विभाग के क़िले से लेकर संस्कृत विभाग के पिंजरे तक हर जगह बदबू थी। वनस्पतिशास्त्र के एक लेक्चरार ने एक खंडकाव्य लिख डाला था जिसके अनुसार बदबू का कारण एक ख़ास किस्म की काई थी जो इस विश्वविद्यालय में प्रवेश या नौकरी पाते ही आदमी के चेहरे पर उग आती थी। छात्रसंघ की कैंटीन के कपों में, मोतीलाल नेहरू पुस्तकालय के उन केबिनों में जहाँ पी-एच.डी. के पेंशनयाफ़्ता छात्र बैठते थे, हॉस्टल के कॉमन रूम में, यहाँ तक कि स्टेट बैंक की ब्रांच में बू आने लगी। उस साल जब दीक्षांत समारोह हुआ तो लोगों ने महसूस किया कि मैडल पाने वाले छात्रों को पहनने के लिए दिए गए गाउन भी बाक़ायदा बदबू मार रहे थे। वैज्ञानिक दृष्टिकोण वाले लोग बोले कि सारे गाउन चूँकि साल भर बक्सों में बन्द थे और बक्से चूँकि सीलन भरे तहखाने में पड़े थे, बदबू इसलिए आ रही थी। तभी किसी का ध्यान इस बात पर गया कि जिस काग़ज़ पर डिगरियाँ छापी गई थीं, वह भी बसा रहा था। विज्ञानसम्मत राय रखने वालों का कहना था कि डिगरी का काग़ज़ अभी-अभी आगरा से आया था और एकदम ताज़े काग़ज़ में थोड़ी बहुत बास होती ही है।

हम दोनों ने अपनी डिगरियाँ फाड़ने की योजना बनाई थी पर निर्णय के अन्तिम क्षणों में डॉ. मुकर्जी ने हमें किसी तरह मना लिया था। डॉ. मुकर्जी नीम के पेड़ थे। उनके साये में खड़े होकर गंदी हवा से बचा जा सकता था। गन्दी हवा से लड़ने की लाख इच्छा होते हुए भी हम कई बार उस वृक्ष के नीचे पहुँच जाते थे। हमें लगता था कि वे यूनिवर्सिटी को हमारी ईमानदार हिंसा से बचाने के लिए ही वहाँ लाए गए थे। वे हमें कभी खुलकर लड़ने नहीं देंगे। उनकी उपस्थिति में चीखना भी बहुत बड़ा कसूर होता। एक बार जब उनका यह असर किसी पर हो जाए तो फिर वह स्वयं चीखने की जगह वाद-विवाद प्रतियोगिता में भाग लेने लगता था या सर झुकाकर इम्तहान की तैयारी में जुट जाता था। कोई आश्चर्य नहीं कि वाइस चांसलर हर ऐसी जगह उनका इस्तेमाल करता था जहाँ छात्रों में खलबली की गुंजाइश हो। वे छात्रसंघ के इंचार्ज थे, हॉस्टल कमेटी के विशेष सदस्य थे, सांस्कृतिक कार्यक्रमों के स्थायी

अधिकारी थे। उनके रहते उफ करना भी व्यवस्था के साथ एक गैर-ज़िम्मेदाराना हरकत लगता था। दिक्कत यह थी कि रचनाशीलता की जैसी नदी वे बहाना या बहती देखना चाहते थे, उसमें उंडेलने को चुल्लू भर पानी भी हमें अपने भीतर नहीं नज़र आता था। लेकिन उस तरह के इंसान ने हमारी सहनशक्ति ख़ूब बढ़ा दी। साठ का दशक बीतने तक हमारा छात्र जीवन समाप्त हो गया। यूनिवर्सिटी कैम्पस की सड़क से अन्तिम बार गुज़रते हुए हमें लगा कि अब हम असली लड़ाइयाँ लड़ना शुरू करेंगे और हमें रोकनेवाला कोई डॉ. मुकर्जी नहीं होगा। चारों तरफ़ राहें ही थीं और हम दो दोस्त उनके बीच कई महीने खड़े अपनी दिशा ढूँढ़ते रहे।

'दिशा' हमारे लिए एक ख़ास शब्द था। 'नई कहानी' के आन्दोलन ने इस शब्द को हमारी दैनिक यातना में इस तरह जड़ दिया था कि उसे इस्तेमाल किए बिना हमसे कुछ भी सोचा न जाता था। हम ऐसी दिशा की तलाश में थे जिधर जाकर जीने के साथ-साथ वह संघर्ष करते रहना सम्भव हो जिसकी ज़रूरत हम बचपन बीतने के बाद से महसूस करने लगे थे पर जिसका अनुभव हमें अभी तक नहीं मिला था। 'दिशा' और 'संघर्ष' ये दो शब्द हमारे सोचने के तरीक़े में एक अजीब भूमिका निभाते थे। कभी एक के मारे तो कभी दूसरे के मारे हम अपने आसपास बिखरे विकल्पों को बेकार मानकर छोड़ देते थे। कैम्पस के आन्दोनल में हमें कोई दिशा नहीं नज़र आती थी, इसलिए हम कभी हॉस्टल का बिल घटवाने या इम्तहान की तारीख़ बढ़वाने के लिए निकले जुलूसों में शामिल नहीं हुए। उधर हम अच्छे मध्यमवर्गीय छात्र भी सिद्ध नहीं हुए जो चुपके-चुपके आई.ए.एस. या पी.एस.सी. की तैयारी करते रहें। जो भी हमें ऐसा करने की सलाह देता, उसे हम अपना बौद्धिक दुश्मन मान लेते। हमें लगता कि वह हमें संघर्ष की राह से धकेलना चाहता है।

नाम के लिए हमने नौकरी ले ली। मैं पत्रकार बन गया और मेरा दोस्त एक कॉलेज मैं पढ़ाने लगा। अब हम साथ नहीं रहते थे पर सम्बन्ध बराबर बनाए रखते थे। दुनिया की कोई घटना नहीं होती थी जो हमें एक दूसरे की राय जानने को उत्सुक न बनाती हो। हमारे खत सदा लम्बे हुआ करते थे। उनमें समाज व्यवस्था और राजनीति के प्रति हिकारत छलकती थी और हर प्रसंग में यह भाव समाया रहता था कि अपना बस चले तो बहुत-सी चीज़ें ठीक कर देंगे। अन्तर्देशीय मैंने शायद ही कभी लिखा हो। उसके तीन संकरे पन्नों में बात शुरू तक नहीं हो पाती थी। लम्बी चिट्ठियाँ लिखना और पाते रहना हमें इस बात का सबूत लगता था कि हम एक ही राह पर चल रहे हैं, भले साथ-साथ न रहते हों।

इस सबूत को इमरजेंसी ने फाड़कर फेंक दिया। मुझे इस बात का पता महीनों बाद चला कि मेरा दोस्त इमरजेंसी का हिमायती था। यह कैसे हुआ? मैंने इस सवाल का उत्तर सोचते-सोचते कई रातें बिता दीं। वैसे भी उन दिनों नींद नहीं आती थी। क्या छोटे शहर में रहने के कारण मेरा दोस्त पुलिस का डर न सह सका? या

उसे कोई प्रलोभन दिया गया? मुझे मालूम था कि वह सरकार की पाठक मंच योजना में सक्रिय था। उसे स्थानीय कला परिषद का संयोजक बनाने की बात भी मुझे मालूम थी। जब तक कालिका प्रसाद मधुर उसी कालिज में रहेंगे तब तक यह सम्भव न होगा, यह भी मुझे मालूम था। पर यह मुझे नहीं पता था कि क़स्बे में रहते-रहते मेरे दोस्त को वे तमाम राहें दिखना बन्द हो गई थीं जिनका खुशनुमा जाल अपने इर्दगिर्द हमने यूनिवर्सिटी के दिनों में देखा था। आज जाकर मुझे मालूम चला था कि पुलिस का डर नहीं, ख़ुद अपनी शख़्सियत का डर उसे उन व्यूहों में खींच ले गया था जो क़स्बे की तंग गलियों में सारा दिन खुले रहने वाले दरवाज़ों के भीतर रचे जाते हैं। उन व्यूहों में घुसने पर भले-चंगे आदमी की जिजीविषा बुझने लगती है, साफ़-साफ़ सोचने की क्षमता चुक जाती है, हरेक चीज़ एक बहुत बड़े षड्यंत्र का हिस्सा नज़र आने लगती है और उससे स्वयं को बचाने के लिए किसी छोटे, स्थानीय षड्यंत्र में शामिल हो जाना ही एकमात्र विकल्प दिखने लगता है।

यह बात मैंने आज इतने वर्ष बाद जानी थी। मुझे साफ़ याद है—सन् 76 के दिसम्बर में आया पत्र हमारा आख़िरी संवाद था। उसी पत्र ने मुझे यह सूचना दी थी कि हमारे रास्ते अब एक नहीं रहे। मैं उस पत्र को पढ़कर बौखला गया था। पत्र का दूसरा पैरा इस तरह था—"तुम्हें शायद यह जानकर आश्चर्य नहीं होगा कि आपात्काल में मैं विनोबा के साथ हूँ। उन्होंने आपात्काल को अनुशासन पर्व कहा है। मुझे लगता है कि उनकी यह टिप्पणी बहुत सधी हुई दृष्टि से निकली है। लोग इस वक़्त सच्चाई और झूठ में फ़र्क़ नहीं कर पा रहे हैं। तमाम तात्कालिक बातों, जैसे इंदिरा गांधी की अधिनायकवादी प्रवृत्ति और उनके लड़के की महत्वाकांक्षा, के प्रति आवेश में आकर वे यह भूले जा रहे हैं कि हमारे समाज की बिखरन किसी न किसी बहाने कभी न कभी बन्द होनी ही चाहिए थी। इतिहास प्रक्रिया कब तक भारत को भूले रहती? यह ठीक है कि वह जिस रूप में आज भारत को सम्भालने आई है उस रूप में कई खामियाँ हैं। ये खामियाँ वक़्त बीतने के साथ-साथ दूर हो जाएँगी। और तुम्हीं बताओ, किस देश के इतिहास के क्रांतिकारी क्षणों में खामियाँ नहीं घुस जातीं? मैं तुम्हारे विचार विस्तार से सुनना चाहता हूँ! तुम क्या कभी श्री राम शर्मा से मिले हो? किसी दिन 'देशकाल' के ऑफिस में जाकर मिल आओ। वे वक़्त की नब्ज पहचानते हैं...।" इस अन्तिम पंक्ति को पढ़कर मेरी पोर-पोर में तेजाब दौड़ गया था। श्री राम शर्मा एक पहुँचे हुए नाटककार थे जो कांग्रेस के सरकस में काफ़ी ऊँचे पर बँधी रस्सी पर अपने करतब दिखा रहे थे। उनसे मिलने की सलाह मुझे अपना भयानक अपमान लगी। मेरी दृष्टि में वे एक बिके हुए इंसान थे। उनके बारे में यह कहना कि वे वक़्त की नब्ज पहचानते हैं उन लाखों लोगों का मज़ाक़ उड़ाना था जो इमरजेंसी में सताए जा रहे थे। इस हिसाब से हरेक दुकानदार वक़्त की नब्ज पहचानता है। इतिहास के जिस दौर से देश गुज़र रहा था उसे समझने

के लिए, उसमें ज़िन्दा रहने के लिए मुझे अपने दोस्त से जिस सहयोग की आशा थी, वह इस पत्र को पाकर ख़त्म हो गई। मुझे लगा कि मेरी ज़िन्दगी का एक अध्याय अपने अन्तिम शब्द पर पहुँच गया है। यह अध्याय किशोरावस्था के किसी दिन शुरू हुआ था—एक लम्बा, व्यर्थ-सा अध्याय, जिसके न लिखे जाने पर सिर्फ़ पृष्ठ-संख्या में गड़बड़ होती। वे तमाम बहसें, वे उलझनें, वे निर्णय जिनसे निपटते समय हमें लगा था कि हम कोई बहुत बड़े दिमाग़ी क़दम ले रहे हैं, अब मुझे बिल्कुल तुच्छ प्रतीत हुए।

हमें बेंच पर बैठे बहुत देर हो चुकी थी। धूप अब कुछ तेज़ हो गई थी और हवा में उमस उँगली भर बढ़ गई थी। एक परिवार हमसे कुछ दूर घास पर बैठा था—माता-पिता, और एक लड़की और दो छोटे लड़के। वे अपने साथ टिफिन कैरियर में खाना लाए थे और घास पर बिछाने के लिए एक मोटी चादर। अपने हिस्से का खाना खाकर लड़के उठ गए थे और छूने का खेल खेल रहे थे। लड़की को उन्होंने खम्भा बनाया था जिसका चक्कर काटकर एकदम से दिशा बदलने में छूने वाले को काफ़ी दिक्कत हो जाती थी। लड़की अपनी इस भूमिका को अनमनी-सी निभा रही थी। कभी-कभी तीखी-सी निगाह से अपने भाइयों को देख लेती थी, फिर पूड़ी खाने में मगन हो जाती थी। एकाध क्षण को, जब लड़कों में से एक अचानक उसे नाककर बच निकलता, उसके चेहरे पर हल्की-सी मुस्कराहट उभर जाती।

मेरा दोस्त इमरजेंसी के दिनों की अपनी दास्तान सुनाकर चुप हो गया था। मैंने बीच-बीच में कई सवाल जड़े थे पर अब अपनी बारी आने तक मुझमें एक लम्बा वृत्तांत शुरू करने का उत्साह न था। इमरजेंसी ने मेरे अख़बार को जिस तरह भीतर से तोड़कर रख दिया था वह सबको—मेरे दोस्त को भी—मालूम था। इमरजेंसी के बाद जनता शासन के आने से वहाँ का बिखराव नहीं रुका। अस्सी के दशक की शुरुआत तक जैसे पत्रकारिता का मायना ही बदल गया था। वह इतना बड़ा बदलाव था कि उसे कहकर व्यक्त करना तभी सम्भव था जब सुनने वाला इस बात को पहले से समझता हो। पर पत्रकारिता ही क्यों, हरेक चीज़ नए दशक में बदली नज़र आने लगी थी। एक-दो साल में ऐसा लगने लगा था कि देश का किशोर पूँजीवाद अब सयाना हो गया। संकोच और दुराव के वे सारे लक्षण गायब हो गए जिन्हें हमारी पीढ़ी पूँजी पर राज्य के और महाजनी सम्यता पर नेहरू के नियंत्रण का सूचक मानकर बड़ी हुई थी। हम कितना भूले थे, यह प्रकट हो चुका था पर इसे स्वीकारने की शब्दावली अभी हमें किसी बड़े लेखक ने नहीं दी थी। हम अभी तक 'नई कहानी' के दौर की रचनाओं में रस लेते थे जबकि हमारे बच्चे टीवी पर 'सुपरमैन' और डिस्को नाच देखते थे।

छूने का खेल खेल रहे लड़के अपनी बहन से बार-बार आग्रह कर रहे थे कि वह भी उठकर उनके साथ भागे। वह अभी तक मानी नहीं थी। अन्त में वह मान

गई और यह संयोग ही था कि जिस क्षण वह खेलने को उठी, हम दोनों उसे देख रहे थे। उसके उठने से बालों की एक चोटी हवा में एक क्षण के लिए झूली। उसका सीना एक छोटे से क्षण के लिए हिला। वह खड़ी हुई, फिर ज़ोर से 'छू लो' कहकर दौड़ी। उस छोटे से क्षण में हम दोनों ने उसे साथ-साथ देखा। उस क्षण हम अपने बीच के द्वन्द्व लाँघकर और अपनी पीढ़ी के गुबार में से यकायक निकलकर वापस वहाँ पहुँच गए थे जहाँ हमें लगता था कि हम विश्वसनीय राहें चुनकर आगे बढ़ेंगे। उस क्षण की ताज़गी हमें हल्के-से महसूस हुई और कई कठिन इरादों और मीठे सपनों के संस्मरण उभार लाई। कोई सीधा सम्बन्ध उस क्षण और हमारी ज़िन्दगियों के इतिहास के बीच न था। पर कई चीज़ें ऐसी होती हैं जिन्हें कोई अजनबी ही टटोल सकता है। ऐसे अजनबी की निगाह का सिर्फ़ इतना रोल हमारे जीवन में होता है कि उसके जरिये हम अपने भीतर पड़े-पड़े मुरझा गई चीज़ों को याद कर लेते हैं। उस क्षण उस लड़की को उठते हुए देखना यही भूमिका निभा गया।

हमें लगा कि ज़हरीली गैस अभी तक छाई है—पार्क की घास पर, सामने दिख रहे पुल पर, सड़क पर, हवा में, हर ओर छाई है; भले ही सरकार मान चुकी है कि वह कब की साफ़ हो चुकी और वे तमाम लोग जलाए या गाड़े जा चुके जो गैस रिसने की रात मरे थे। मैं एक नागरिक अधिकार संगठन की ओर से चार लोगों के साथ भोपाल आया था। हमें सरकार के राहत कार्य की समीक्षा करनी थी। मेरा दोस्त इसी संगठन की भोपाल इकाई का सदस्य था। उसका तबादला भोपाल हुए अभी कुल चार महीने हुए थे पर इतने वक़्त में ही वह सक्रिय हो गया था। हम लोग उन अफ़सरों के नामों की सूची बनाने में जुट गए जिनसे मिलना ज़रूरी था। सूची बनाना आसान काम है, उसमें दिमाग़ पूरी तरह न भी डूबे तो भी वह बनती जाती है। सूची बनाने की जगह हमें किसी ख़ास मुद्दे पर बहस करनी होती तो हम चाय की छलनी की तरह रीत जाते। वह क्षण जिसमें हम पास आए थे, बीत चुका था। सूची बनाने जितना उथला काम करते हुए भी हम अब अपनी उदासी को छिपा नहीं पा रहे थे। हम ज़िन्दगी में जिस तरह की साफ़-सुथरी चमकती हुई चीज़ की कल्पना करते हुए अपने माता-पिता के साए से निकले थे, उसे न पाने का दुख हम उस बच्चे की तरह महसूस कर रहे थे जिसके मन का खिलौना मेले में आया ही न हो। पर हम अपनी उदासी को क्या कहकर कम करते? हमारी शिकायतें इतनी थीं जितनी भोपाल में मरनेवालों की फेहरिस्त होती अगर उसे सच्चाई के साथ बनने दिया जाता। हम सच्चाई का कोई चिह्न अपने आसपास देखे बिना बड़े होने के लिए और अब जीते चले जाने के लिए अभिशप्त थे। हमें ऐसी कोई आशा नहीं थी कि हम न्याय या प्रेम या इंसानियत की कोई सहज मिसालें अपनी ज़िन्दगी में अपने समाज में देखेंगे।

छूने का खेल अब कुछ बदल चुका था, क्योंकि अब कोई खम्भा बनने को तैयार नहीं था। खम्भा स्वयं खेल में शामिल हो गया था। तीनों खिलाड़ी एक दूसरे के पीछे भाग रहे थे। उनके माँ-बाप खाना खाकर चुपचाप बैठे थे। पार्क के पास पुल पर एक मारुति जीप गुज़र रही थी। उस दृश्य में वही एक चीज़ थी जो कहती थी, यह अस्सी के दशक का उत्तरार्ध है। आसमान में एक फूला-फूला-सा बादल चमक रहा था। वह इतना सुन्दर और सफ़ेद था कि उसे देखकर बारिश की कल्पना नहीं की जा सकती थी।

रानी

जानवरों के अस्पताल का दृश्य ठीक वही था, जो मैंने सोच रखा था। एक बरामदे में दस-बारह कुत्ते बँधे थे। उनमें चार को अलग पिंजरे में रखा गया था। वे चारों लगातार भौंके जा रहे थे। शायद चारों कुत्ते बीमार थे। बाक़ी यहाँ सिर्फ़ इसलिए लाए गए थे कि कोई नया मालिक उन्हें साथ ले जाए। जाहिर था, वह सिर्फ़ अस्पताल नहीं, एक प्रकार से बेघर जानवरों का घर भी था।

डॉक्टर हमें कुत्तों के पास क्यों लाया था, यह मैं तभी समझ सका जब उसने एक काले कुत्ते की तरफ़ इशारा करके मुझसे पूछा, "यह कैसा रहेगा?"

डॉक्टर ने सोचा था कि मैं कुत्ता लेने आया हूँ। पता नहीं, शायद पापा ने डॉक्टर से फ़ोन पर कहा हो कि हम कोई जानवर पालना चाहते हैं और यह न बताया हो कि हमें बिल्ली चाहिए। सच्चाई यही थी कि पापा कुत्ता चाहते थे तो मैं बिल्ली। पापा को मेरी इच्छा का पता था, फिर भी वे अपनी चलाने की कोशिश में थे। ज़रूर उन्होंने सोचा होगा कि कुत्ता जब घर में रहने लगेगा तो मैं भी उसे चाहने लगूँगा। शायद उनकी बात सच भी ठहरती। लेकिन अस्पताल में भौंकते हुए उन चार कुत्तों को देखकर मेरा मन और पक्का हो गया।

बिल्ली कितनी शान्त, कितनी गम्भीर होती है, मैंने सोचा और तय कर लिया कि मुझे बिल्ली लेनी है। भले पापा को कोई कुत्ता कितना ही पसन्द क्यों न आए। मैंने डॉक्टर से कहा, "आपके पास कोई बिल्ली नहीं है।"

डॉक्टर ने मेरी तरफ़ गर्दन घुमाई मुझे लगा कि वह मेरी तरफ़ देख अवश्य रहा है पर उसका मन कहीं और है। वह कुछ देर मुझे इसी तरह देखता रहा। शायद इसी तरह देखने को घूरना कहते हैं। मैं भी इस दौरान उसके चश्मे के भीतर से झाँकते हुए उसकी आँखों को देखता रहा, हालाँकि एक-दो बार मेरा ध्यान उसके बड़े-बड़े कानों पर भी गया। वह सादे नीले रंग की क़मीज़ पहने हुए था। जैसी कि आजकल कम ही लोग पहनते हैं। क़मीज़ की ज़ेब में पेन का क्लिप चमक रहा था।

कुछ सेकेंड तक मेरी तरफ़ देखते रहने के बाद डॉक्टर बोला, "इस समय मेरे पास एक बिल्ला है।"

"कहाँ है ?" मैंने पूछा।

"मेरे साथ आओ," यह कहते हुए डॉक्टर मुझे एक गलियारे के पास एक छोटे-से कमरे में ले गया जहाँ अँधेरा-सा था। डॉक्टर मुझे कमरे के कोने तक ले गया। वहाँ नीचे झुककर उसने कोई चीज़ उठाई और मेरी तरफ़ बढ़ा दी। मैं आश्चर्य से भर गया, क्योंकि मैंने देखा कि मेरे हाथों में एक बिल्ली थी। डॉक्टर ने इतने आसानी और जल्दी से बिल्ली मुझे पकड़ाई थी कि मुझे डरने या झिझकने का समय ही नहीं मिला।

"इसे बाहर ले चलो," डॉक्टर ने कहा। और मेरे आगे-आगे चलते हुए वह मुझे उस कमरे में ले गया जहाँ से मैं और पापा अस्पताल में घुसे थे। यह कमरा डॉक्टर का ऑफिस था। वहाँ सिर्फ़ एक मेज़ और तीन कुर्सियाँ रखी हुई थीं। मेज़ के ऊपर सिर्फ़ एक बल्ब जल रहा था। डॉक्टर की कुर्सी के दाई तरफ़ एक तस्वीर लटकी हुई थी, जिसमें तालाब के किनारे खड़े हुए कुछ लोग मछलियों को दाना खिला रहे थे। पापा अभी तक साथ वाले कमरे में उन चार कुत्तों के पास ही खड़े थे। जब वे हमें देखकर इस कमरे में आए तो मुझे लगा, जैसे वे किसी दूसरी दुनिया से आ रहे हैं। मैंने अपने हाथ पापा के चेहरे की ओर बढ़ाकर बिल्ली दिखाई तो वे चकरा गए। उनके मुँह से निकला, "यह क्या है ?" फिर कुछ सोचकर बोले, "कुत्ता नहीं लेना है ?"

"नहीं, बिल्ली ही ठीक है, देखो, कितनी सुन्दर है।" मैंने कहा।

डॉक्टर ने मुझे बिल्ली को मेज़ पर रख देने का इशारा किया। वैसा करते हुए मुझे थोड़ी चिन्ता हुई कि बिल्ली मेज़ पर रुकेगी या नहीं। लेकिन मैंने देखा कि वह आराम से बैठ गई। दरअसल इसी समय मैंने पहली बार उसे ध्यान से देखा। उसकी खाल सुनहरे रंग की थी और उस पर जगह-जगह हल्के सफ़ेद धब्बे थे। उसकी आँखें एकदम शान्त नज़र आती थीं। हल्की गुलाबी नाक और सफ़ेद मूँछों से ढँका उसका चेहरा देखकर लगता था कि उसका स्वभाव बहुत नरम है।

तभी मैंने देखा कि डॉक्टर बिल्ली को उसी तरह घूर रहा है, जैसे थोड़ी देर पहले उसने मुझे घूरा था। उसका मन किसी बुरी आशंका में खो गया लगता था। वह काफ़ी देर तक बिल्ली को देखता रहा, फिर बोला, "यह तुम्हारे पास रुक जाए तो अच्छा रहेगा।"

उसकी बात मुझे अजीब-सी लगी। पापा को भी अजीब लगी होगी, इसलिए उन्होंने पूछा, "आप ऐसा क्यों कह रहे हैं ?"

डॉक्टर एक क्षण सोचकर बोला, "मैं ख़ुद इस बिल्ली को समझ नहीं पाया।" फिर कुछ सोचकर जोड़ा, "वैसे यह बिल्ली नहीं बिल्ला है। इसे हमारे पास एक बूढ़ी महिला छोड़ गई—अभी कोई एक महीना पहले। इसी बीच यह चार बार भाग चुकी है। दो बार वापस अपने घर गई, जो यहाँ से पाँच किलोमीटर दूर है।"

डॉक्टर शायद साँस लेने के लिए ही रुका था। यह स्पष्ट था कि अभी वह और बहुत कहना चाहता था। पर मुझसे रहा नहीं जा रहा था। मैंने मौक़ा मिलते ही पूछा, "इसका नाम क्या है?"

डॉक्टर ने थोड़ा सोचकर जवाब दिया, "रानी।"

"बिल्ली का नाम रानी?" पापा ने सिर खुजलाते हुए कहा।

डॉक्टर धीरे-से मुस्करा दिया। हम तीनों रानी को देखते रहे। वह अपने पंजे मोड़कर बैठी हुई आराम कर रही थी। उसकी आँखें बन्द थीं—एकदम शान्त। वह बहुत भोली-भाली और ख़ूबसूरत लग रही थी। मेज़ के ऊपर टँगे बल्ब की रोशनी सीधे उसके ऊपर गिरने से उसकी पीठ सोने की तरह चमक रही थी।

डॉक्टर ने मेरी तरफ़ देखते हुए कहा, "भगवान चाहेगा तो वह तुम्हारे पास रह जाएगी। इसकी मालकिन शहर छोड़कर जा चुकी है। जब वह इसे यहाँ छोड़ने आई थी तो उसने कहा था, इस बिल्ले का कोई भरोसा नहीं है..."

एक बार फिर मुझसे रहा न गया। रानी बहुत अच्छी लग रही थी। उसकी बुराई सुनना मुझे भारी पड़ रहा था। मैंने कहा, "आप चिन्ता मत करिए। मैं इसे ठीक से रखूँगा।"

डॉक्टर हल्के से मुस्कराया। उसकी मुस्कराहट का अर्थ अब मैं थोड़ा-थोड़ा समझने लगा था।

हमारा ख़याल था कि रानी को घर ले जाने में बहुत दिक्कत आएगी। लेकिन हमारा अन्दाज़ एकदम ग़लत निकला। डॉक्टर ने हमें एक बड़ा सा पिंजरा दे दिया था। पर रानी को पिंजरे में डालने की ज़रूरत नहीं पड़ी। वह आराम से मेरी गोद में बैठी रही। स्कूटर पर सारे रास्ते उसने एक बार भी उठने की कोशिश नहीं की। हमारा घर अस्पताल से आठ किलोमीटर से कम नहीं है। दिल्ली में इतने दूर स्कूटर पर जाने में आधा घंटा लग जाता है, क्योंकि सड़कों पर गाड़ियों की भरमार रहती है। रानी मेरी गोद में इस तरह बैठी रही, जैसे उसे गाड़ियों के बीच आने-जाने की पुरानी आदत हो। हाँ, दो चौराहों पर लालबत्ती के कारण स्कूटर रुकने पर उसने आँखें खोलकर चारों तरफ़ देखा, लेकिन उठने की कोशिश यहाँ भी नहीं की।

घर पहुँचने पर भी रानी काफ़ी शान्त दिखती रही। मैंने सोचा कि उसे बड़े कमरे में रखना ठीक होगा, जिससे वह इधर-उधर घूम सके। अम्मा का कहना था कि रानी को रस्सी से बाँध दिया जाए। पापा भी उनसे सहमत थे। ज़रूर पापा के दिमाग़ पर डॉक्टर की यह बात हावी थी कि रानी को भागने की आदत है। शायद पापा और अम्मा को यह मालूम ही नहीं था कि बिल्लियों को रस्सी से बाँधना असम्भव होता है। पहले तो वे रस्सी का फंदा अपने गले में पड़ने ही नहीं देतीं। अगर फंदा पड़

ही जाए तो उसे अपने तेज़ दाँतों से काटने में उन्हें कोई मुश्किल नहीं होती। बिल्ली को लोहे की जंजीर से भी बाँधा नहीं जा सकता। जंजीर डालते ही वह भयंकर रूप ले लेती है और तब तक शान्त नहीं होती, जब तक उसकी गर्दन जंजीर से बाहर निकल नहीं जाती। लचीली होने के कारण बिल्ली की गर्दन इधर-उधर झटकने से जंजीर के घेरे से बाहर आ जाती है।

काफ़ी सोच-समझकर मैंने तय किया कि रानी अपना पहला दिन मेरी छोटी बहन के कमरे में बिताएगी। उसका कमरा पूरे घर में सबसे सुरक्षित था, क्योंकि इस कमरे की खिड़की हमेशा बन्द रहती थी। खिड़की खोलने पर सड़क का शोर इतना ज़्यादा सुनाई पड़ता था कि हम कभी इस खिड़की को नहीं खोलते थे। यह कमरा मेरी बहन का कमरा कहलाता था, क्योंकि वही इसमें बैठकर पढ़ती थी। हमारे छोटे-से घर में हर कमरे में हर किसी का थोड़ा-बहुत सामान रहता था, फिर भी एक कमरे को मेरा और दूसरे को मेरी बहन का कमरा माना जाता था।

रानी को दूध पिलाकर मैं काफ़ी देर तक उसे गोद में बैठाए रहा। थोड़ी देर में वह इस तरह टाँगें फैलाकर लेट गई कि मुझे लगा, वह सोना चाहती है। मैं उसे कुर्सी की गद्दी पर लिटाकर कमरे से बाहर आ गया और दरवाज़ा बन्द कर दिया। कुछ देर मैं एक किताब पढ़ता रहा। फिर स्कूल का काम करने की कोशिश की, मगर मेरा मन नहीं लगा। मैंने सोचा, कुछ देर साइकिल चला आऊँ। लेकिन मैंने देखा, साइकिल छोटी बहन ले गई है। बाहर गली में तीन-चार लड़के क्रिकेट खेल रहे थे। मैं दरवाज़ा खोलकर उनके पास गया और खेल में शामिल हो गया। सितम्बर के महीने में ज़रा-सा खेलने से पसीना आ जाता है। खेलकर पंखे के नीचे बैठने से बड़ा सुख मिलता है। थोड़ी देर खेलकर मैं पंखे के नीचे बैठनेवाला ही था कि मुझे लगा मैं पहले रानी को देख लूँ—वह सो रही है या नहीं। मैंने चुपचाप बहन के कमरे का दरवाज़ा खोला। देखा, रानी पंजे मोड़कर कुर्सी की गद्दी पर ही बैठी है। मैं उसके पास गया तो उसने मेरी तरफ़ आँखें खोलकर देखा। इसके पहले कि मैं उसे हाथ लगाऊँ, उसने दरवाज़े की ओर देखा। दरवाज़ा खुला था। वह बिजली की तेज़ी से उठी और मेरे पलक झपकते ही दरवाज़े से बाहर हो गई।

मेरा दिल बुरी तरह धड़क रहा था। डॉक्टर की कही हुई बात और उसकी भेद-भरी मुस्कान मेरे दिमाग़ में कौंध गई। मैं भागा, मगर रानी बड़ा कमरा पार करके मकान के बाहर जा चुकी थी। गली में क्रिकेट खेल रहे लड़कों में से केवल एक ने उसे जाते देखा था। थोड़ी दूर पर मुझे छोटी बहन साइकिल पर आती दिखाई दी। मैं चिल्लाया, "रानी भाग गई।"

अभी थोड़ी देर पहले हम दोनों ने रानी को दूध पिलाया था और हम पागलों की तरह पूरी कॉलोनी में रानी को ढूँढ़ रहे थे। कभी किसी नाली में झाँकते, कभी

किसी घर के पिछवाड़े में पेड़ के ऊपर देखते। लेकिन रानी का कहीं अता-पता नहीं था।

शाम को पापा ने डॉक्टर को फ़ोन करके रानी की पिछली मालकिन का पता पूछा। अगले तीन दिन तक हम इस आशा में उस पते पर जाते रहे कि शायद रानी वहाँ जाएगी। मैंने किसी पत्रिका में पढ़ा था कि एक बिल्ली आस्ट्रेलिया में 500 किलोमीटर चलकर अपने पुराने मालकिन के घर पहुँची थी। उसी पत्रिका में यह भी लिखा था कि बिल्लियों को अपने मालिक से नहीं, मकान से लगाव होता है। लेकिन हम जब रानी की बूढ़ी मालकिन के मकान पर पहुँचते तो वहाँ बड़ा-सा ताला लटक रहा था। तीनों दिन हमें वहाँ ताला मिला।

किसी तरह अगले पाँच-छह दिन बीते, पर हमारी आशा ख़त्म नहीं हुई। कभी-कभी यह कल्पना करके मेरे रोंगटे खड़े हो जाते कि रानी सड़क पार करते हुए किसी कार या बस से कुचली जा चुकी है। मैंने सड़क पर मरे हुए जानवरों के ऐसे शरीर देखे थे। रानी की कल्पना इस रूप में करके शरीर में सिहरन दौड़ जाती थी।

इस भयानक दौड़ का अन्त नौ दिन बाद अचानक हुआ, जब सूरज उगने के काफ़ी पहले दरवाज़े के बाहर म्याऊँ की आवाज़ सुनाई दी। मैं आँखें मलता हुआ चादर फेंककर भागा। चिटकनी खोलकर किवाड़ का पल्ला खींचा तो रानी वहाँ इस तरह खड़ी थी, जैसे कुछ हुआ ही न हो। मैंने उसे झट से उठाकर गोद में छिपा लिया।

रानी के लौट आने का रोमांच हम सबको सारे दिन रहा।

इसके बाद भी रानी कई बार इस तरह की लम्बी यात्राओं पर गई, पर मुझे कभी उसके इस शौक़ की आदत नहीं पड़ सकी। आज भी जब वह किसी शाम को लौटकर नहीं आती है तो मैं उसी तरह घबरा जाता हूँ, जैसे पहली बार घबराया था। वैसे अब मैं अपनी घबराहट किसी को बताता नहीं हूँ।

काठगोदाम

आठ बजे अचानक बिजली चली गई। मैं अपनी डायरी लिखने बैठी ही थी। थोड़ी देर में यूनिवर्सिटी के गेस्ट हाउस का चौकीदार दो मोमबत्तियाँ छोड़ गया। उनके प्रकाश में धीरे-धीरे लिखना शुरू किया—

आज सुबह रानीखेत एक्सप्रेस अपने निर्धारित समय यानी छह बजे काठगोदाम पहुँची। लम्बा, घुमावदार स्टेशन थोड़ी देर के लिए आवाज़ों, पोशाकों और सामान से आबाद हुआ। पहाड़ी हवा में दवा है, मरहम है, लोरी है, बीज है। दवा थकान मिटाने के लिए, मरहम मैदान में लगे घावों के लिए है। सुलाने के लिए लोरी और सपने जगाने के लिए बीज है पहाड़ की हवा। कितनी यातना सह चुका है पहाड़, पर पहाड़ बना हुआ है। मैंने शादी के बाद कितनी ही बार चाहा कि हम पहाड़ चलें, पर चाहने से क्या होता है! हर बार मेरे पति टाल गए। इस बार में ख़ुद आई हूँ। कुमाऊँ यूनिवर्सिटी के कैम्पस में मेरा रिफ्रैशर कोर्स चल रहा है। कोर्स सिर्फ़ अनुसूचित जाति के शिक्षकों के लिए है। इसलिए मेरे पति मेरे साथ नहीं आ सके।

कल की क्लास पर्यावरण के बारे में थी। रिसोर्स पर्सन ने बताया कि काठगोदाम नाम इसलिए पड़ा क्योंकि लाखों वृक्षों को निर्जीव लट्ठों में बदलकर इसी स्टेशन के पास इकट्ठा किया जाता था। यहाँ से मालगाड़ी में लदकर ये लट्ठे गंगा-यमुना के मैदान में बिछाये जा रहे रेल-तंत्र में पटरियों के नीचे बतौर स्लीपर लिटाये जाते थे। पैंतालीस साल पहले सक्सेना बहन जी और उनके पति इस सफ़र का इन्तज़ाम कैसे करते होंगे? बहन जी को टीबी थी। उन दिनों टीबी की कोई कारगर दवा नहीं थी। पहाड़ों में बने सैनीटोरियम फ़िल्मों के ज़रिये मशहूर हो गए थे। टीबी की शिकार हिरोइन पहाड़ पहुँचा दी जाती थी तो घर वाले चैन की साँस लेते थे कि अब प्यार से वास्ता नहीं पड़ेगा। जो लोग स्थायी रूप से सैनीटोरियम में नहीं रह सकते थे या जिन्हें इसकी ज़रूरत नहीं थी, वे एक-दो महीने नैनीताल, अल्मोड़ा या शिमला जाकर रह आते थे। पति-पत्नी दोनों स्कूल के शिक्षक हों और पहाड़ों में गर्मियाँ गुजारें, यह आजकल नहीं सुना जाता। शायद पैंतालीस वर्ष पहले भी कम ही सुना जाता रहा होगा, पर सक्सेना बहन जी का वार्षिक सफ़र पूरे उत्साह और जतन से

आयोजित होता था। रजाइयाँ, स्टोव, आटा-चावल इकट्ठा करके सक्सेना परिवार, जिसमें दो बच्चे थे, नैनीताल की किस धर्मशाला में रुकता था, किसी को नहीं मालूम था। वे पढ़ाती पुराने ढंग से ही थीं—हिन्दी की कविता पढ़कर सुनाई, फिर एक-एक अन्तरे का अर्थ बता दिया।

नैनीताल प्रवास से लौटने पर बहन जी क्लास में मेवे बाँटती थीं। हम लोग पूछते थे कि पहाड़ कैसे दिखते हैं तो ब्लैक बोर्ड पर चाक से चित्र बना देती थीं और स्कूल में कभी-कभी आनेवाले ड्राइंग-मास्टर मिश्र जी से कहती थीं कि हमें पहाड़ों के स्कैच में रंग भरना सिखाएँ। पानी के रंगों से पहाड़ का दृश्य मैंने कई बार बनाया था। कुछ कल्पना, कुछ नक़ल से पहाड़ हमेशा ही सिलवटों वाला परदा बन जाते थे जिन्हें हटाकर सूरज सुबह-सुबह आता था। पहाड़, सूरज, कमल का फूल, तितली, घर की तिकोन छत—ये सब सुन्दरता के अनिवार्य तत्त्व थे।

उन दिनों स्कूल में पढ़ाने वाले शिक्षक अच्छी तरह जानते थे कि क्या पढ़ाना है, कैसे पढ़ाना है, कब क्या करना है। सक्सेना बहन जी हिन्दी की अध्यापिका थीं। उन्होंने लखनऊ से एम.ए. किया था और नौकरी लगने, शादी हो जाने के बाद भी पढ़ना जारी रखा था। 'कामायनी के सौन्दर्यशास्त्र' पर डॉक्टरेट की थीसिस उन्होंने कब और कैसे लिखी होगी—परिवार, स्कूल, टीबी और स्टाफ के भीतर चलनेवाली अथक मारामारी के बीच, यह आज इतने दशक बाद अपने आप में शोध का विषय है। उत्तर प्रदेश के पढ़े-लिखे परिवारों की सन्तानें नए-नए बने मध्य प्रदेश के ऑफिसों और स्कूलों में नौकरी ढूँढ़ने नियमित आया करती थीं। अल्मोड़ा और नैनीताल से लेकर बनारस और उससे भी आगे पटना तक नौकरियाँ खत्म-सी हो गई थीं, यानी लोग तीस-पैंतीस बरस के लिए अपना-अपना स्थान ग्रहण कर चुके थे। जब सक्सेना बहन जी डॉ. सुशीला सक्सेना बनीं, उस समय तक स्कूल में कम-से-कम पाँच और अध्यापिकाएँ पहाड़ों और कानपुर-इलाहाबाद के खत्री और कायस्थ परिवारों से आकर लग चुकी थीं। पर सक्सेना बहन जी की बात कुछ अलग थी।

लम्बे-दुबले साँवले चेहरे की सक्सेना बहन जी यदि टीबी की शिकार नहीं हुई होतीं तो भी कम नहीं सताई जातीं। उन्हें तंग करना और रुलाना एक शौक़ था। यह किसी एक का नहीं, पूरे स्टाफ का व्यसन था। ऊपर से देखने पर जो स्कूल एक शान्त, सभ्य संस्था की तरह दिखता था, गहराई पर एक अदृश्य जाल था जिसमें एक शिकार की वेकेंसी हमेशा रहती थी। कौन भरेगा उस ख़ाली पद को, यह सवाल सक्सेना बहन जी के आने पर कुछ महीनों के अन्दर अपने आप मिट गया। स्टाफ की तानेबाजी के लिए सक्सेना बहन जी की पहली योग्यता उनके पति का अध्यापक होना था। पति-पत्नी दोनों सरकारी नौकरी में हों तो ईर्ष्या का स्वाभाविक पात्र बनते थे। ऊपर से सक्सेना जी देखने में सुन्दर थे। दुबली सुशीला सक्सेना का स्वस्थ पति

होने के नाते वे किसी बहन जी को नहीं भाए। उनकी नियुक्ति पड़ोस के स्कूल में हुई थी जहाँ सिर्फ़ लड़के पढ़ते थे। संयोग से उन्हीं दिनों पीडब्ल्यूडी सात क्वार्टरों की एक सँकरी क़तार बना रही थी जहाँ वैधानिक रूप से केवल कुँवारी बहनजियाँ रह सकती थीं। सरकारी आवासों की संख्या हर ज़िले में बढ़ रही थी, पर ऐसी योजनाएँ कम ही थीं जिनसे शिक्षकों को घर की सुविधा मिल सके। एक-एक कमरे और उसके पीछे नन्ही-सी रसोई, छोटे-से बरामदे और उससे भी छोटे आँगन, उसके पार छोटे-से गुसलख़ाने और अन्ततः संडास वाले क्वार्टरों की क़तार खड़ी होते ही स्कूल के संसार में भगदड़ मच गई। कोई ज़िलाधीश की तरफ़ भागी, कोई एसपी के पीछे पड़ी और जिसकी पहुँच सिर्फ़ प्रिंसिपल तक थी, वह अर्जी देकर रोज शाम उनके घर चक्कर लगाने लगी। जिस दिन क्वार्टर आवंटित हुए हर सुननेवाला हैरान था कि सक्सेना दम्पति को कोने वाला कैसे मिल गया। लड़कियों के स्कूल में, औरतों की बस्ती में एक पति कैसे रह सकता है भला? कैसे हुआ यह अन्याय? कोई नहीं कह सकता पर क्वार्टर पानेवाली अध्यापिकाओं में दो ही कुँवारी थीं। पर यह सचाई किसी से न छिपी थी कि क्वार्टर पाकर सक्सेना बहन जी पूरे स्टाफ की जलन की पात्रता में एक दर्जा और उठ गई।

मुश्किल से एक वर्ष बीता होगा कि डॉक्टर ने उन्हें टीबी का मरीज घोषित कर दिया। टीबी की बीमारी एक तरह की गन्दगी मानी जाती थी। अन्दर से घुलते हुए तपेदिक के मरीज का बाहरी संसार से रिश्ता बदल जाता था। हर मरीज की कहानी अलग होती है। सुशीला बहन जी की कहानी में टीबी की सूचना कोई नाटकीय मोड़ लाने की जगह एक और तह बन गई। क्वार्टरों की क़तार में पाँच क्वार्टर शादीशुदा स्टाफ को दिए गए थे। इनमें से दो के यहाँ बच्चे भी थे। बच्चा तो सुशीला बहन जी को भी था, पर उसकी उपस्थिति नगण्य मान ली गई थी। बच्चों वाले बाक़ी दो परिवारों में सुशीला बहन जी की बीमारी को लेकर भूचाल आ गया। पतली दीवार वाले सटे-सटे मकानों में हर बात दूसरे के यहाँ सुनाई देती थी तो क्या टीबी के कीटाणु आर-पार न जा सकेंगे? कीटाणु के अस्तित्व की सम्भावना अभी नई-नई स्वीकारी गई थी। भाषा में उसके लिए जगह बन गई थी और सामाजिक रीतियों में एक नया उछाल आया था। नेहरू जी ने सिखाया था कि वैज्ञानिक ढंग से सोचना चाहिए। छात्राओं और शिक्षक दोनों ने पढ़ रखा था कि कीटाणु इतने छोटे होते हैं कि आँखों से नहीं देखे जा सकते। वैज्ञानिक ही देख सकते हैं, क्योंकि उनके पास माइक्रोस्कोप होता है। जहाँ-जहाँ माइक्रोस्कोप नहीं था, वहाँ-वहाँ सरकारी पाठ्य पुस्तकें थीं, अध्यापक था, आकाशवाणी थी, डॉक्टर था। इन सबने मिलकर जाल बिछाया था जिसमें सक्सेना बहन जी फँस गई थी। उनकी दुबली-पतली, तपेदिक से लगातार सिमटती काया में हजारों कीटाणु लगातार यात्रा कर रहे थे, ख़ून की नदी में तैर रहे थे। उनके नथुनों से, होंठों से कभी भी कोई कीटाणु निकलकर बाक़ी

क्वार्टरों में घुस जाएगा, ऐसी आशंका वाजिब और वैज्ञानिक लगती थी। उधर गांधी जी हाल में ही मरे थे। उनकी बातें दीवारों पर लगातार पोती जाती थीं। सबसे बड़ी बात थी अस्पृश्यता के बारे में जिसका अर्थ लड़कियों को उनकी मास्टरनी भंगियों का उल्लेख करके बताती थीं। वे अपनी अलग कॉलोनी में शहर से कुछ हटकर रहते थे, पर काम के सिलसिले में हर घर में आते थे। कॉलोनी का नाम 'हरिजन बस्ती' था। उन्हें अन्दर तक न आना पड़े यह सुनिश्चित करने के लिए पाखाना सड़क या गली की तरफ़ बनाया जाता था। जब कोई भंगी टट्टी साफ़ करने आता तो खरड़-खरड़ की आवाज़ से सारी गली गूँज उठती। मेहतर सर पर टट्टी से भरी टोकरी लिये गली से निकलते तो लोग दो-ढाई फुट दूर छिटक जाते। कभी-कभार किसी को हटने में क्षण भर भी देर हो जाती तो वह डाँटता था—'रुका नहीं जाता एक मिनट?' उधर गांधी जी की बात इम्तहान में नम्बर पाने के लिए इतनी बारीकी से ग्रहण कर चुकी थी कि 'अस्पृश्यता' को अगर कोई बच्चा 'अश्पृस्यता' लिख दे तो अर्थ सही बताने के बावजूद प्रश्न के पूरे नम्बर कट जाते थे। बच्चों ने कीटाणु का आकार-प्रकार और सक्रिय स्वभाव ख़ूब जान लिया था, यह भी पढ़ा था कि गाय के गोबर और मनुष्य के मल में कीटाणु छिपे रहते हैं। इन्हें बग़ैर देखे पूरी बस्ती ने मान लिया था कि कीटाणु होते हैं और छिपने में माहिर होते हैं। टट्टी तो ख़ैर सबके लिए छिपने लायक जगह है मगर कीटाणु तो नाख़ूनों में भी जा छिपते हैं।

सुशीला बहन जी के कीटाणु कहाँ-कहाँ छिपे होंगे, इसकी कल्पना करना मुश्किल था। उसका घर इतना तंग था कि गृहस्थी का आधा सामान लटका रहता था और बाक़ी आधा पड़ा रहता था। फ़र्श का सहारा दीवारें थीं, दीवारों का सहारा खिड़कियाँ, रसोई का सहारा बरामदा था और सबका सहारा सामने का कमरा था जो दरअसल क्वार्टर का एकमात्र वैधानिक कमरा था। वैसे तो तपेदिक की पहचान होने के पहले ही मान लिया गया था कि सक्सेना परिवार साफ़-सुथरा नहीं है, पर बीमारी के बाद तो यह मान्यता निर्विवाद सत्य की श्रेणी में आ पहुँची कि इस परिवार के रहन-सहन में गन्दगी व्याप्त है। ऐसी बातों को जाति से जोड़कर देखना एक आम प्रवृत्ति थी। कोई यह नहीं कह सकता था कि जाति का ज़िक्र किसने छेड़ा, पर स्टाफ रूम में जातिसूचक मुहावरे ठहाकों के साथ सुनाये जाते थे। सुनाने वाले साफ़-सुथरी मानी गई जातियों के थे, कुछ स्थानीय कुछ पहाड़ के, कुछ पुश्तैनी रूप से बनारस के, कुछ कश्मीर के। सिन्धी, पारसी, पंजाबी, मद्रासी भी शहर में थे और अलग-अलग अड्डों पर उपहास का पात्र बने थे। हँसी-मज़ाक़ का स्थानीय सन्दर्भ कभी होता था, कभी नहीं, पर एक वृहद् मानवीय और ऐतिहासिक सन्दर्भ ज़रूर होता था। ऐसे हर समुदाय के लिए घृणा इत्मीनान से बरसाई जाती थी जो छोटे आकार का हो, यानी जिसके स्थानीय प्रतिनिधि थोड़ी-सी संख्या में हों। पर कुत्सा और दुर्भावना के घड़े उन समुदायों और व्यक्तियों पर फूटते थे जिनका कोई सदस्य तरक्की कर

रहा हो। बुरे मज़ाक़ और सभ्य तरीक़े से लगातार दी जा सकने वाली गालियों के बीच किसी-किसी की तारीफ़ भी सुनी जा सकती थी, ख़ासकर यदि वह किसी ऊँचे पद पर पहुँच गया हो।

स्कूल का स्टाफ रूम एक अड्डा था जो आम तौर पर आधी छुट्टी में आबाद होता था। यह आख्यान उस युग का है जब आज़ादी मिले हुए पाण्डवों का अज्ञातवास भी पूरा नहीं हुआ था। लोग आजकल सोचते हैं कि उस युग के स्कूलों में पढ़ाई और शान्ति का वातावरण अब से कहीं बेहतर था, पर सचाई कुछ और ही थी। लड़कियों के स्कूल में ख़ासकर हमेशा किसी सार्वजनिक शिकार की ज़रूरत रहती थी। दैनिक रूप से नहीं तो कम से कम सप्ताह में दो बार लड़ाई का रिवाज था। लड़कों के स्कूल में चारदीवारी नहीं थी, इसलिए खीझ, ऊब और हिंसा की अभिव्यक्ति के बीसियों आयाम उपलब्ध थे, पर कन्याशाला की दैनिक घुटन सुशीला बहन जी पर बरसकर ही हल्की पड़ती थी। उन्हें चिढ़ाना आसान था। जाति, स्वभाव, बीमारी कोई भी विषय उन्हें छेड़ देने के लिए पर्याप्त था; एक बीमार हिरनी की तरह सुशीला बहन जी स्टाफ रूम के कोने में बैठी होतीं, अपने तिकोने चेहरे की लिखावट बड़ी-सी बिन्दी से छिपाये। घंटी बजती और रतनकुमारी या कुसुम बहन जी स्टाफ रूम का खादी का परदा खोलकर झाँकती, एकाध ऐसा कोई वाक्य बोल देतीं—मिसेज सक्सेना, आज कोई प्रैक्टिस नहीं लेंगी? और बस, एक भीषण लड़ाई छिड़ जाती।

प्रैक्टिस से आशय था वार्षिकोत्सव के ग्रुप सांग या ग्रुप डांस से। ऐसे आयोजन सक्सेना बहन जी और कुसुम बहन जी की अनवरत स्पर्धा के मंच थे। पर यह सिर्फ़ चिनगारी थी। आग जिन कपड़ों में लगती, वे सभ्यता के व्यवस्थित आवरण थे जो ईर्ष्या की लपटों में धू-धू करके जल उठते। आधी छुट्टी में सक्सेना साहब घर क्यों लौटते हैं? 'लड़कियों को घूरने।', 'करें भी क्या जब घरवाली को टीबी हो गई हो।' ठहाकों के बीच रोने और चीखने की आवाज़ें उठना शुरू हो जातीं। देखते-ही-देखते कितनी ही बहनजियाँ अपनी-अपनी क्लास छोड़कर इकट्ठा हो जातीं। आधी छुट्टी होकर कब की ख़त्म हो चुकती, पर सुशीला बहन जी बेहोश पड़ी रहतीं। स्टाफ रूम में एक तख़्त शायद इसीलिए था, बाक़ी काठ की कुर्सियाँ थीं। पूरे स्कूल में बेंत की बुनाई वाली कुर्सियाँ सिर्फ़ प्रिंसिपल मैडम के कमरे में थीं। वहाँ शिकायत, सिफ़ारिश और खुशामद की गुंजाइश थी। लड़ाइयों के लिए स्टाफ रूम आरक्षित था। बेहोश पड़ी सक्सेना बहन जी को देखकर कौन बता सकता था कि वे किस युद्ध में गिराई गई है। लकड़ी के तख़्त पर उनकी देह सीधी पड़ी होती। स्कूल की जमादारनी मेरी माँ शान्ति चटाई वाला पंखा झलकर मक्खियाँ भगा रही होती। पंखे के हैंडिल की आवाज़ ही एकमात्र आवाज़ होती, बाक़ी दूर से आती अलग-अलग क्लासों की आवाज़ें थीं। कहीं अंग्रेज़ी के व्याकरण का नियम रटने की आवाज़, कहीं मैथिलीशरण

गुप्त की कविता का एकमात्र स्वीकृत अर्थ रटने की आवाज़। स्कूल का पूरा वायुमंडल विद्या के स्वरों से गुंजरित हो रहा होता, नीचे स्थानीय शीशम की मज़बूत लकड़ी के तख़्त पर सुशीला बहन जी बेहोश पड़ी होतीं, अपनी सहकर्मियों के तीरों से क्षत-विक्षत। शान्ति थोड़ी देर में उन्हें प्याज सुँघाती, क्योंकि ऐसा माना जाता था कि कच्चे प्याज की गन्ध से बेहोशी चली जाती है। कुछ देर बाद शान्ति पंखा तख़्त पर रखकर पास में रखे लोटे से थोड़ा-सा पानी चुल्लू में लेकर सुशीला बहन जी के कुम्हलाए हुए चेहरे पर छिड़कती। आख़िरकार उन्हें होश आता, उनकी आँखें छत की बल्लियों पर पड़तीं, फिर वे अपना पल्लू सँभालती हुई उठ बैठतीं। उनकी कलाई की हड्डी लगभग चौकोर थी, उस पर एक जनाना घड़ी डेढ़ बजा रही होती, यानी प्रैक्टिस की घंटी में कुल पाँच मिनट बचे थे।

वार्षिकोत्सव में सुशीला बहन जी का आइटम इस बार जयशंकर 'प्रसाद' का गीत 'अरुण यह मधुमय देश हमारा' था। जिन लड़ाइयों में डॉ. सक्सेना बेहोश की जातीं, उनमें से कई का आधारभूत कारण वार्षिकोत्सव में छिपा रहता। ज़िले के कलक्टर और नए-नए लोकतंत्र के स्थानीय नेताओं की उपस्थिति में वार्षिकोत्सव स्कूल की रणभूमि में महत्त्व और ताक़त का फ़ैसला करनेवाली घटना बन जाता। इधर सुशीला बहनजी की साहित्यिक प्रस्तुति, उधर कुसुम बहन जी की आंचलिक नाटिका, तीसरी तरफ़ रतन कुमार मैडम की देशप्रेम पर आधारित झलकी। बाक़ी सारे आइटम भरती के थे। असली प्रतियोगिता इन्हीं तीनों में थी और हर बार रहती। किसकी तारीफ़ होगी, किसकी लड़कियों को इनाम और प्रमाण-पत्र मिलेगा, ये सब बाहरी बातें थीं। अन्दर की बात सिर्फ़ इतनी थी कि जो औरत सताने के लिए सर्वश्रेष्ठ मानी गई थी, उसे सताने का सिलसिला जारी रखना है। संस्कृत मैडम—उनका यही नाम चलता था और उन्हें बहन जी कहने की भूल कोई नहीं करता था—हर सप्ताह कहती थीं कि संसार में अहंकार बहुत बढ़ गया है, वही हर झगड़े की जड़ है, पर उनकी बातों का असर किसी पर नहीं होता था।

काठगोदाम से नैनीताल पहुँचना आज पहले से कहीं आसान हो चुका है। टैक्सी एकदम स्टेशन के गेट पर मिल जाती है। चलते समय यदि चाय-नाश्ता करना हो तो दुकानों की क़तार है। सक्सेना परिवार बस का इन्तज़ार करता होगा; टैक्सी एकदम रवाना होती है और कोलतार की चिकनी सड़क पर पहाड़ी मोड़ों को सफ़ाई से काटते हुए घंटे भर में नैनीताल पहुँचा देती है। इतनी विशाल झील के गिर्द बनी सड़क उतनी ही लम्बी है; झील जितनी शान्त, सड़क उतनी ही व्यस्त। मोटरगाड़ियों का शोर ज़्यादातर उनके हॉर्न का बल-प्रदर्शन है। दस-साढ़े दस बजे तक टूरिस्ट अपने-अपने होटलों से निकल पड़ते हैं—मैदानों की ऊब से बचकर पहाड़ी-हवा का आनन्द लेने। माहौल में मज़े और चैन की छीना-झपटी छाई होती है। माँओं की गोदी में बैठे बच्चे सामने से आती स्कॉर्पियो के हॉर्न से डरें या आकार से, आँख

बन्द करके कन्धे से चिपक जाते हैं। उनका गुजारा हो जाता है। प्लास्टिक के खिलौने, गुब्बारे को फोड़नेवाली बन्दूक, झील में तैरती नावें आज के नैनीताल को एक दैनिक मेला बनाती हैं। कहाँ रुकती होंगी सुशीला बहन जी अपने परिवार के संग? झील की सड़क से थोड़ा-सा हटकर पुराने शहर की साफ़-सुथरी गलियाँ हैं। उनमें आज भी लकड़ी के दुमंज़िला मकान हैं। यहाँ आज भी गाड़ियों का शोर नहीं। शायद ऐसी ही किसी गली में दस-पन्द्रह रुपये माह पर कमरा मिल जाता होगा। आटा-चावल-दाल और स्टोव वे साथ लाती थीं। मिट्टी का तेल और सब्जी गली में ही मिल जाते होंगे।

बहन जी, आपने ज़िन्दगी भर कष्ट-ही-कष्ट सहे। क्या आपको कोई सुख भी मिला; या बस कभी-कभार थोड़े से सन्तोष की अनुभूति हुई? हम जब आपसे नफ़रत करते थे, छोटे थे। हमें नहीं पता था कि जाति क्या होती है, राजनीति किसे कहते हैं, लोग क्यों किसी के पीछे पड़ जाते हैं, ख़ासकर यदि वह किसी मायने में कमज़ोर हो, बाहरी हो या सिर्फ़ बीमार हो?

हमें बस यूँ ही आपका मज़ाक़ उड़ाना, आपको गन्दा मानना, आपको ख़राब-ख़राब मानना सिखा दिया था। सक्सेना बहन जी, हमें क्षमा कर देना। आप जैसे कितने ही शिक्षक रहे होंगे जो सिर्फ़ जीना चाहते थे, मेहनत करते थे, सीधे-सच्चे इंसान थे। अपने-अपने शहर और गाँव को छोड़कर वहाँ-वहाँ गए जहाँ नौकरी थी, कोई ठौर-ठिकाना बनने की सम्भावना थी। आप जैसे लोग किसी के रास्ते की रुकावट नहीं बनना चाहते थे, न किसी की दुश्मनी को न्यौता देते थे। फिर भी आपको अक़सर अपमानित करने का क्षुद्र षड्यंत्र चलता रहता था। आपको नीचा दिखाया जाता, आपको हर बहाने से बलि का बकरा बनाया जाता।

बहन जी, मेरी जैसी लड़कियाँ इस दैनिक नाटक की मूक, अधिकारहीन गवाह थीं। हम आपकी छात्राएँ अपने अन्तर्मन में आपकी इज़्ज़त करती थीं। आपके मुँह से 'प्रसाद' और महादेवी के शब्द सुनकर किसी दूसरे ज़्यादा सुन्दर संसार में पहुँच जातीं, पर इतना आत्मविश्वास हमारे भीतर नहीं था कि आपसे कह सकें कि हम आपसे प्यार करती हैं, इसलिए भी कि आप इतनी मेहनती हैं और इसलिए भी कि आप इतनी कमज़ोर हैं, सुन्दर हैं, साधारण हैं, बीमार हैं। बहन जी, हम ख़ुद इतना कमज़ोर थीं अपने भीतर कि हमारी बातों में कोई सच्चाई नहीं हो सकती थी। हमें अपने घर और स्कूल में बहुत फ़र्क़ लगता था, पर फ़र्क़ कोई ख़ास था नहीं। स्कूल का आँगन घर से ज़्यादा बड़ा और खुला ज़रूर था, पर उस घुटन का वहाँ भी कोई इलाज़ नहीं था जो लड़की होने के नाते हमारे भाग्य में लिखी थी। बहन जी, आपको मालूम नहीं होगा कि हमारे मन और दिमाग़ में आपके लिए कितना ज़हर डाला जाता था। आज तक उन बहनजियों के नाम और चेहरे मुझे याद हैं जो क्लास में किसी भी बहाने से आपकी बुराई करना शुरू कर देती थीं। उनके लिए लड़कियाँ

एक भीड़ थीं जिसे उकसाते रहने में उन्हें मज़ा आता था। आपके किसी काम में उन्हें कोई सुन्दरता नहीं दिखती थी, यहाँ तक कि सरस्वती की जो तस्वीर आपने प्रिंसिपल मैडम के ऑफिस के लिए बनाई थी, वह भी आलोचना का शिकार बनी। सुशीला बहन जी, आपकी स्मृति से मुझे पूछना है कि इतनी सारी दुर्भावना क्यों थी उस छोटी-सी दुनिया में? आपने ऐसा कौन-सा गुनाह किया था जो सारा स्टाफ़ आपके पीछे पड़ा रहा?

मुझे अपने आपसे भी बहुत कुछ पूछना है। आपने मुझे कविता पढ़ना सिखाया, कई गहन कविताओं का मर्म बताया, हिन्दी कैसे बोलनी चाहिए सिखाया, देवनागरी के अक्षर कैसे लिखे जाएँ सिखाया, गीत याद कराये, मंच पर जाकर उन्हें गाना सिखाया, इतनी बड़ी भीड़ के सामने हौसले से खड़े रहना सिखाया, इतनी सारी अच्छाइयाँ सिखाईं, फिर भी मैं आपको प्यार और आदर नहीं दे सकी। मैं नीची जाति की थी, इसलिए दूसरी लड़कियाँ मेरे साथ खाना नहीं खाती थी। मैं पढ़ सकी क्योंकि मेरी माँ स्कूल की सफ़ाई करती थी। मुझसे भी कहा जाता कि तुम्हारी माँ झाड़ू लगाती है, तुम भी लगाओ। मैं स्कूल की ड्रेस पहनती तो लगता जैसे मेरी जाति उसमें छिप गई है, पर जाति कहाँ छिपती है! वह तो मेरे नाम में ही लगी हुई थी। कौन नहीं जानता कि मेरी माँ स्कूल की जमादारनी है। जिस दिन वह छुट्टी पर होती, स्टाफ रूम की सफ़ाई करने मुझे ही बुला लिया जाता। झाड़ू लगाते समय लगता जैसे स्कूल की ड्रैस पूरे बदन में जगह-जगह गड़ रही है। क्लास में सबसे पीछे वाली सीट मेरे लिए तय थी। मेरे साथ बैठनेवाली लड़की के पिताजी लड़कों के स्कूल में चपरासी थे। वह अछूत नहीं थी, पर उसके साथ अछूतों जैसा व्यवहार होता था, इसलिए हम साथ-साथ रहती थीं।

सुशीला बहन जी, उस दिन का मुझे विशेष दुख है जब आपकी बीमारी अचानक बढ़ गई और कुसुम बहन जी ने अलमारी की चाभियाँ लाने मुझे आपके घर भेजा। आप इतनी कमज़ोर थीं, लगातार खाँस रही थीं, फिर भी आपने मेरे लिए अपने हाथों से चाय बनाई। आपके कीटाणुओं की बात मेरे दिल में बैठी हुई थी, इसलिए वह चाय मैं नहीं पी पा रही थी। मैंने गरमी का बहाना करके खिड़की खोली और आपकी नज़र बचाकर चाय फेंक दी, फिर ख़ाली कप लिए पीती रही। वह बात मेरे मन से कभी नहीं गई, न ही मैं किसी से कह पाई। एक दिन मेरी माँ ने मुझे क्लास के बीच बुला भेजा। मैं उसे ढूँढ़ती स्टाफ रूम पहुँची तो क्या देखा कि आप बेहोश पड़ी हैं और माँ आपको पंखा झल रही है। मन में डर-सा हुआ कि आप कहीं मर तो नहीं गईं। उस दिन पहली बार यह सवाल मेरे मन में आया कि सताने में सुख लेना लोगों को इतना क्यों भाता है। किसी की जाति ख़राब है तो, किसी की तक़दीर अच्छी है तो, और कोई बिना वजह ही घृणा की दृष्टि से देखा जाता है। पेड़ों को भी एक-दूसरे से ज़्यादा लगाव होगा। हमारा समाज तो कटी हुई मरी लकड़ियों का

गोदाम है। लोग कहते हैं, बहुत कुछ बदल चुका है, बहुत कुछ बदल रहा है। आप मेरी शिक्षक हैं,बताइए, मुझे क्यों नहीं दिख रहा बदलाव! मुझे सिर्फ़ जड़ता क्यों दिखती है, और जड़ता से भी ज़्यादा जकड़न का अनन्त विस्तार दिखता है। यह भी क्या मेरी ही दृष्टि का दोष है? यह रिफ्रैशर कोर्स का उदाहरण है। कोर्स सिर्फ़ अनुसूचित जाति लेक्चरारों के लिए हैं। क्या औचित्य है उन्हें अलग से बुलाने का? उन्हें पढ़ाने के लिए बुलाए गए लगभग सारे रिसोर्स पर्सन ऊँची जातियों के हैं। कल का लेक्चर 'प्रसाद' पर था। मुझे नींद-सी आ रही थी, पर जब कानों में 'प्रसाद' की पंक्तियाँ पड़ीं तो लगा, साक्षात् आप खड़ी हैं और गाना सिखा रही हैं—

बीती विभावरी जाग री!

OOO